再见，我思念如初的人

杨朵铁 著

海峡出版发行集团 | 鹭江出版社
THE STRAITS PUBLISHING & DISTRIBUTING GROUP | LUJIANG PUBLISHING HOUSE

2016年 · 厦门

图书在版编目（CIP）数据

再见，我思念如初的人 / 杨朵铁著 .—厦门：鹭江出版社，2016.5
ISBN 978-7-5459-1128-2

Ⅰ. ①再…　Ⅱ. ①杨…　Ⅲ. ①言情小说—中国—当代
Ⅳ. ① I247.5

中国版本图书馆 CIP 数据核字（2016）第 048843 号

ZAIJIAN, WO SINIAN RUCHU DE REN

再见，我思念如初的人

杨朵铁 著

出版发行： 海峡出版发行集团
鹭 江 出 版 社
地　　址： 厦门市湖明路 22 号　　**邮政编码：** 361004
印　　刷： 北京睿特印刷厂大兴一分厂
地　　址： 北京市大兴区星光工业开发区西红门
福伟路四条十号　　**邮政编码：** 102600
开　　本： 880mm × 1230mm　1/32
插　　页： 2
印　　张： 10
字　　数： 219 千字
版　　次： 2016 年 5 月第 1 版　2016 年 5 月第 1 次印刷
书　　号： ISBN 978-7-5459-1128-2
定　　价： 36.00 元

0.

写这个故事的时候，是一个炎热的夏天。开足冷气的房间里，我安安静静地坐在电脑前，一个字一个字地敲击，听见手指落在键盘上，发出的清冷声音，寂寞，但是美丽。

落地窗上挂着透明的白纱，一抹金黄色的阳光斜斜地照进来，外边是一览无余的风景，丰富，鲜艳，却有一点纷乱。而我记忆中的你，正如隐匿在一片深邃森林中的窈窕女生，轻轻地从我眼前飘过，瞬间，不见了踪迹。穿白衣的少年伸出手来，却怎么也触不到往日的痕迹。摊开自己的手掌，只看见空洞的手心里，全是忧伤的泪滴。

电脑里正放着一首台湾女歌手阿桑的歌——《如果爱你只有一次》:

如果爱你只有一次，我会用每一个夜晚来记得你；
如果失望只有这一次，我会用无数个希望继续等待。
不怕梦醒时你不在身旁，只怕这是永远的凄凉。
你所给我的一切感动，会不会只是我的幻想?
如果爱你只有一次，我会用一生来等待你，失望也好，孤单也好，只要你能说爱我；

如果爱你只有一次，我愿放弃唯一的生命，失落也好，哭泣也好，只要你能记得我。

淡淡的吉他声中和着女歌手简朴微凉的声音，一点一点地覆盖了我的听觉。这时候心情也渐渐地随之静寂，往事就好像一道道影子悄然袭来，击中了我，在弯弯的眉宇间落满沉重。

好像人越长大，内心就会越害怕。害怕这个世界上的很多事情并非自己本来想象的模样，害怕失去那些已经得到而不想再放手的东西，害怕自己所苦苦追寻的理想和目标终究只是一场无法实现的幻觉。我感觉到自己的无能为力，抵抗这样一种恐惧情绪的入侵。像一只残忍的手，揭开了一个陈旧的伤口，看见里面的鲜血淋漓。

如果说青春是场长长的梦，那么梦里梦外，最终留在记忆深处的，都是我们做梦时，怀抱里所珍存的体温。一切的一切。那些故事。那些人。那些走过的路。那些经历过的情感。发生过的，我们无法挽回；未曾发生的，我们又无法先知先觉。怀着如此简单而又复杂的困惑，我们的青春茫然无助地在轮回里生长。一年一年。

这时候洁白的日光恰好抚过我的脸庞，留下美丽的弧度。瞬间，忽然想起，有个人曾经用温柔低回的声音，在我的耳畔轻声地说：“爱情，不过是寂寞的人拥抱彼此的谎言。”于是我在故事里找到了自己，却再也找不到你。

1.

苏苏。

苏苏是我的女朋友，更确切地说，是我曾经的女朋友。“曾经”这个词，只代表过去的某个时间段落，而无法形容现在和未来。每次当我使用它说话或者写作的时候，内心都会有种沧海桑田过尽千帆般的痛苦感受，难以言说。现在的我，未来的我，都已经失去了苏苏，她不再属于我，这已经成为事实。虽然我从心里一再否认这个事实，可是，这的的确确是事实。

苏苏走了，和别人走了，再也不会回来了。

苏苏走得很干净，留给我的，除了那长长的足够让我懊恼十辈子的回忆，就是手里这个淡蓝色的日记本。本子里记录的都是她曾经百转千回悲喜交集的心情轨迹，以及发生在她和我之间的点点滴滴。

选择依偎在别人身旁的苏苏，也许已经不再书写，她摆脱了我，也撕裂了我们之间曾经共有的交集。没有笔尖的接触，这个本子一定也和我一样，满载寂寞却无处诉说。于是我轻轻地把它捧起，认认真真地在上边写下这样的文字："爱情是一颗寂寞的子弹。从柔软的胸膛经过，打穿的仍然是寂寞。"

丁若。皮肤白皙，容貌俊美，身材挺拔，气质优雅的男子。

丁若就是我。多么蕙质兰心的两个字，多么有文艺气息的两个字，统统用在了我的身上，并且从我出生的那一刻起，和我长相厮守，形影不离。这让我骄傲，让我在茫茫人海中能够顶天立地抬头挺胸地行走。

丁若，也就是我，一个固执的人。在无数个日日夜夜里，我一直固执地以为苏苏——我曾经的爱人，她也会像我的名字一样，始终缠绕着我，永远不会离开我，与我长相厮守，对我不舍不弃。可是有一天，我发现我错了，错得那么彻底，那么不可原谅。苏苏走了，头也不回地走了，甚至连离开的样子都是那么决绝，那么无情，那么不留余地，那么让我肝肠寸断。

原来，白日梦的下半场是，醒着的人告诉我：你要是真困了的话，回家洗洗睡吧。

2.

烦。烦。烦。闹钟居然又开始响了。

正梦着漂亮姑娘的乳房和大腿，出早操的时间就到了。

高中时候风餐露宿，经历了好几年的早自习，早已经度日如年，好不容易混到大学里，还以为终于掉进了温柔乡，没想到竟然还要继续赶在太阳的前方。

我一边穿衣服，一边在宿舍里宣传着从《男性健康（海外版）》上了解到的“先进”保健思想：“据国外最知名的医学专家考证，其实早锻炼是一个完全错误的做法。清晨正是树木大规模释放二氧化碳的时候，我们在这个时间段活动，吸进肺里的全都是废气。”宿舍里顿时响起掌声一片，貌似大家都很认同我陈述的这个观点。我为这个环境感到由衷的骄傲，但后来本宿舍的全体舍友被苏苏批判为“懒惰者同盟”。

我们的宿舍是 215 号，号称住了一水儿的“帅哥”。当然此说法仅仅是号称，只在宿舍内部公认，如果稍微扩大一下调查的对象，百分之百的结果是我们六个中的一半要被归入影响市容的那部分人的行列中。

小段是我在宿舍里认识的第一个同学，也是后来在班上和我关系最铁的同学。我家距离人民大学交通还算方便，因为怕人多，入学的时候我提前一天跑到学校报到。交完学杂费之后，我成为第一个走进 215 宿舍的学生。当时宿舍里还没有人来，我就挑了一个靠近窗户的上层，把随身携带的黄色帆布书包扔上去表示此床位已被占，就匆匆赶往工人体育场去看北京国安队 VS 上海申花队的甲 A 足球比赛去了。直到开课的前一天晚上，我才卡着点儿回到学校。当时好像是 10 点钟，从窗户看过去，宿舍里已经一片黑暗。推门，发现门竟然从里面插住了，我被锁在了外边，进不了宿舍。于是我开始敲门，一下又一下，开始敲的时候我还比较温柔，把食指和中指弯曲收着劲儿用骨节来敲，但是敲了十来下竟然没反应，顿时烦躁起来。我一个人站在狭窄的过道里，对面卫生间里传过来一阵阵恶臭，熏得我直头晕。于是手上又加了些劲儿敲了几下，还是没反应，我的暴脾气“噌”的一下子就上来了，握紧了拳头抡起来使劲儿地砸门。要说还是善者被人欺，玩出狠点儿的举动果然有效，刚砸了没两下，就听见屋里边传来由远及近的拖鞋声，紧接着是开锁的声音，随后门也“吱扭儿”一声打开了。屋里很黑，我侧身进屋，先顺手拉开了灯，看清了给我开门的同学，该同学就是小段。“大家都睡了，你动作慢一点儿。”小段说话的时候有很浓的山西口音。

当时小段的言行一举奠定了他在我心目中的崇高地位，原因如下：一、他是唯一愿意从睡梦中醒来给我开门的好同学（其实后来才知道他有轻度的精神分裂症，晚上入睡的难度比较大）；二、他比较具有集体主义精神。

鉴于上述对小段的好感，我还是很愿意浪费些宝贵的笔墨来对他进行一番深入浅出的描述。小段的老家位于山西省平遥县的西郊，紧挨着传说中的著名旅游景点——乔家大院。张艺谋拍《秋菊打官司》的时候，小段正上高中，恰好是荷尔蒙浮动、春心荡漾的美好季节，而在电影中把陕西妇女秋菊演绎得出神入化的巩俐也就顺理成章地成了小段的梦中情人。巩大美女从此以后长期影响着小段同学对女性的审美趋向，高个子虎牙大胸脯冷漠的眼神雍容的气质，具备以上条件的女生均可以成为小段孜孜以求的目标。从中学到大学再到参加工作，小段一直都在为找到这样的女性而不懈地努力着，可惜一直未果。

从外形上来看，小段有两个基本特征，其一是身材极为“精悍”，基本上是属于过来一个男性公民就比他高的那种；其二是会当凌绝顶，少年脱发，脑门在阳光下闪闪发亮。鉴于小段同学的以上两个特点，我们一帮兄弟曾集体建议小段及时调整择偶标准，以免他日后孤单老去，崩溃在爱与恨的边缘。可是小段的思想顽固，始终抱着一种死磕到底的决心。我曾经给小段介绍过一个各方面条件不错的北京女生，但是小段说啥也不同意，拒绝的理由是该女生身高不足一米五，非说本来他自己就低，要是再找个这样的女生，必将严重影响下一代的优生优育。我们这一群人轮番给小段摆事实讲道理，对其施展糖衣炮弹唾沫轰炸，说什么负负得正啦，说什么浓缩的都是精品啦。怎奈小段这厮咬定青山不放松，就是不允，愣是气得我一哥们儿冲着他直喊：“你丫以为你是姚明呢？”

生活中的小段特别善于分析。从晚餐食物的营养成分到扑克游戏中的出牌顺序，从普京的家庭地位到罗德曼（前 NBA 著名球员）的发型设计，小段都能运用技术手段进行一段深入浅出的分析，然后还能够强词夺理地讲出一大串让你不得不信服的理由来，这种本事让人眼界大开叹为观止。

当然小段同学的苦恼也有很多，除了爱情以外，长期困扰着小段的就是他那聪明绝了顶的脑袋。据他自己分析，导致其脑袋寸草不生的原因是他在 8 岁的时候吃错了药，把红霉素误以为黄连素大量服用后产生药物不良反应的后遗症。小段在脱发的早期，因为年龄小，不关心外表，所以错过了最佳的治疗期。直到进入大学，才恍然明白头发对于塑造男性健康形象的重要作用，小段遂果断采取补救措施，一时间动物凶猛。在几年的时间里，小段几乎使用了市场上所有能见到的生发剂，包括著名的章光 101、韩勇 9+9、生发一洗灵，等等，然而成效甚微。数万元的投入、反反复复的轮回之后，小段终于明白，生发对于他而言，也许真的是一个不可能完成的任务。

3.

由于我从小就身高臂长、肌肉结实，高中一入学我就被“以貌取人”的体育教研组选进了学校运动集训队，经过一番拉练与测试之后，被确定主攻的项目为短跑和跳远。每天下午别的同学在教室里安静地上自习的时候，我就穿着运动衣短裤和跑鞋在学校的操场上训练。运动队的教练姓林，白白净净的大高个儿，据说是练武术出身，一个指头就能把厚厚的砖头击穿。林教练整天唬着个脸，害得我们在训练时格外投入，一点儿也不敢马虎。

整个集训队有十五六个人，高年级的居多，新生只有我和苏苏。苏苏是练跨栏的，大眼睛，扎一根乌黑的辫子。她非常喜欢笑，笑起来会露出两颗可爱的虎牙，很白。在操场集体跑圈的时候，苏苏总是习惯跑在最后，我并肩跟着她，一边跑一边和她套磁。

我问她:“你能不能不笑呢？我看着有点儿头晕。”

“你头晕关我什么事？”她似乎不太愿意搭理我。

“我怕我要是晕倒在操场上，你会很心疼。”

“呸，谁心疼你呀，想得美。”

“你怎么这么了解我啊，想象力丰富正是我的优点之一啊。”

“谁说你想象力丰富了？自作多情吧你。”

“想得美不就代表着想象力丰富嘛。”一来二去，我俩聊入神了，没想到跑步给套了圈儿。

套圈儿是一个体育训练的半专业术语，一群队员围着跑道绕圈子跑的时候，跑在最后的队员被跑在最前面的队员从后面给超过了，就称作套圈儿。在我们集训队里有个不成文的规矩：训练中被套圈儿的队员要罚跑十圈儿。这可惨大发了，在林教练严厉的目光注视之下，常规训练结束后我和苏苏开始了漫长的加跑过程。

我们俩看着其他的队员喝着可口可乐百事可乐非常可乐优哉游哉地离开操场，只能无奈地打起精神，一圈圈地坚持跑下去。渐渐地，我感觉到自己呼吸的急促，源源不断从身体里涌出的汗水已经把衣服完全打湿。我歪头看苏苏，她的小汗衫也好像被水给泡了一下，紧紧地裹在身上，整个人好像一只移动中的粽子。看着苏苏丰满的胸脯随着脚步的变换而有节奏地颤动，我使劲儿地咽口水，心里暗自想着，这姑娘发育得可真不错。

跑到第七圈的时候，林教练闪了。天也像极了包公的脸，一下子就暗了下来。

我拉住还想继续跑的苏苏说：“别跑了，教练都撤了。”

苏苏一甩手甩开了我：“今儿个加跑都怪你，累死了。”

“好吧，那我再跑几圈，把你的也替你跑了。”我假装做了个继续跑的姿势。

“算啦，你也不容易，都跑了一下午了。”

“呵呵，其实你还是很心疼我的。”我一边说一边拉起苏苏的手，让我意外的是，她并没有挣脱。

看来苏苏真的是累了，她把头歪在我的肩膀上，安静得如同一只乖巧的兔子。我们俩就这样牵着手走在黄昏的校园里，灰色的水泥地面上留下了我们长长的影子。

4.

我和苏苏感情生活的起步就这样如同一篇公文般平铺直叙，完全出乎我的意料。

我曾经一直被那些龌龊的伪文学作品蒙骗，顶礼膜拜般以为爱情的开始必然是轰轰烈烈、柔肠百结，没想到轮到我自己的时候，却变成了一碗冒着水蒸气的兰州拉面，趁着热乎劲儿，一口气儿就吃了个碗底儿朝天。

爱情已被文字谋杀，这并不是一个骇人听闻的论断，也许不仅是爱情，甚至这世界上所有美好的事情都已被文字谋杀。我们习惯了用最乏味空洞冗长淡漠的词语来形容内心丰富多彩、激情澎湃的感觉，却早已忽略了那些在文字中所缺失的部分，是无法用平常的语言所替代和表达的。

对此，我只能说遗憾。文字所营造的，其实只是真相的标本，而并非真相的本身。

5.

我和苏苏好了很久之后，我问过她一个这样的问题：“你怎么那么轻易就上了我这条贼船呢？”问苏苏这个问题的时候，我的脸上装出一副无辜的样子，仿佛被她爱上是那样的忍辱负重委曲求全顾全大局菩萨心肠。苏苏伸出手在我的胳膊上狠狠地掐了一下，丢过来一个恶狠狠的眼神：“丁若，你少给本小姐来这套，摊上你，我还没说后悔呢，轮不到你小子发言。你要是敢对我不好，我可是会随时改变主意的。”

“你给我玩儿去吧，还改变主意呢，变个鸟儿啊！你要是跟了别人那不是自个儿找罪受吗？见过我这么有品位这么有生活情调这么才高八斗学富五车潇洒英俊风流倜傥的男人之后，换别人那还能看得上眼儿吗？你别整一半夜醒来，发现身边躺着个还没进化完全的主儿，那还不得给吓出个好歹来。为了能让你健康幸福地生活在这个和平美丽的世界上，我还是勉为其难地陪着你生活下去吧。”

我刚说完，就被苏苏一脚踹下了沙发：“你丫给我一边儿待着去。”

6.

在过去的很多年里，和苏苏的恋爱情景就像一幕幕画面温馨情节感人的爱情电影，在我的心里不停地回放。虽然情节和内容已经成为遥远的过去，但那份收藏在内心深处的感动仍然存在。

时常，我会一个人呆坐在寂静的房间里，很认真地去想这段貌似幼稚却诚挚无比的感情究竟带给了我什么。但这真的是个深奥的命题，让我茫然，让我心疼，让我失去头绪。我想着想着就会被一种强大得无与伦比的忧伤感所俘虏，顿时觉得生活丧失了意义。而后我会从裤兜里掏出烟来，用火柴点着，一根接一根地抽，直到脚底下铺满了未燃尽的灰色烟头。

就这样，我在迷失和追忆中度过了一个又一个枯燥的早晨和黄昏。

7.

俗话说得好：养兵千日，用在一时。全区的中学生运动会就要开始了，我们集训队的队员全部停课进行冲刺性训练。校方对本次竞赛非常重视，所以也对集训队给予了特殊的照顾。除了在饮食上每天都配有牛肉、鸡腿、排骨等滋补类食品外，还给队员们发放每天10元的饮食补助，并承诺在比赛中如果获得好成绩还会兑现更丰富的物质犒赏。

系统的训练和科学的饮食再加上物质刺激，整个集训队队员的运动成绩都有了相当程度的提高，其中尤以我突出。我的跳远成绩由入队时的5.42米提高到了5.79米，100米成绩由13.5秒提高到了12.81秒。有一次苏苏对我说："你丫是不是吃兴奋剂了？"我歪着嘴笑了一下："这是爱情的力量。"

苏苏的成绩则一直比较稳定，110米栏基本上每回都能跑进14秒以内，从全区各学校运动员的报名成绩来看，苏苏很有希望拿到这一枚金牌。

运动会开幕的前一天，林教练给我们发了号码布，我是501号，苏苏是518号。然后是分管体育工作的副校长给集训队队员做赛前总动员，这个动员报告从奥运精神说到人民代表大会的召开又说到宇宙飞船上了天，最后再来一总结，大意就是期望我们争取赛出水平赛出风格为学校争光。好不容易熬到副校长的演讲结束，我们都长长地舒了一口气，以为可以撒丫子撤了，谁想到旁边的校长秘书又站了起来，操着典型的河南口音：“同学们，我再补充两句。”真想给这傻帽儿嘴里塞一大块儿水萝卜，不讲话你丫会憋死啊。

动员会结束后，我和苏苏在学校附近找了一个小饭馆坐了下来。

我对苏苏献媚：“你的号码可真够牛的，518，我一定会发呀。看来明天你肯定能拿金牌。”

“是吗？”

“我在一本书里读到过，号码可以影响运动员的心理，进而影响运动成绩。”

“那可太好了，我要是能拿到金牌一定要好好谢谢你。”

“打算怎么谢我呢？”

“请你去前门的烤鸭店吃烤鸭吧。”

“没劲，太庸俗。”

“那请你去大华电影院看电影？”

“老套，你就不能整点儿有创意的。”

“那你说干什么才能有创意呢？”

“让我跟你打个啵儿吧。”

苏苏听到这儿，把眼睛睁得大大的：“什么是打啵儿？”

“就是这样。”我把嘴冲着她噘得高高的，然后左右晃了晃，还把舌头吐出来卷了一下。

“啊呸，想得美。”苏苏“唰”地一下子把脸扭到了一边。

那顿饭我们俩要了一份鱼香肉丝、一份水煮牛肉、一份家常豆腐、一份西红柿鸡蛋汤。我吃了两碗米饭，苏苏没吃主食，其理由是减肥。我们还喝了点儿啤酒，几杯小酒下肚，苏苏的脸蛋立刻变得红扑扑的，像极了一个熟透的苹果，散发出无比诱人的香甜味道。

我一直都相信，运动和爱情一样，是一场追逐与被追逐的游戏。游戏开始了，先出场的是苏苏。苏苏穿一身红白条的 ADIDAS 运动衣，弯着身体，半蹲在起跑线上，一张美丽冷静的脸无比自信。发令枪一响，苏苏飞身而起，几个栏过后，就已经一骑绝尘，把其他选手远远地甩在了身后。十几秒钟之后，苏苏的背影率先撞过了红色的终点线。看到这里，我不由得激动地从地上跳了起来。这时我们学校的啦啦队已是欢呼声一片，一群人簇拥着苏苏离开了跑道。我看见苏苏频频地回身在看，我猜她一定是在找我，一定是想在第一时间和我分享胜利的喜悦。一想到这儿，感动如期而至，忽然就觉得自己的眼睛有些湿了。

然而对于接下来出场的我而言，100 米跑的比赛简直就是场噩梦。起跑的时候我控制得很好，前 30 米我一直处在较为领先的位置。我似乎已经感觉到胜利的旗帜在向我招手，那一条横在终点的红线已经触手可及，却没想到我脚上该死的跑鞋竟然在跑道上一个并不明显的小坑中崴了一下，我的身体在高速运动中失去了平衡。这时，身体前倾的我已无法矫正自己的姿势，踉跄几步，砰然摔倒，还在地面上滑行了三五米的距离。短暂的迟疑后，我还是从地上爬了起来，坚持跑完了比赛，看台上的观众给了我一阵鼓励的掌声。在终点处林教练过来拍了拍我的肩膀，没有说什么。苏苏则从围观的人群中挤出来，一脸关切的表情：“丁若，你的腿摔破了，疼吗？”我摇了摇头。苏苏帮我用酒精棉擦了擦伤口，然后涂了点儿红药水。“很快就会好的。”她柔声地告诉我。我摸了一下苏苏的头发，哑着嗓子对她说：“我要去跳远了。”

跳远比赛的时候苏苏一直站在沙坑边为我加油，每一次我起跳的时候都能听到她用最大的嗓音在呼唤着我的名字。第一跳我踩线了，不过我感觉到自己的状态似乎不错。第二次跳的时候，我稍微往后退了小半步，在经过了大约 20 米助跑后，我准确地用左脚踩住了踏板，然后右腿用力起跳和腾空，在空中短暂地停留后，双脚稳稳地落在了沙坑里。不远处的看台上有惊呼的声音，我知道这一回跳得应该是不错。5.81 米，打破了我个人的最好成绩。

苏苏跑过来在我的背上拍了一下：“你小子起跳的动作还蛮专业的嘛，胸脯挺得巨高。”

“超过你没有？”

“你怎么又开始耍流氓了？”

“拜托你有点儿常识好不好，回去问问你妈什么才叫耍流氓。”

林教练到裁判组查询了成绩，5.81 米的成绩目前排在第一，而且拉开了其他选手很远。我听了之后就学着那些电视转播里的体育明星，做起了跳起来振臂一呼的动作。又跳又呼了几下之后，才发现刚才跑 100

米时摔破的腿居然疼得很生猛。林教练对我说:“你不要再跳了，看样子后面那几个小子也超不过你。”我感恩地看了林教练一眼:“您就让我跳吧，学校的荣誉重于一切，再说我也想挑战一下自我。”苏苏在后边使劲儿扯我的衣服:“你又开始装腔作势，虚伪，赶紧歇了吧。”我回头一声叹息:“唉，我的大小姐，还是你最了解我。”

跳到倒数第二轮的时候，有一个黑黑的大个子从远处 400 米决赛的跑道上赶过来，向裁判示意参加比赛。一打听才知道这小子是八中的体育特长生，因为 400 米决赛和跳远比赛的时间有冲突，所以他放弃了跳远的前几轮。猛男的出现已经让我很不爽，而他跳出来的成绩就让我更加不爽了。这家伙跳得很轻松，又黑又长的腿在空中还有个很明显的换步动作，6 米，而且看起来他还有相当大的进步空间。果然，在最后一轮他跳出了 6.15 米，打破了运动会的纪录。全场掌声雷动，连苏苏也跟着鼓掌。

我白了苏苏一眼:“你跟着起什么哄？”

“你没看到啊，人家都破纪录啦，你别不服气。”

“干吗要服气，我要是长丫那么高的个儿肯定能跳 7 米。”

“你就知道吹。”

“我还知道这傻大个儿腿毛的长度也能破纪录。”

“你冠军丢了，说明你技不如人，这没什么好说的。但是你现在的表现明显就是在妒忌，说明你小心眼儿，又输比赛又输人。”

“什么狗屁逻辑。”我一边说一边也跟着拍起了巴掌。

8.

吻，英文 KISS，俗称打啵儿，其在爱情里的作用是推波助澜。我的朋友侯杰曾经这么告诉我：如果你想搞定一个姑娘，只要得到打啵儿的机会，成功的概率就基本在 90%以上了。我曾经也很认真地去学习和领会，并急切地渴望在现实中予以实践。

说起侯杰，这家伙和我的友谊是从一生下来就建立起来的，用北京话说这叫作发小。我们的父母是老街坊，我们俩又出生在同一家医院，后来又上同一个托儿所，再后来又上同一所小学，直到上中学时因为他家搬到海淀区，我们俩才分开。

侯杰上的是位于圆明园里面的 101 中学，西边是北大，东边是清华，简直是前无古人后无来者的学习环境，可他偏偏选择了辍学。我一直都没有整明白侯杰这家伙为什么对学习这件事情那么不感冒，若干年之后我还问过侯杰：“辍了学，你后悔过没有？”

“没有，真的没有。”

“为什么？”

“因为只有当你学会了放弃，才能真正明白，生活其实只是一场骗局。”别看这家伙不爱学习，可他的嘴里总能喷出些类似于梦呓但又有些哲学韵味的句子。

辍学后侯杰开始了浪荡江湖的生活，他不爱美女爱金钱。侯杰说自己是一个绝对的拜金主义者，只要给他钱做什么都可以，甚至包括让对方上自己的女人。对金钱的极度贪婪让侯杰时刻生活在极为残酷的梦想中，他最常说的一句话就是：“如果我能买彩票中 500 万……”

起初侯杰在北四环边上的五道口摆了个地摊，卖一些走私的卡口音带，风餐露宿，挣了些辛苦钱，偶尔闲暇的时候还会请我在东四隆福寺的大排档喝个啤酒吃个烤肉。侯杰告诉我等他有了钱以后要买一辆 3.0 排量的敞篷越野吉普车，开上它去宁夏的沙漠看骆驼，还说要在怀柔水库的边上盖一栋带空中花园的豪华别墅，里面放满他最喜欢的 ZIPPO 幻彩 MINI 打火机。侯杰说这些话的时候，眼睛里放着蓝光，我能透彻地感觉到他对财富的渴望是如此迫切。

可惜还没有等到实现自己的理想，侯杰就在一次打击走私犯罪的执法活动中被无情地打击了，庭审之后，判了两年。我曾到看守所看过侯杰一次，当时他表情呆滞，双眼无神，只用沙哑低沉的声音告诉我给他弄两条硬盒的希尔顿牌香烟来。等我带着香烟再去看他的时候，却被告知此人已被发送到云南劳动改造了。此后，我就和侯杰彻底失去了联系。

扯得有些远了，回到打啵儿的问题上。

运动会结束的当天晚上，我和苏苏第一次打啵儿。在学校为我们举行的庆功宴结束后，我和苏苏拉着手来到了曾经一圈又一圈练习跑步的操场上。金色的月光在头顶上照耀，洒下来碎碎的黄光，我看着苏苏微红的脸颊和眯着的眼睛，心底泛起无限柔情。俩人走到一个幽暗的角落处，我用双手捧起苏苏的脸，轻声地冲她说：“苏苏，你真的很好看。”这时候苏苏面对着我，缓缓地闭上了眼睛。机会终于来了，我心里一乐，弯下头把嘴稳稳地贴住了苏苏的嘴唇。苏苏的嘴唇薄薄的，舌尖还带着些温度，在我的口腔里不停地搅动，让我有一种如痴如醉的感觉。记不清这个吻持续了有多久，反正时间不短，感觉温润绵长。

打完啵儿之后，苏苏随即睁开了眼睛，直勾勾地看着我，嘴里却说不出话来。

“现在知道什么叫打啵儿了吗？”我笑了笑。

“呸，我又被你骗啦。”

“喂，我可没骗你，这是绝对正宗的打啵儿，如假包换。”

“换你个头啊，你个大坏蛋。”

“那能不能让我再坏蛋一次？”

“哪儿凉快你哪儿歇着去吧。”

侯杰说得没错，打啵儿的确是助长了我和苏苏的关系，但是我后面想说的是，可惜它却是拔苗助长。

自从我和苏苏打了啵儿以后，苏苏就像变了个人似的，她似乎总沉醉于打啵儿的快感之中。一有单独的机会就会噘着嘴对我说：“丁若，来练练。”开始的几天我还挺激动，日复一日，就慢慢地失去了先前那种浓烈的兴趣。

“丁若，来练练。”

“整天练您不烦啊？”

“你就不能端正点儿对待打啵儿事业的态度啊？”

“还让我怎么端正啊，再好玩的事情也架不住一天整个几十回啊。”

“让你练你就练，少废话。”

“打啵儿又不是奥运会比赛项目，练那么辛苦干吗？”

“你要是不好好练，我就找别人练去了。”

“我靠，你丫敢。”

“要不你试试，你要有种就别练。”苏苏的表情异常坚决。

我只好冲着她把嘴一噘：“来练吧，算你丫狠。”

沉迷于打啵儿事业中的苏苏，学习成绩开始一落千丈，从巅峰时期的全年级第二十一名迅速滑至大约一百五六十名的样子，并且像她的110米跨栏成绩一样稳定，没有出现丝毫的反弹迹象。再后来我和苏苏的恋爱关系彻底败露，几名负责校风建设的老师开了个碰头会后，商议的结果是以分班的方式隔离我和苏苏两人，并通知苏苏的家长来校。

苏苏问我：“丁若，你说我们该怎么办？”

“凉拌热拌炒鸡蛋。”

“你怎么这时候还贫啊？”

“穷人家的孩子特征就是贫。”

“说正事儿吧丁若，求你啦。”

“是你求我的，求我帮你出主意？”

“是啊，平时你的鬼点子那么多，现在也一定有招。”

“那我现在郑重地告诉你，我也没辙。”

苏苏听着我说的话，眼泪忽然涌了出来：“人家心里好害怕嘛，你还在这儿寻开心。”

“好了，别哭啊，你让我想想。”

我一边用手擦着苏苏的眼泪，一边心里盘算着。

“你还想不想和我在一起？”我问苏苏。

“当然是想啦。”苏苏回答。

“那好，我的主意是我们私奔吧。”苏苏睁着大大的眼睛看我，半晌都没有说出话来。“回去不要把这事儿告诉你爸妈，带几件换洗的衣裤，明早北京火车站广场西边的大广告牌下面见。”

我把私奔的时间地点给苏苏做了一个简明扼要的通报，如同一个领导在给下属布置工作，苏苏也不回答，只是一个劲儿地点头。其实我提议私奔的时候，心里压根儿也没底儿。也许明天的晚报上就会登载着这样一条惊人的消息：“某中学两位少年以私奔的方式，反抗社会和家庭对他们自由爱情的粗暴干涉。”

晚上睡觉的时候我做了一个梦，梦见我背着沉重的书包，拼命地在一个很大很宽阔的湖边奔跑，跑到筋疲力尽坐在湖边上喘气的时候，身边忽然出现了一个白胡子老头。他对我说：“孩子，别跑了，你想追上的人是不会和你走的。”我刚想问，你是谁啊？你怎么知道呢？没想到这老爷子忽然一转眼就不见啦。我靠，连梦里也见鬼。

第二天我起来得挺早，吃了妈妈给热好的豆浆和油条，我翻出了好长时间都没用过的 NIKKO 双肩登山包，装了些自己喜欢的衣服和 CD 光盘。“妈，您给我点儿钱，今儿个学校发书。”“再发书你也用不着背那么大的包吧？”妈妈说。“您不知道，这回发得多，学校专门从湖南订的，连高考总复习题都有。”妈妈没再发问，从钱包里给我取出了一张百元的票子：“够吗？”“谢谢妈，您真是个好人！”“路上小心点儿，过马路别着急。”我出门的时候妈妈还柔声地嘱咐我。我回头答应“知道了”。看着妈妈慈祥温暖的面容，那一刻我差点儿流出眼泪来。

从地铁里出来，我看了下手表，正好 7 点半。我们约的是 7 点 50，还有一段时间。我就笔直地伫立在车站广场的大广告牌下，等着我亲爱的苏苏。

我看着车站上匆匆而过的人流，他们背着大包小包，穿着崭新的西服或磨旧了的牛仔装，他们有的刚来北京，又有的要离开北京，他们都是为了生活而奔波的人，他们都是在寻找着梦想的人。看着看着，我似乎在他们疲倦的脸上看见了不安的自己。这一刻，我好像一个站在十字路口张皇失措的路人，迷失了方向，任由心情的版图匍匐与蔓延，无从决断，而脚下的路，只是一种真实记忆的虚空。

从 7 点 50 到 8 点的这一时间段里，我看了三十多回手表，却一直不见苏苏的到来。其间还有个面若屠夫的乞丐向我乞讨，我好心好意把背包里上回吃剩下的半包苏打蔬菜饼干拿出来，递给他，没想到丫竟然不要。我看着他戳在我面前的黑漆漆的手，只好背转过身去，然后把饼干装回自己的背包里，心里暗自愤愤不平。昨天同桌毛毛向我要了半天，我都没舍得给呢，你丫一要饭的还挑三拣四，什么世道啊。

等到 9 点钟，太阳已经老高了，悬挂在天空的正中央，射出灿烂的光线，直照得我晕头转向。我看着地面上自己孤零零的影子，心里忽然泛起一阵阵悲哀。

我知道，苏苏不会来了。

我曾经固执地以为，这世界上最不可能骗我的就是苏苏，但是现在才发现，原来自己的想法是那么的幼稚那么的愚蠢。事实上真理只可能是，这世界上唯一不会骗我的人就是我自己。在今后的若干年里，这句话简直成了我的座右铭，指导着我对待生活和感情的态度。

另外还真得补充一句，他妈的昨天晚上的梦还挺准。

事实上，苏苏失约于私奔这件事情，在未来的很长一段时间里都深刻地影响着我和苏苏之间关系的平衡。几年之后，依然会在我们吵架的时候把这段荒唐的往事再倾吐在相互的口水中，当然往往是由我先提出的，并且是我在争吵中明显处于下风的情况下。

举一个例子。大二那年寒假里的一天，我和苏苏去了趟中关村，在海龙电脑城五层的一个私人柜台买了一大堆盗版 DVD 电影。回到家里，我想先看《月黑风高》，苏苏却提出要先看《天使之城》。

“咱们先看《天使之城》好不？她们都说好看呢。”

“谁们？你周围那些妞儿，也就这么丁点儿精神追求。”

“怎么啦？人家没说你帅，你就有意见啊？”

“我有嘛意见？我告诉你，就她们丫那操性，我连提意见的兴趣都没有。”

“少废话，赶紧给我按播放键。”苏苏一边说一边把盘推进影碟机里。

我坐在沙发上，按了下遥控的开仓键，“咔嚓”一声盘又从机子里退了出来。

“《月黑风高》又名《肖申克的救赎》，绝对有震撼力的大师级作品，苏苏你最应该看了，让真正的艺术来救赎一下你那庸俗的审美情操吧。”

“呸，你还真以为你是审美大师啊？鼻子上插俩葱你跟这儿给我装大象。就看《天使之城》，尼古拉斯的眼睛多迷人呀。”苏苏一转身又把盘给推了进去。

我再次按动遥控：“心灵的沐浴你不看，非看尼姑垃圾，不行。”

“你有毛病啊？人家可是好莱坞大腕。”

“我只能说老外欣赏水平实在太差。瞅丫那熊样儿，搁国内也就配给葛优和姜文擦擦皮鞋。”

苏苏急了，开始向我发飙，连珠炮似的说了一大串：“丁若，你除了会耍嘴你还会干吗？你还能干吗？你还敢干吗？”苏苏这话一下子就说到了我的痛处，琢磨来琢磨去，我似乎没有什么特别能拿得出手的特长。想说一句我体育比较强，可是再强也没强过苏苏的 100 米跨栏，想说我学习成绩比较好，妈的上学期还挂了两门。“你不能个儿了吧？你倒是说话呀。”苏苏一脸得意的笑容，一边说着一边过来抢我手里的遥控器。“干吗？我还会私奔呢我还能私奔呢我还敢私奔呢。”我把声音提高了八度，手把遥控器高高举起，大喊着从沙发上跳了起来。苏苏愣了一下，没有说话。我继续说：“私奔是一项高难度的活动，它不仅考验着人的胆量，更重要的是它还能检验人与人之间的诚信度。”苏苏不再说话，“噌”地一下坐在沙发上，抬起头直直地盯着我看。我继续追击：“曾经有一场私奔的机会摆在我们的面前，可是有人并没有珍惜，等到失去的时候才后悔莫及。如果有一个机会可以重来一次的话……”苏苏忽然坐起来，从茶几上拿起《月黑风高》放进碟机里，用力地按下了 PLAY 键。

9.

苏苏失约的那天，我赶到学校的时候已经是两堂课之后了。同桌毛毛从老远处看见了背着大包的我，立即屁颠屁颠地跑过来：“丁若，你马子的老爸来了，现在正在办公室里和班主任谈话呢。”“他来了关我鸟事儿？”我的心情不好，说话无精打采。“刚才数学课老师点名啦，我帮你答到来着。”毛毛笑眯眯地看我。我从背包里取出那半袋没送出去的饼干，递给毛毛：“这些都给你，别跟着我了，我不想说话。”毛毛把脏乎乎的手在他的蓝色毛衣上使劲擦了几下：“谢谢哦。”一边说着一边就把饼干接了过去，开心地往嘴里塞。

当我走进教室把背包放在座位上的时候，苏苏从外边走了进来，门口站着一个高大健壮的中年男人，想来是她的父亲。苏苏走到我面前，眼圈有些红，看得出来她刚刚哭过。“对不起。”苏苏先小声说了句。我没有说话。“我爸叫你出去一下，他想和你谈谈。”我仍然没说话，把刚放在桌子上的背包又背了起来，径直朝教室的门外走去。

我们三个人在距离学校不远的“郭林家常菜”餐厅里坐下，四个人的方桌，我和苏苏的父亲坐对面，苏苏坐在中间。苏苏的父亲戴一副方框的金边眼镜，看起来很斯文。他说话的声音很柔和，面带着微笑。几句话过后，我意识到不会有什么太激烈的冲突发生，心里的紧张与对立情绪开始一点点消散。“丁若，叔叔今天把你叫出来吃饭，一方面想见见你，另外呢，还想和你交流一下思想。”“叔叔，您多吃点儿这个萝卜干炒腊肉，算是这儿的特色菜，味道很不错。”我说话的同时把盛菜的盘子朝她父亲坐的方向推了一下。苏苏的父亲夹了一口菜，在嘴里嚼了嚼，然后继续说：“你和苏苏的事情我都知道了，也不想批评你们。年轻人之间彼此爱慕，这个很正常。”我停下夹菜的筷子，抬起头看他，说真的这句话让我很意外。“这是一个崇尚自由的年代，做家长的我本来不应该干涉你们的自由。”这回我没让他继续讲下去，而是很快地接了句：“您说得太对了，我们应该充分享受这种自由，这绝对是人类思想史上一个伟大的进步。”苏苏的父亲在听见我说这话的时候明显地愣了一下，很显然我的话也让他意外了那么一下。但是很快他就恢复了自己身为家长的表情和语气：“但是你们现在所处的时间不允许你们充分享受恋爱的自由，丁若你想想，还有一年就要高考啦，你和苏苏都应该把有限的精力集中在学习上。”“政治课上老师说社会主义建设就是两手都要抓，两手都要硬。”说这话的时候我一只手用筷子夹着菜，另一只手用勺子盛了一勺汤，然后轮流把它们送进了自己嘴里。

也许是苏苏的父亲已经对和我谈话的效果彻底绝望了，他不再说话，终于起身结账。我斜过头来看苏苏：“你放我鸽子是不是比较好玩啊？”

“对不起，我不够勇敢。”

“错了，你已经相当勇敢啦，你都敢告诉你老爸啦。”

苏苏低着头，嘴里嘟囔着：“对不起。”

“你有没有点儿新鲜的？”

“有。”

“说啊。”

“我想和你打啵儿。”

10.

和苏苏酷爱打啵儿一样，我也有一个很私人的喜好——爱幻想。我常常会躺在床上想一些看起来莫名其妙却让我自己感觉和生活很有关联的事情。比如，怎样才能把取之不尽的水变成全球趋之若鹜的石油？冷酷的普京和性感的麦当娜拍拖会不会引发世界大战？未来的高科技动物园能不能收养来自太空的外星人？

苏苏总是会说我，你是不是洗澡的时候不小心脑子里渗进水啦？我也总是理直气壮地说，你懂不懂你懂不懂你懂不懂，这是思想的艺术。

我告诉苏苏：“也许这个世界上所有成功的人都有一个共性，就是对事物保持着高度的好奇感。正是在这种好奇感的驱动下，才会诞生一个又一个的成功。而那些对任何事物无欲无求并且不愿意去创造的人，永远也不可能成材。请原谅我说出了真相。幻想无罪，幻想有理。天才就是这样诞生的。所以，苏苏，请尊重你身边这个拥有天才特质的优秀人类。”

11.

私奔未遂之后没多久，苏苏就在她父亲的命令下强制转学了，具体转到哪里我也不知道。苏苏的父亲盯得紧，所以她临走的时候也没来得及和我说上只言片语。

苏苏被带走的时候，我趴在校门口的铁栏杆上，目送着苏苏的背影渐行渐远，直到消失不见。秋风乍起，心里涌上来一阵阵的难受，眼泪也终于不争气地流了下来。

在苏苏转学后一直到高考之间，我都没有再见到她。说老实话，我非常想念苏苏。高三那年每一个总复习的晚上，我都会在夜深人静的时候，悄悄地温习苏苏甜美的容颜柔软的手臂丰满的胸脯拥抱时陶醉的神情打啵儿时紧闭的眼睛。属于苏苏的一切，都是那么生动，那么让人难以忘记。

即使时间流动，伊人无踪，往事仍像一个咒语，压缩在记忆里，挥之不去。我不知道这能不能被定义为所谓的爱情，可是我知道我是多么渴望与苏苏再重逢与苏苏再相拥与苏苏再一次一次不知疲倦地练习打啵儿。

12.

在那一年里发生了一件大事，就是我考上了大学，以全区文科第三名的成绩拿到了人民大学新闻系广告学专业的入学通知书。仿佛只是一夜的工夫，我就扭转了自己在老师们心中已被定了位的形象，从一个不学无术的桀骜少年迅速转变成为一个勤奋好学的三好学生。我觉得自己像极了幼年时读到的童话故事《鲤鱼跃龙门》里面那只跳过了龙门的鲤鱼，只因为自己跨过了那道门槛，就有了笑傲同类的资本。

我成了学校的明星人物，“丁若”这个名字开始频频地出现在校园的各个公告栏里，出现在老师同学家长的谈话里。我的班主任也因此而沾了大光，被评为全区的优秀教师，后来还上了北京电视台，在一档非常低级趣味的访谈节目中，大言不惭地向那些端坐在电视机前的广大淳朴善良的观众推销她所谓的“先进”教育经验。

后来竟然还有记者采访我，问我在考试中成功崛起的秘诀是什么，我当时说了一句很酷的话：“高考实际上就是一场赌博，恰好那两天我的运气比较好。”

高考成功使那个和往年一样炎热干燥的夏天，变得异常美妙和轻松。我不用再晨起五更去赶学校的早自习，不用再头悬梁锥刺股熬夜啃书，再也看不到数不清的复习题，再也听不到吵醒我春梦的闹铃声。我拥有的是父母欣慰的表情，是同学们艳羡的目光。如果说还有什么不完美的事情，那就是苏苏不在我的身边。

对苏苏的思念无时无刻不在煎熬着我，苏苏，你知道吗？如果我是带鱼，你就是我赖以生存的海洋；如果我是帆船，你就是推我远航的风；如果我是杨树，你就是我足下生根的土壤；如果我是向日葵，你就是沐浴我成长的阳光。苏苏，我是那么那么想你！我多想牵起你的手告诉你，你是我生命中的奇迹，我多想抱住你柔软的腰肢告诉你，我好想再和你练习打啵儿，像从前一样。

像从前一样。这是一个多么单纯而美好的愿望啊。可是我不知道苏苏现在住在哪里，过着怎样的生活，我没有任何关于她的消息。我几乎问遍了全学校所有认识苏苏的男生女生学姐学弟，却仍然找不到哪怕是一点点关于她的蛛丝马迹。我从白天到黑夜晃悠在西单东四王府井新街口马甸北太平庄的大街小巷中，我在茫茫的人群里不知疲倦地寻找着苏苏的身影。我希望苏苏也能像我寻找她一样在寻找着我，哪怕走遍世间的五湖四海千山万水；我希望自己能够在某个偶然的时刻和苏苏不期而遇，哪怕那时已经苍老了我们年轻灿烂的容颜，模糊了我们清澈无邪的眼睛。

我在日记本里写下这样的句子："有些事情从来没有过去，有些角落让人无法遗忘；有些气味总也挥之不去，也有人在心里生根发芽……"

和入学通知书一起抵达我手里的还有一把明晃晃的不锈钢钥匙，爸爸把在单位补差时又分的一套房子给了我。"小若，祝贺你考上了大学，现在你可以独立了。我知道你一直都在盼望这样的生活，这也算是我和你妈送给你的升学礼物吧。""谢谢老爸！真是知子莫若父啊，理解万岁。"我和爸爸像两国外交官员在双边会谈成功后一样愉快地握了握手。

房子在红民村，距离人民大学很近，是非常小巧的两居，50 平方米的样子，南北通透，很适合居住。我跑到马甸桥下边的 IKEA 家居店买了些风格简洁的家具和饰品，简单地布置了一下，房间倒也收拾得有模有样。

望着干净的大理石地面和洁白的天花板，我长长地呼出了一口气，终于拥有了一块属于自己的地盘，也终于可以实现长久以来一直梦想的独立自主了。

13.

说起来这件事儿，我就很窝心。因为它是深埋在我内心里的一块阴影，是我觉得自己对苏苏最亏欠的地方。苏苏从来都不知道，我上的第一个女孩并不是她。从中学时代懵懂的感情到后来如火如荼的热恋再到彼此熟稔的家居生活，苏苏一直都天真地以为她是我上的第一个女孩，我们把彼此的第一次完整地交给了对方，我们之间的感情是人世间最纯净的爱情，纯得如同冬天里飘着的一片片晶莹的雪花，净得如同透明玻璃杯里晾好的白开水，不沾染任何杂质。

我实在不忍心打破苏苏心中如此完美的感觉。即使，这并不真实。

14.

那年夏天，金榜题名的惊喜、进入象牙塔的新鲜和遍寻不见苏苏的失落交织着撞击我的头脑，我经常处于一个或者昏昏欲睡或者极度亢奋的迷乱状态之中，还时常会感觉头疼。妈妈怀疑我生病了，催我去看，于是我就坐了20分钟的公共汽车到人民医院看病。

给我看病的医生是一个年轻的女孩，穿着白色的医生装，戴白色的卫生帽和口罩，只露出一双漂亮的眼睛。她问了问我病情，然后看了一下我的舌苔，淡淡地说了一句："我看不出你有任何疾病的症状，也无法给你开出合适的药方。"

我抬起头来："请给我一个理由。"

"也请你先给我一个理由，为什么没病要装病？"

"谁说我没病，我食欲不振我心焦气躁我长夜漫漫无心睡眠我……"

"好了好了，我给你开点儿药，你吃了就会好。"然后她冲我眨了一下眼，又说："你还挺有意思的。"

“您才发现啊，什么眼神。我不仅有意思，我还很可爱呢。您要是不把我的病给看好了，全国人民都不答应。”她扑哧一下，终于笑出了声。

我看着她：“拜托，您是医生哦，不要表情那么夸张好不好。”

她忽然把口罩一摘：“你都看不到我的脸，怎么会知道我表情夸张呢？”

她这一个简单的动作直接就把我给看得愣住了，原来这位女医生竟然是个不折不扣的美女，而且看起来非常年轻。她一边把药方递给我，一边说：“这是一星期的药，吃完了下周二可以继续来找我。”

我接过药方，上面赫然写着：“诊断病情：植物神经紊乱。用药：安定，每晚睡前两片。”

在接下来的一周里，我每天晚上都根据她的嘱咐按时吃两片安定。别说，还真管用。我像换了一个人似的，吃嘛儿嘛儿香，浑身还特有劲儿。头不疼了，上课的时候也清醒了。小段当时用了一个非常褒义的成语来形容我：英姿飒爽。

那一星期睡觉也觉得特别香，只是经常做梦。梦里经常会浮现出那个年轻女医生的容颜，她有白皙的肤色和大大的眼睛，不停地在我面前走来走去。我问小段："你说我要是在梦里总是梦见同一个女孩，那是咋回事儿呢？""日有所思，夜有所梦。八成是你喜欢上她了呗。"难道我真的喜欢上她了？喜欢上一个人就这么容易？我在心里暗自嘀咕。

一晃眼周二就到了，早饭我照例打了豆浆和油条，一边吃一边看着食堂里匆匆走来的女生，她们坐在我的前后左右，吃着和我一样的豆浆油条或者不一样的牛奶面包，可是我总觉得还有什么事情要做，不过又一下子想不起来。

第一节课是微积分，老师是个中年的男性，姓刘，个子不高，长着一个红红的酒糟鼻，看起来形象相当的卡通。刘老师讲课的时候总是不苟言笑，并且能够在两个小时的课堂时间里一直都保持着同样的音调和语速。本来我就不喜欢学数学，又碰上这样一个毫无情趣、不懂得抑扬顿挫的老师，就更是觉得没劲。我环顾了一下教室，满屋子的人竟然都目不转睛神色虔诚地望着写满了公式和字符的黑板，也不知道究竟是伪装还是真的爱听讲。属于爱听讲的那部分人没说的，我是真的佩服，但伪装类的另一部分人，我就相当地鄙视他们，干吗呢？你们丫净装蛋吧。

就在我思前想后、内心激愤的时候，那个人民医院的年轻女医生忽然一下子就从我的脑海里窜了出来，在我的脑子里跳来跳去，完全占据了我的思想，什么微分求导，什么专注和伪装，刘老师的数学课一下子就被我抛到了九霄云外。下课铃声一响，我就撒丫子闪人，出了学校东门，坐上运通 105 路公共汽车，直奔地处西直门的人民医院。

走到诊室的门口，我从窗户上往进望，她果然坐在里面，仍然是白衣白帽白鞋白口罩，一尘不染的装束。我看看前面还排着两个病人，就坐在诊室外边的长椅上等。10 分钟以后，我走进诊室，坐在了她的对面。“你来了。”她抬起头来，虽然她戴着厚厚的口罩，但是我仍然能感觉到她脸上透出的愉快。“哦，来了。”我回答。“感觉怎么样？”她问我。我从座位上站起来，笑着对她说：“我能跟您握一下手吗？”她把手伸出来：“怎么了？”“哎呀，这可是神医的手啊！”我使劲地握了握她的手，然后又说了一句：“您的皮肤真好！”我猜当时她的心脏肯定是狠狠地跳了一下子。

中午的时候我和她面对面地坐在了西直门立交桥下西北角的一个川菜馆里。她换下了长长的白大褂，穿了件嫩粉色的衬衫和一条洗得有些发白的牛仔裤，摘掉帽子的她原来有一条长长的大辫子。

我先跟她套瓷：“为了感谢您的妙手回春，今儿个我请您吃饭，不过我想先知道一下您的芳名。”

“王晶，三横一竖的王，亮晶晶的晶。”她的回答很爽快。

“哦，和著名的王导同名啊。”

“哪个王导？”

“香港德高望重的三级片导演王晶啊。”

“呸！你有点儿正经的吗？这饭是没法吃了。”她还真有点生气，一下子就从座位上站起来，做出了要走的样子。

我赶紧满脸堆笑：“别介，开玩笑，我的王医生，有话好好说，有话好好说。”

她坐了下来，狠狠地瞪了我一眼，然后却又笑了：“什么叫有话好好说？你倒说起我来了。好像是我说错了话似的，你可真够鬼的哦。”

“呵呵。”我报以歉意的微笑。

“王医生，您工作时间还不长吧？看起来可真年轻。”我继续问她。

王晶看了一眼窗外的马路，又回过头来看着我：“其实我还没有工作呢，我是北京大学医学系临床医学专业二年级学生，我的导师在人民医院做一个项目，所以就推荐我每星期二在这里实习一天。”

我举起了手中的啤酒：“缘分啊，美女，我们同行，都是学生。小生名叫丁若，在人大新闻系修行广告学专业，大一。”

王晶也把手中的露露举了起来，“咣当”传出很清脆的碰杯声音。后来我们又聊了很多，从大学生活到文学音乐再到体育旅游，竟然很能说到一起。我们就像一对失散多年却忽然重逢的朋友，一点儿也没有生分的感觉。

就这样一中午的时间很快地就过去了，王晶对我说：“我要继续去医院实习了，你回学校吧，你的药也不用再吃了，注意饮食调理和休息就好，别整天胡思乱想。”

我点点头：“听你的，王医生，除了想你我不想别的。”

“又贫。”王晶的脸红了。

“对了，下周六是我生日，要是你有时间的话，来和我一起过吧。”王晶向我发出了邀请，我几乎是不假思索地回答：“遵命。”

在接下来的一段时间里，我开始为送王晶的生日礼物犯愁了。想送她一个大大的米奇玩具又觉得不实用，想送她一身安莉芳内衣又不能确定她三围的准确尺寸，后来觉得 LV 的包包不错，又高雅又显档次，可我偏偏没那么多人民币。

我在一个又一个的商场里晃悠，像一只迷茫的蚊子，不知道应该降落在谁的身体上，玩命地叮上一口。转得筋疲力尽的我最后选择了KENZO的一款香水，锥形的瓶子包装，淡淡的柠檬味道。想象着如王晶那样干净的女生混合上这种迷人的味道，一定会产生令人心神舒畅的感觉，心里就不禁涌上一阵阵的香甜。不过这瓶香水一下子把我整月的生活费基本上都折腾光了，想到未来的20天里我将要和咸菜馒头方便面相依为命，我就不由得一声叹息，原来泡妞儿的代价如此不菲。

周六那天，我特意穿上了干净的JACKJONES白衬衫和LEVIS蓝色牛仔裤。修身效果的白衬衫加上直筒牛仔裤，是我最喜欢的服装搭配，既简单又不失优雅，永远不会落伍的经典时尚，可以适应很多种场合。

当我赶到北大南门的时候，发现王晶已经在那里等我了。她穿了一件淡黄色的圆领衫，海蓝色的花格短裙，银色帆布鞋，看起来青春逼人的模样。王晶看见了我，喊了我一声："丁若，我在这儿呢。"我跑过去："看见了，早就看见了，你穿得这么招摇能看不见吗？"王晶白了我一眼，从身后又拽出来一个女生，圆脸，面相善良，身材微胖。"这是我的同学，李佳佳。""哦，幸会。你的名字让我想起了小时候最爱吃的佳佳牌牛奶糖。"我笑着和李佳佳打了个招呼。李佳佳倒是很大方："原本我叫李佳，可是因为学习成绩佳，思想品德也佳，所以众望所归地又加了一个佳，改名叫李佳佳。""你们俩别贫啦，咱们吃饭去吧。"王晶笑着打断了我和李佳佳的对话。

王晶的生日大餐订在了学院路上的“福满楼”餐厅，我们选择了二楼一个靠窗户的位置坐下，侧脸透过玻璃窗就能看见街道上闪过的车水马龙。菜点了不少，但味道一般，不过有一道水煮鱼做得很地道，肉嫩香浓，辣味也恰到好处。李佳佳买了个生日蛋糕，上面写着“王晶：HAPPY BIRTHDAY！”切蛋糕之前，我们一起唱了生日歌，我扯着嗓子唱得挺动情，但李佳佳竟然笑话我跑调。快笑成一朵花的王晶用白色塑料小刀切开了蛋糕，把第一块放在了我的盘子里。王晶当时看我的眼神异常温柔，白净的脸在灯光下显得特别好看。“我来帮你切。”我把手伸过去，按在了王晶的手上，然后我从桌子边上绕过去，从她的身后扶住了她，手把手地又切了一块蛋糕，把它放在了李佳佳的盘子里。李佳佳抬头向我说谢谢，我向她眨了眨眼睛，意思是想要告诉她你可得知趣哦。随后我又为王晶切了一块蛋糕，递给她的时候，我悄悄地在她耳边说了声：“有没有带镜子啊？”“干吗？吃饭还照镜子啊。”“照照看，你现在的样子好美！”王晶低下头笑了，表情又害羞又高兴。我约莫着时机差不多了，就把 KENZO 香水从裤兜里掏出来送到了王晶的面前：“送你的，希望你可以喜欢。生日快乐！”王晶接下礼物的时候，脸上洋溢着一种非常明亮的幸福，她张开嘴想要说什么，我用食指放在了她的嘴唇上：“不许和我说谢谢哦。”“你们真的好浪漫啊！”这时候李佳佳在旁边跳着说。嘿嘿，别说李佳佳的这句话说得还挺正点，后来我发现王晶还确实是个非常热爱浪漫的女人。

从餐厅出来的时候，王晶说想去酒吧坐坐，我连忙随声附和。李佳佳推说有个同乡约了她去实验室，就不和我们去了。这位小姐也算是个明白人，知道什么叫审时度势，让我心生感激。

我和王晶随手拦了辆夏利，直奔三里屯而去。出租车一路飞驰，一条条马路被我们迅速甩在了身后。坐在车里的时候，王晶一直侧着头，眼睛望着挡风玻璃的外边。“看什么呢啊？难道外边有帅哥？”我把身子凑了过去。王晶扭过头来，我们的脸差点碰到了一起。四目相对的时候，我能够感觉到她眼睛里燃烧着的炽热火焰。我们开始长时间地接吻，彼此都因投入而用力，后排的座椅在我们的晃动下发出了咯吱咯吱的声响。后来开车的师傅咳嗽了两下想要打断我们，可我们却谁也没有理会，直到车熄火的时候，我们俩的亲吻动作才停止。王晶掏钱付车费，我俯在她的耳边悄声说：“你的嘴唇好甜。”

我们是牵着手从车里走出来的，头顶的夜空星光闪烁，王晶的格子裙在霓虹灯的照耀下闪闪发亮。三里屯一整条酒吧街上人声嘈杂，灯红酒绿，夜的城市如此美丽，满眼都是繁华陆离。

我问王晶：“我们去哪儿？”“男孩女孩。”她不假思索地回答。

“男孩女孩”是一家以爵士音乐著称的酒吧，门面并不大，但走进去后发现室内的空间却非常开阔。因为来得早，所以人还不是太多，我们选择了一个后排靠窗户的座位。服务生是个穿着紫色紧身T恤衫的男孩，说话的声音很奶油，听起来腻得让人有些不太舒服。“请问两位需要点儿什么？”“啤酒。”我说。“不，我们要伏特加，再加上冰块和柠檬。”王晶的声音随后响起。服务生抬起头看我，我指了指王晶：“听她的。”服务生“哦”了一声，转身离开。我悄声地对王晶说：“你听这哥们儿嘴里发出来的声，八成是个GAY。”王晶笑了笑说：“GAY又如何？我愿意尊重任何形式的感情。”“服了U啦，你别和他一路货就行。”我对着王晶说。

酒吧中间的舞台上已经有一个长发黑衣的女生在纵情地唱歌，麦克风里传出来悠扬的英文歌曲，在室内萦绕回转。王晶听得很专注，右手托着下巴，漂亮的眼睛里浮着若有若无的笑意。“丁若，我喜欢这样的音乐，能够直入心扉。”“直入心扉是种什么样的感觉？”“痛快、透彻、直接。”王晶说这句话的时候，不知道为什么，我的心里忽然颤动了一下。

那个服务生又过来为我们点上了红色的蜡烛，烛影下是两杯白色的伏特加。“干杯！”“生日快乐！”我和王晶一次又一次地碰着手里的杯子。酒瓶里的伏特加越来越少，王晶的脸越来越红，我的头也越来越晕了。酒吧里的人渐渐多起来，都挤在前面，边听歌边舞动自己的身体，我看不见他们的脸看不见他们的表情，能看见的，只是那些被各种品牌牛仔裤紧紧包裹着并且正在疯狂扭动的臀部。

我扶着沙发费力地站起来：“我们闪人吧，再喝下去，咱俩都得废在这儿。”

“我还没喝够呢。”王晶努力地挣扎着她那已经快要睁不开的眼睛，显得意犹未尽。

我伸出了两个手指头在她面前晃了晃：“这是几啊？”

“三啊，我知道。”

“就这你还知道呢。”我使劲儿把王晶从座位上拉起来。

“我不想走嘛，我还想再喝呢。”

“喝你个头啊。”

坐上出租车的时候，王晶已经烂醉如泥，整个身体软软地瘫倒在我的身上。听着王晶浅浅的呼吸声，我迅速做出了一个决定，把她带回我的家里。20 分钟后，我扶着王晶踏进了我在红民村的家。这是我生平第一次主动带女孩子来我的房间，说实话我有些紧张，我甚至能感觉到自己的心跳似乎都要比平时快许多。

我抱着王晶走进卧室，把她平放在床上，帮她脱了鞋袜，盖上被子，又倒了一杯白开水，搁在床头的柜子上。然后我走出卧室，把客厅的窗户打开，坐在沙发上，点着了一支烟。我的心里特别乱，我在考虑自己是不是应该果断地走进去躺到王晶的身旁，是不是应该大胆地脱去王晶的衣服然后再脱掉自己的衣服。一天到晚朝思暮想的就是姑娘，可是当如此大好的机会真真实实地出现在面前的时候，我却开始犹豫不决了。

正当我的思绪混乱到一塌糊涂的时候，王晶醒了。她睁开眼睛："这是哪里啊？""我家，怎么样？有点儿四星级宾馆的感觉吧。"我从沙发上站起来回答。王晶躺在床上没有起来，用眼睛环视了一下卧室，脸上闪过一丝不易察觉的满意表情。

"几点了？"王晶问我。

"凌晨 1 点 53 分。"

"哦，我是不是喝得有点儿多了？"

"岂止是有点儿多，我要不拦着你，估计你能把太平洋都给喝干喽。"我一边说一边走进卧室，坐到床边上。

"讨厌。"王晶轻轻地打了一下我的胳膊："去把窗帘拉一下。"她接着对我说。

当我拉上窗帘转过身来的时候，王晶已经把身上的外衣都脱光了。

王晶光着身子，像个婴儿似的安静地躺在床上，乳房饱满，腰瘦腿长，浑身上下散发出一种典雅舒展的青春性感。我走近她，长久地凝视，却激动得说不出任何话来。我看见王晶的身体如同窗外初升的新月般轻柔脆弱，却在宁静的夜里温柔地绽放。我尽量控制着自己的举止，用最后的内敛对抗着逐渐膨胀的欲望。这时候王晶轻轻地坐起来，抱住我，用嘴和牙齿帮我脱衣服，我看见自己的白色衬衣、蓝色牛仔裤、红色平角底裤被一件件地甩在床下。

两个赤裸的身体紧紧地抱在一起，彼此缠绕，形状如同麻花。

和女性零距离地接触，那种新鲜的刺激感让我的内心产生了一种燃烧的欲望，我渐渐控制不住自己的情绪，而眼前的王晶也失去了平时的镇定，拼命地咬着嘴唇，似乎想要强忍住需要释放的声音。忽然，我一发力，双手扳住王晶白皙的肩膀，毫无停顿地进入了她的身体。此后，我浓重的喘息声和她酣畅的叫喊声混合在一起，此起彼伏，一种色情的味道弥漫在空气中。我这样的描述实际上是不公正的，因为其实这是我的第一次，也是王晶的第一次，我们都是纯洁的孩子。

手忙脚乱了一阵后，我在床上发现了些许乳白色液体，另外还有一缕鲜艳的红色。一切的一切，让人触目惊心。

一夜无梦，睡得相当酣畅。早晨我是被王晶的巴掌拍醒的："丁若，你个懒虫，都快 10 点了还蒙着个头在床上装猪。"

"这才哪儿到哪儿呀，我通常周末都是睡到下午两点半左右才起床的。再说啦，你不也还赖在床上嘛。"我翻了个身继续睡。

"喂，你感觉怎样？"王晶把我的身体又扒拉过来，贴着我的耳朵小声说。

"你是说睡懒觉吗？嗯，挺不错的。"

"别跟我在这儿装蒜，占了人家便宜还不卖乖啊。"

"哦，原来你是想让我说上你的感觉吧？"

"人家以后都不是处女了，你却跟没事儿似的。"

"后悔啦你？听说现在医院能做处女膜恢复手术。你是医生，你说说这事儿操作起来难度大吗？"

“你丫还有没有人性？”王晶一脚把我从床上踹到了地毯上。

我从地上爬起来，在床边上露出半个脑袋，对着王晶说：“别说，还真他妈的爽。”

大学一年级，19岁，我终于以一次成功的性行为完成了自己从男孩到男人的转变，我为我的这次飞跃感到由衷的高兴。更往深刻里说，成功地上了王晶的经历，为我积累了宝贵的经验，使我在今后面对形形色色的女孩儿时，更加充满自信，更加从容不迫。

王晶开始一次次地往我的家里搬运她的东西，长达70厘米的沙皮狗，厚达3.5米的CD盘，二三十个玻璃相框，十七八个首饰盒，还有牙刷毛巾化妆品卫生巾等一系列自用物品。王晶煞有介事地把这些东西散布在我的卧室里，说是要给我的屋子增添几分生动和情趣。她还从超市买了些五彩干花和陶瓷花瓶，以及能在夜里闪闪发光的星星贴纸，把天蓝色的星星贴在白色的墙壁和天花板上，把花瓶摆在床对面的玻璃柜子里。

“丁若，你瞧现在这屋子是不是看起来很浪漫呀？”

“浪漫？晚上咱俩打炮的时候倒是不用再开灯啦。嘿嘿，省电。”

“呸，就知道你的破嘴里吐不出象牙来。”

“没文化了吧你，能吐出象牙的那是大象。”

王晶看了看我，脸上泛起无奈的表情：“拿你实在没辙，还真是够贫。”

不知道为什么，当王晶说这句话的时候，我突然想起了苏苏，她也曾经一次又一次地说我贫，之后一次又一次地和我亲吻。往事就像一阵轻轻吹起的风，撩拨起我埋藏在内心深处的秘密，在我的脑海里不停地翻涌。王晶似乎发现了我的表情有一些失常：“丁若，你怎么了？”“没事儿，想起了一个人。”王晶“哦”了一声，没有再继续问，开始在一边安静地收拾她的相片。

15.

我在大学毕业的时候对小段说过这样的一句话：大学生活好似一个万花筒，看起来繁花似锦绚丽非凡，可实际上从它的物理构成来看，也就只是一个一个残缺的玻璃碎片而已。我们给这些透明碎片镀上了各种各样的颜色，其实就如同在我们赤裸的身体上披上了一层可以遮盖隐私的衣裳。小段当时摸了摸自己那明晃晃的脑袋，冲着我点了点头：“我靠，太绝了。这么一琢磨，还真他妈的是这么一回事。”

我发现每一个从象牙塔中走出的男人在回首大学生活的时候，都会说出这么几样事情来：爱情、朋友、足球，我自然也不例外。当然，我要在此严正地声明，如果可以让我的大学时光重新来过，我一定会在这几个名词的最前面加上“学习”——这个看起来光明无比的词汇。这是我的心里话，是我的心声，我想把它说给那些正在象牙塔中生活和即将走进象牙塔的孩子听。

请相信我说的话，这绝对是一个真理，一个能经得起残酷现实和漫长时间考验而颠扑不灭的真理。

16.

对于我或像我一样热爱自由的孩子而言，能在大学里修习文科专业是一件多么幸福的事情，它意味着你可以用异常轻松的姿态来完成四年漫长的学习生涯。文科生是从来不用为作业而犯愁的，因为根本就没有作业。文科生有大把的时间可以放松，只在期末考试前紧紧抱住老师给勾勾画画的复习题——这只伟大的“佛脚”就可以实现胜利大逃亡。

同在一座象牙塔下，文科生和理科生的生活境遇真是有着天壤之别，仅看看他们的时间表就可以一目了然。经过我严格的考证，大体如下：理科生周一做物理作业、周二做高数作业、周三参加分子力学模拟测试、周四做数学建模，周五还要加课学习计算机编程；文科生周一逛电影院、周二去溜冰、周三会女友、周四听经济学报告会、周五加课到机房玩计算机游戏。为此，我开始庆幸自己高中时没有混进所谓精英云集的理科班。

可即使是文科生如“采菊东篱下，悠然见南山”般闲适的学习生活也并不能长时间延续我对学业的热情，在开学短短的一个半月之后，我发现我存在严重的厌学倾向。我不喜欢上课，总觉得那些所谓的知名教授和讲师在给我们周而复始地灌输着大批量无用的东西。我开始经常地翘课，赖在宿舍里睡觉，偶尔跑到教室里，也不听讲，只是歪着脖子看看周围有没有漂亮的女生。可恶的却是有些老师喜欢点名，上课前总拿着一个快要被翻烂了的牛皮纸花名册，依次地念着我们的名字，并且威胁说点名三次不到的学生期末考试将无法通过。要说这事儿确实挺龌龊，那些无能的老师不通过改进自己的教学水平来吸引学生，反而偏偏选择这样的旁门左道雕虫小技来保证自己课堂的上座率，以求向更高级的领导吹嘘自己的教学多么吸引人，多么受学生欢迎。这举动真的很无聊，说实话，我都替为人师表的他们感到不好意思。

我在好几门课都被通知已有两次点名不到的紧张形势下，绞尽脑汁终于找到了一个一劳永逸的好办法。说到这儿就又需要感谢一下同宿舍的小段同学，要说这革命老区来的孩子就是淳朴，在我先请吃麻辣火锅又请吃大兴西瓜晓之以理动之以情的连环攻势之下，小段同学感动异常，声泪俱下地向我保证，以后所有的课哪怕自己不答到都要替我答到。

解决了后顾之忧后，我的大学生活变得更加轻松自由无拘无束。别人上课的时候我就套上整齐的运动套装，去操场踢球，不遇刮风下雨班会考试基本上不会间断。操场上有几个家伙几乎天天都能见到，想来也是翘课的老手。本着英雄相惜的心态，我们很快就结盟成为朋友。其中一个叫思铭，瘦瘦的，样子很斯文，是企管班的，和我一样同是在北京长大；另外一个叫韩炜光，长得肥头大耳，金融班的，广西男子；还有一个叫冯才，戴一副黑色方框眼镜，个子很高，看起来有点儿像香港电影里某位黑社会老大的跟班，经济系的，和小段是同乡，山西太原人士。

我们哥儿几个几乎天天混在一起，白天踢足球，晚上出去找廉价的小饭馆喝酒。提到喝酒，这几个家伙都是高手，韩炜光和冯才是一斤白酒不倒的主儿，就连细皮嫩肉的思铭也有七八两二锅头的量，相当的强悍。冯才当时有一句经典名言：酒量是男人精神上的海拔。这句话在我们的酒桌上广泛地流传，刺激得我不得不发奋图强励精图治，努力地干了一杯又一杯。可惜心急吃不了热豆腐，我还是每一回喝酒都第一个就被灌翻。喝醉后的我有时候蒙头睡一小会儿起来再喝，有时候是吐了之后继续回桌战斗。酒量上虽然差了一些，不过胜在精神可嘉。

由于天天聚在一起下馆子喝酒，哥儿几个很快就闹起了经济危机，这个后果直接导致我们的酒桌从学校附近的小饭馆转移到了我在红民村的家里，并且越喝越兴旺。韩炜光是广西桂林人，做得一手好菜，尤其是做茄子那是一绝，圆圆的茄子片愣能让他给做出红烧鱼的味道，让人拍案叫绝。一次我们在家里会餐的时候，王晶正好过来，尝了一口韩炜光做的红烧茄子，忽然闭上了眼睛，深吸了一口气，然后又慢慢地张开了眼睛，用一种难以置信的表情看着韩炜光：“这是你做的？”

从此王晶彻底改变了对这几个家伙的态度，以前是他们一来她就走人，后来成了他们一来她随后就到，直到会餐结束。

我们的队伍逐渐壮大起来，冯才经常带着个姑娘。姑娘叫张宁，个子很高，小麦色皮肤，在人大对面的当代商城里卖衣服，据说是冯才在买牛仔裤的讨价还价过程中搞定的。张宁喜欢穿性感暴露的衣服，衣服的领口呈大大的 V 字，露出整个狭长的脖颈和三分之一的乳房，紧身牛仔裤的后兜上磨出个洞，透出里边黑色的蕾丝底裤，总之在服饰上是相当的新潮和大胆。

不难想象，在张宁的精心包装之下，冯才的打扮也逐渐变得前卫了起来，瘦腿裤子，紧身衣，脚上是镶着铁链子的黑色尖头皮靴，染红了的头发被浓浓的发胶打理得根根直立，始终保持着勃起的姿态。这俩人拥抱着走在马路上，视觉效果绝对令人惊艳，经过我的粗略统计，回头率起码在 95%以上。

在以后的聚会中，由于新生力量的加入，终于演化成了这样的一种局势。酒足饭饱之后，冯才高喊一声：“真是饱暖思淫欲啊！”然后就拉着张宁径直去了我的两居室其中的一居，再飞快地把门锁上，没多久，里边就会响起喘息的声音。紧接着我也跟着来一句：“春宵一刻值千金。”拉着王晶走进了另一间卧室，同样的动作，迅速把门锁上，开始卿卿我我声情并茂。可怜的单身青年韩炜光和思铭只好起身无奈地收拾着餐桌上的残羹冷炙，在打扫干净之后黯然地离开。

看着我和冯才在泡妞儿方面一马平川，思铭表现得还算镇定，但韩炜光却变得心猿意马胡思乱想坐卧不宁春心荡漾了，整个人仿佛一只发情的动物，天天软磨硬泡求王晶给他介绍个女朋友。王晶答应了，条件是韩炜光要给她做一个月的红烧茄子。我在一边看着王晶和韩炜光笑眯眯地以握手的方式达成交易，实现了他们所希冀的双赢，忽然就想起了那个叫李佳佳的女生，并且认定她就是最有可能被王晶介绍给韩炜光的人选。后来的事实证明了我的聪明伶俐和未卜先知。在王晶大吃特吃了一个月红烧茄子的某个初夏午后，李佳佳安安静静地走进了我在红民村的家。

我记得非常清楚的是李佳佳那天穿的是红色的高跟凉鞋，脚趾甲上涂着粉红色的指甲油。从这个细节上我也能看出王晶必然是把韩炜光给吹了个天花乱坠，从而使李佳佳同学对这次相亲活动充满了期待与向往。简单的一通介绍之后，我和王晶找了个借口离开。出门的时候，王晶小声对韩炜光说："你丫悠着点儿，纯着呢这姑娘。"韩炜光这厮嘿嘿一笑，露出一口黄牙："我就喜欢纯的。"

两个多小时后，我在新街口接到了韩炜光的电话，他的声音很激动："丁若，事儿成了。"当时王晶正在一家外贸服装店里试一条仿制的LEVIS牛仔裤，她一边提着裤子一边从半拉着的布帘子后边探出头来问我："你说韩炜光这家伙是怎么把李佳佳给拿下的呢？""这还用说吗，丫给李佳佳做了顿红烧茄子呗。"

在回家的路上，王晶冷不丁扔出这样一句话："韩炜光不去当厨师还真是中国餐饮业的一大损失。"这就是王晶为韩炜光同学做出的总结性鉴定。

17.

夏天到了，天气越来越闷热，踢足球这样的高强度高对抗性体力活动渐渐被我们束之高阁。闲了几天之后，我们又迅速迷上了一项新的活动——打扑克牌，两副牌打升级。最初的组合是我和思铭，冯才和韩炜光，可是打了没多久，我们就被迫调整了打牌的阵容，原因是韩炜光的水平实在太龌龊。有一局打成了这样，我和思铭在台上，冯才和韩炜光在台下拣分。我拿的底牌，红桃为主，手里一把红桃，可是没有大王。于是按照惯例我在甩完几张 A 后，开始狠狠地吊主，拖拉机连着对子吊。后来思铭上了手，思路同样清晰，也是一通狂吊，很快冯才和韩炜光便无主以对。我长舒口气，思铭也是一脸宽慰，我们彼此都以为大王是被自己的对家拖住，已然胜算在胸。不料牌局的最后突起风云，韩炜光竟然大吼一声："都他妈别动，老子双大王扣底。"丫竟然从手里甩出两张大王来。

接替韩炜光的先是王晶，可是没多久她就因为忍受不了牌桌上浓烈的劣质烟草味道，以及冯才在打牌间隙绘声绘色演讲的一个又一个黄色故事而主动撤退。接下来队伍里除了不会玩的张宁和李佳佳，就实在没人可上，于是我从学校把小段给拉了过来，并且对选手们重新进行了组合排列。我和小段、冯才和思铭，之后的牌局水平相当，战况相当激烈。

那一段时间我们经常是从早上 8 点打到晚上 11 点，从第一轮的 2 打到第七轮的 A，成绩犬牙交错，彼此都不服气。打到极度痛快的时候，我们连饭桌都不上了，一人手里拿一张油饼，一边啃，一边用油乎乎的手指头捏着牌往下扔，嘴里还喊着："不打沉你们丫，今天绝不睡觉。"

从牌桌上下岗的韩炜光从此专注于恋爱，他和李佳佳的关系也借此契机有了飞速的发展。有一天我们在客厅打牌，韩炜光和李佳佳坐在挨着客厅的那间卧室里的长沙发上打情骂俏。对着沙发的是悬挂在客厅墙上的一面长条镜子，透过镜子，我可以清楚地看到他俩的所作所为。先是两人用含情脉脉的眼神彼此对望，此项举动大概持续了 10 分钟，就看见俩人拥抱着亲吻起来，韩炜光顺势把手从李佳佳的衬衣里伸了进去，放在她左边乳房的位置上一通抚摸。再后来的事儿我就不知道了，一来是因为牌局的形势很紧张需要我全神贯注聚精会神一心一意认真对待，二来是因为韩炜光这家伙一脚把卧室的门给踹上了。

小段的加入的确充实了我们的队伍构成，但同时也带来了一个不良的后果，就是在我翘课的时候没有人替我答到了。期末总复习的时候，我潜入学校准备听老师画重点，却被班干部通知辅导员有请。

辅导员的办公楼在学校的北侧，三楼。我是跑步上去的，一路都能听见自己的皮鞋"当当当"有节奏地敲打水泥地面的声音。307 房间，我敲门后进去，很宽敞的屋子里坐着五位年轻的女老师。我的辅导员姓郭，女研究生留校，传说原来是人大校学生会的副主席。不过说实话，这么长时间我只见过她两回，一回是开学迎接新生，一回是一个月前的班会上。我只对她有个依稀的印象，还真不能一下子从面前这几位女老师中准确地认出她来。

倒是靠着窗户坐的郭老师主动先和我打了招呼：“你是丁若吧？”

“我是。”

“最近在忙什么？”

“报告郭老师，忙着总复习呢。”

“忙学习怎么总不来上课呢？”郭老师说着从抽屉里拿出了一叠点名簿，然后把它们递到了我的手上。我迅速扫了一遍，八门课里点名 2 次不到的占了五门，剩下三门课一门是 3 次不到，两门是 7 次不到。乖乖，27 次不到，共缺课 54 节，按照校规这至少要得到一个记大过的处分，我心里嘀咕着。大约沉默了几十秒钟后，我做出了一个显得非常惊讶的表情，手指头也相当配合地塞进了嘴里边。

“郭老师，这会不会弄错啊，我怎么会有这么多次缺课的记录呢？”

“丁若，老师怎么会弄错。”

“老师也是人，是人就会有出错的时候。郭老师您刚才说的话就犯了绝对化的错误。”

“每个老师都是拿着花名册念名字，怎么可能搞错。”

“万一老师念的时候一走神把我给晃过去了，或者我答了到却被勾在了别人的名字后，再或者……”

“好啦，那丁若，你说你旷课了没有？”

“旷了。”我装出一脸委屈的样子。

“你旷课是不是错了？”

“我错了。”

“错了应该怎么办？”

“以后少旷课。”

“你还要旷课？”

“说错了，以后不旷了。”

“丁若，你让我说你什么好呢？”

“知错就改就是好同学呗。”我冲着郭老师笑了一下。

“好啦，别耍贫嘴啦，去隔壁的会议室里写一份书面检查和保证书交过来，以后不要再旷课啦。”年轻的郭老师还真是刀子嘴豆腐心。

“谢谢郭老师！”我转身出门。

拐进隔壁309会议室，我一下子乐了，原来韩炜光正趴在桌子上吭哧吭哧地写检查呢。

我过去拍了他肩膀一下：“嘿嘿，原来你小子也在这里，这下不发愁孤单啦。”

“嗯，思铭写完刚闪人，丫码字儿比我快。”

18.

7 月初，天气闷热无比，我们哥儿几个清一色裤衩背心拖鞋，手里拿一把纸扇子晃悠来晃悠去的滑稽造型。

比天气更闷热的是情绪，因为该死的期末考试要开始了。

不过这个时候，我还是要偷偷地用“五十步笑百步”的精神自娱自乐一下，因为用相对论的观点来看，我的处境要比他们几个好很多。我和小段所要面对的考试科目一共十门课，其中三门是开卷考试，其余的七门中有六门老师给出了复习提纲，我只需要照本宣科地把这些题目死记硬背下来就可以顺利实现胜利大逃亡。思铭和我的处境差不多，不过他有一门课程——《创造学》还是相当有难度的，净是些稀奇古怪的题目，比如有一道是这样的：一个妇女给一个乞丐 50 元钱，这妇女是乞丐的姐姐，但乞丐不是妇女的弟弟，问乞丐是妇女的什么人？答案竟然是：乞丐乃妇女的妹妹也。韩炜光的考试难度就更大了，因为金融专业的技术含量在文科专业里向来是最高的，先不说那些绕来绕去的金融理论和公式，单一门高等数学就够他受的。有将近一个星期的时间里韩炜光都在草稿本上摆布着一大堆数学符号，什么微分求导啊反函数啊，越弄他越觉得恐怖，越看他越觉得暗无天日。到了临近考试的两天，韩炜光已经被残酷的高等数学折磨得面如菜色惨不忍睹了。冯才不怎么过来，偶尔在学校的食堂遇见，发现他双眼通红，精神萎靡，问其原因，他解释说每天只睡三个半小时，剩下的时间都在大阶梯教室里熬灯放眼不舍昼夜地啃书。我又问：“张宁呢？”冯才答：“给她放了半个月假，生活自理。”王晶和李佳佳面临的局势更为紧张，考试的数量和质量可以说相当于我们几个全部考试内容的总和，不过由于她俩的学习基础比较扎实，倒是没怎么流露出烦躁和恐惧的情绪来，表现得相当有大将风度。

在韩炜光埋头苦读高等数学心无旁骛的日子里，我勇敢地承担起团队里伙夫的角色，负责照料大家的饮食起居，当然从质量和数量上来说，都是无法和韩炜光掌勺的时候相提并论的。我最常做的一个菜就是西红柿炒鸡蛋，一日三餐始终不变，实在吃得烦了，就换一个黄瓜炒鸡蛋。那些个日子里，鸡蛋成了我们最主要的消费品，每天基本上都保持在 5 斤以上的需求量，想来也为刺激京郊农民养殖业的发展做出了一份积极的贡献。

考试终于还是开始了，那几天怎么过的，想起来头都大。一道道的考试题像一座座阴森的大山，铺天盖地地向我压过来，而且连绵不断。我感觉自己像是正试图奋力逃脱五指山的孙猴子，在起伏的群峰间不断地闪躲腾挪，却总也找不到路的出口。我看着眼前试卷里的每一个题目都似曾相识，却又无法说出它们的准确答案。这样的情景使我不得不佩服某些老师在出题目方面的智商，试卷上的题目的的确确是在他们考前所列的出题范围之内，却让你始终有一种无从下手的陌生感。我抓耳挠腮绞尽脑汁，使用了所有能使用上的智力细胞，再加上深藏在衬衣口袋里的小纸条的帮助，才如履薄冰地度过了这一段黑暗的考试期。

后来我把自己在考试中的心理活动说给哥儿几个听，大家竟然都有英雄所见略同的感受。我记得当时韩炜光说的一句话特绝：“期末考试这几天对于我，就相当于例假对于有痛经习惯的女青年，真他妈的度日如年！”

19.

我们学校的期末考试比北大医学院早结束两天，在王晶和李佳佳仍然水深火热的时候，我已经率先进入了考试过后悠闲的精神恢复期。

我花了一个上午的时间，把已经乱得彻底看不下去的家里清扫了一遍，然后趴在床上蒙着头睡了一小会儿。中间做了一个梦，梦见期末考试成绩公布，七门闭卷的考试课中我有五门不及格，按照规定我将被学校劝退。醒来的时候，我一身是汗，越想越害怕，于是下楼蹬上自行车，回了在东直门的父母家寻求温暖和安慰。

回到家的时候，刚好赶上妈妈做好了午饭——刀削面。我把包往沙发上一扔，搬了个椅子坐在饭桌前，先不说话，稀里哗啦地吃了两碗面。

“我爸呢？”吃完了面我问妈妈。

“我让他去超市买洗衣粉啦。”

“哦。”

“你考试考完了？”

“完了。”

“考得怎么样？”

“就那样。”

“就那样是什么样？”

“就那样就是不怎么样。”

爸爸回来的时候，我正坐在客厅的沙发上看电视，看见他进来，我起身问了声好。爸爸点头示意我坐下，然后他一边吃面一边和我说话：“小若，你有日子没回来了，今儿个怎么有时间？”

“考试太紧张，昨儿个才结束。”

“考得怎么样？”

“我刚才和我妈说过啦，回头您问妈妈。”

“假期你有什么打算呢？”

我迟疑了一下，说：“想学车，您有路子吗？”

“老马的儿子马帅在兴达驾校管事儿，你去找他就行。”

“您是说那个马胖子吧？这事儿靠谱吗？”

“嗯，马帅现在出息啦。我听他爸说都快要结婚啦，你去的时候顺便问问啥时候办，咱们也随个礼。”

“您说什么？马胖子都能找下媳妇，哈哈哈，这可真是铁树都开花了。”

不知怎么搞的，下午又开始犯困，我窜到床上打算睡觉。不过这回我没有选择蒙着头睡，而是采用了一个比较舒适的睡姿，仰面朝天四肢张开，果然没有再做噩梦。这一觉睡了三个多小时，睡得极为舒坦，起来后听我妈说我睡觉时呼噜打得比上满弦的闹钟都响。奇怪了，都这动静啦，我自己怎么就一点儿感觉都没有呢？

洗了个澡，坐下来准备吃晚饭的时候，我接到了思铭的电话。

“丁若，你在哪儿呢？”

“我在东直门父母家里。”

“能出来陪我聊一会儿吗？我想找个人说说话。”思铭的声音相当低沉。

“好吧，你在哪儿？”

“我在工体北边的U2酒吧等你。”

“行，我马上就到。”

“妈，我出去有点儿事儿，不在家吃饭了。”打了声招呼，我迅速转身出门，背后听见妈妈的叹息声：“这孩子。”

天空有点儿阴，无风，出奇地热。我招手打了一辆夏利，坐进去后发现车的空调坏了，立刻下车，换了一辆富康，路程不远，起步价10元就到了。我从车里一出来就看见思铭一个人像个雕塑般坐在U2酒吧的透明大玻璃窗下面，表情呆呆的。

我走进去坐在思铭的对面：“我来了，思铭。”

“挺快的啊你。”

“兵贵神速嘛。”

“我心情不好，丁若。”

“能看出来，你的脸色比今儿个的天气还阴呢。”

思铭这时晃了晃脑袋，对我苦笑了一下。我招手要了两瓶冰镇啤酒，服务生走过来给我们俩的杯子倒满，雪白的泡沫沿着杯边溢了出来。“来，先喝口酒。”在我的提议下，我和思铭碰了一下杯。一口下去，半杯啤酒进了肚，胃里一阵清凉。

这时候思铭开始用轻滑的声音向我倾吐：“丁若，你知道吗？我心里真的很烦。”

“为什么？期末考试都熬过去了，还有什么可烦的。”

“唉，我爸和我妈在闹离婚，他们都想把我留在自己的身边。”

“他们为什么要离婚？”

“感情不和呗，我妈在外边和一个在北京做生意的澳洲商人打得火热。”思铭说到这里的时候，我忽然不知道自己应该再说什么，只好默不作声，听任思铭继续往下说，“现在我妈已经不在家里住了，但是她经常会打电话回来，告诉我希望我能够和她一起去澳洲。”

“那你爸呢？”

“我爸不同意离婚，所以就拖着。”

“你有什么想法吗？”

“丁若，我现在很迷茫，我试图找到那扇可以打开自己心灵的窗户，可是我使尽了浑身的力气，却仍然没有找到，我好像盲了。在我的眼睛里，这个世界已经失去了它本来应该具有的色彩，只有一团团漆黑，把我困住，让我无法挣脱。我根本不知道自己该做些什么，也无力去挽回些什么。”我拍了下思铭的肩膀：“思铭，别想太多了。来，我们干杯。哥们儿郑重承诺，不管你以后会做出怎样的决定，作为好兄弟，我都一定会支持你的。”

那天晚上记不清我们俩究竟喝了多少瓶啤酒，反正我结账的时候，发现餐桌下面摆了满满的一地空酒瓶。

从酒吧里出来，天色已经蒙蒙亮了，我和思铭搭着肩膀，嘴里还哼着歪七歪八的流行歌曲，在寂静的马路上摇摇晃晃地走着。我们俩从工体一直走到了国贸，又从国贸走到了大望路，实在是走不动了，就坐在如同玻璃盒子一般的 SOHO 现代城门前的台阶上休息。

思铭点燃了一支烟，可是也不知道为什么，没过多久烟就自己灭了，然后思铭开始哭，越哭越大声。我伸出胳膊来搂住了他：“哭吧思铭，我知道你心里难受，哭出来心里就会舒服一些。”思铭也伸过来手臂抱住了我的腰，我们俩拥在一起，头放在彼此的肩膀上。渐渐地，思铭的哭声由大变小最后终于没有了。我问他：“哥们儿，现在好点儿了吗？”思铭抬起头来，脸上渐渐有了微弱的笑容：“嗯，好多了。”“别乱想啦，思铭。日子总会好起来的。”我继续安慰着他。“说真的，丁若，抱着你还真比抱着一个姑娘实在。”思铭扬起脸认真地对我说。

20.

我一直都相信在每个人的生活中，都有一只看不见的手，时时刻刻在指引着我们成长的航向。在这个过程中，偶尔的失控是谁也无法避免的，最后结果的不同，只是因为在失控之后不同的人做出了不同的选择。而在选择之后，衍生出不同的人生道路，各走各的路，就各有各的生活。这是一个关于哲学的命题，再说下去，仍然会是一个无底的洞。洞有多深，没有人知道。

对生活感到迷茫的不仅仅只有思铭，也有我，虽然有时候迷茫只是一种暂时性的情绪。我也曾为此而失落，为此而沉重，但我并不在乎，或者更准确地说，是我并不在乎这短暂而无措的情绪。因为我知道，一切都会成为过去。岁月的痕迹好像流水，哗啦啦地淌过，不会为任何人停留，即使仅存了一些，也会在无法抗拒的时光中渐渐地蒸发干净，最终什么都没有留下。

21.

考试成绩出来了，思铭挂了一门，我和韩炜光各挂了两门，冯才惨了点儿，挂了四门，好在还没有达到五门的警戒线，否则按规定是要被学校劝退的。另一所学校里的两位女生表现各异，王晶发挥稳定，考了全班的第五名，成绩比上学期反而进步了两名，李佳佳则坐上了降落伞，从全班第一名一举滑到了第十二名。这样的考试结果还是能够让大家接受的，毕竟我们都很了解自已在这个学期里对学业的态度。当然，李佳佳同学除外，全班第十二名的成绩，将意味着李佳佳需要把自已从中学到大学以来垄断了若干年的三好学生标兵称号拱手让人，这对于一个一直以来对学习和思想都高标准严要求的优秀学生来说，并不是一件容易接受的事情，可是当它一旦发生了，你就必须接受这样的现实。不过李佳佳同学倒是没有我们想象中的脆弱，在韩炜光的悉心照顾下，她很快就走过了短暂的低潮期，就如同走过女孩子每个月生理反应强烈的那几天一样平常，重新恢复了欢声笑语的甜美模样。

我们这一干人的假期生活大体上是这样安排的：王晶继续跟随导师到医院实习，只不过实习单位从人民医院换到了海淀医院；李佳佳带了家教，辅导着两个高中生的数学和英语；韩炜光在一家美国著名品牌的化妆品公司做市场营销员；张宁因为和领班吵架，一生气辞了当代商城的工作，自己在人民大学对面的小胡同里开了个外贸服装店；冯才顺理成章地肩负起了服装店的进出货任务，起早贪黑地往返于动物园服装批发市场和服装店之间；我开始在兴达驾校学车；思铭的活动安排他自己没说，大家也没问。

22.

夏天上驾校实在不是件很合时宜的事情，先不说从北三环内到北五环外这一路上的折腾，单就坐在被太阳暴晒了 N 小时之后的桑塔纳车里如沐桑拿的感觉，我就很后悔自己在这样一个时间段选择了学车。

教练姓刘，嘴上留一撇小胡子，笑起来看着很阴险，其实人还不错，至少要比驾校里其他的教练员都敬业。在炎炎烈日的照耀下，别的教练都在大树下的阴凉里端着罐王老吉凉茶，用懒散的叫喊声遥控着自己的学员，只有刘教练还坚持陪着我坐在车里，手把手地教我练习。因为刘教练的认真，我也学得分外专注，我敢说要是我把学车的态度放到我在人大的课堂上，我一准也能成为曾经的李佳佳那样的学习标兵。

没用几天，我就熟练掌握了换挡、油门和离合器的配合、倒车和转弯等各种驾驶技术，我开始能够把车像模像样地开起来了。刘教练在我开车的时候，说话其实并不多，因为在绝大多数的时间里我都做得不错。他最习惯的动作就是往副驾驶的座位上狠狠一靠，然后把目光转向车窗外，不再看我，仿佛我和他之间没有任何的关系。我从后视镜里看过去，此人就像一尊佛，沉默，隐忍。后来我总算弄明白了，刘教练的冷静都出自于他对我的信心，超强的信心，他认为我是一个充满灵气的学生，也一定能够成为一名合格的汽车驾驶员。

在学车的间隙，我会抽空儿跑去和马胖子聊会儿天。马胖子，就是马帅，我爸同学老马的儿子，比我年长两岁，目前在兴达驾校任办公室主任。我要在此特别声明，马胖子是主任此事儿不虚，但该办公室算上马帅一共只有两人，马胖子唯一的下属是个成天穿着个白色大背心的已婚中年妇女。

马帅这厮从小吨位就足，倍儿压秤，7 岁的时候体重就突破了 160 斤，五短身材，圆头圆脑，大肚子大耳垂，一脸福相。我喜欢叫他马胖子，我爸因此还呵斥过我，但是我始终坚持认为我只是说出了事实而已。马胖子的智力发育和其身体的发育严重不成比例，他比我早两年上学，结果我读到初二的时候他还在读初一。费了九牛二虎之力马胖子才挣扎到初中毕业，老马一看小马不是学习的料，于是求爷爷告奶奶地托人找关系，又是请客又是送礼，总算把马胖子给弄进了一所公立的职业中学。打那以后，我就再没有马胖子的消息了，直到听爸爸说他在兴达驾校管事儿。

关于马胖子的故事是比较多的，各个都有类似于周星星电影般的喜剧效果，这里随便说一个。小时候有一年春节，爸爸他们一大拨老同学聚会，地点在北京郊区的一个宾馆。大人们在里边侃大山忆苦思甜，我们一伙小嘎嘣豆就跑到外面的操场上放炮。炮仗的供应商是爸爸的一个湖南同学，他从爆竹之乡带来满满的一箱子炮，一露面就被我们一哄而上抢了个干净。马胖子因为反应慢，等到他想起来该出手的时候，箱子里已经空空如也。后来当我们在操场上开始轮番放炮的时候，马胖子就可怜巴巴地跟在我们后边，一会儿向这个要一会儿向那个要，可惜谁也不愿意给他。闹剧就在这样的背景下上演了，当时有一个不知道是谁点燃的雷子半天没有响，远远地看过去好像炮引子上红色的火光也没了，有人喊了声：“是不是灭啦？”还没有等到有人回答，就看见一个胖乎乎的身影“噌”地一下蹿了过去，伸手抓起地上的雷子。“嘿嘿，你们不给我，我自己来拿。”遍寻不着火炮的马胖子，右手紧紧地攥着那个雷子转过身来，脸上出现了志得意满的笑容。但是接下来的一幕带了点血腥味儿，马胖子的笑颜还没有褪尽，就听见“砰”的一声巨响，那个雷子就在他的手里开了花。马胖子也许是吓呆了，愣是有几十秒的时间没说出话，甚至连疼都没喊出来。等到我们跑过去看的时候，马胖子的手掌上已经满是鲜血，虎口处生生被炸开了一个口子，食指根部断裂，能看见里边白花花的骨头。马胖子这时才“哇”的一声哭了起来，声音响彻天地。再后来老马闻声而动，连忙叫了个车送小马去了医院。据说马胖子手上缝了 15 针，直到现在还依然可以清晰地看见他手掌上食指根和虎口连接的部位有道长长的暗青色疤痕。

23.

假期因为学车而显得异常单调，不断重复的灰色调生活将我彻底地占领，我为此而感到苦恼。总觉得有一些无聊的情绪始终在我的心头萦绕，挥之不去。有那么几天，我是干什么都觉得无聊。睡觉无聊，不睡觉也无聊，半梦半醒之间更无聊；逛街无聊，看电视无聊，和王晶做爱仍然觉得无聊。

我在无聊中生活着，在生活中无聊着。总之，无聊透了。

王晶依然每周都会到我的家里来上几回，随身背一个大包，里边装着大堆的脏衣服。她一进门第一件事情就是把衣服分类，同色或相近色系的衣服放在一起，然后把它们放进洗衣机里，加入洗衣粉，按动开关，一直到滚筒中的衣服在水流的撞击下旋转起来，她才回过头来和我打招呼。

“丁若，今儿个天儿挺热的。”

“废话，不热能叫夏天吗？”

“那你该把空调打开呀。”

“开着呢。”

“开着呢？怎么不凉快？”

“心静自然凉，你是不是心里装着事儿呢？”

“是装着事儿呢，装着咋样儿修理你的问题呢。”

“就你？还是让我先修理你吧。”

我边说边动手，一把拉过王晶，两个人一起滚到了床上。

“丁若，你想不想我啊？”王晶用手指顶住我要吻下去的嘴。

“想。”

“怎么想的啊？”

“想你想到梦里头，想你想到心慌，行不？”

“呵呵，行，那你梦见咱俩都在干吗？”

“梦见我把你给上了。”

“呸，你个大色狼！”王晶说完这句，还很不解气，又补了一句：“你个大流氓。”

我和王晶就这样隔三岔五身体力行着男欢女爱亚当夏娃的内容和行为，不断地重复不断地再重复，当一切已成为惯性，便不会再有浓烈的期待。有时候我看着赤裸的王晶在我的身体下呻吟着扭动，却忽然有种想要哑然失笑的冲动。我觉得我们就像一对麻木的动物，沦丧了那本应该充满野性的欲望和激情。

没有激情不是致命的，但没有激情的生活却是可怕的。我们看不见未来，只有在黑暗中用拥抱的体温来聊以自慰，在自慰中获得短暂而并不真实的快感。

24.

思铭给我打过电话，声音依然沉闷，他告诉我他的父母亲关系已经形同水火，离婚成为必然，只是不知道会发生在什么时候。思铭说他无法确定自己未来的生活，他不想离开北京离开这块他成长的土地离开他形影不离的好朋友们，可是跟随母亲去澳洲显然会更有前途、更加现实一些。思铭说他现在心乱如麻，说他真的不知道该如何抉择，说他整夜整夜地失眠，说他在白天做着虚幻的梦。说到最后的时候，思铭在电话里哭了起来：“丁若，这些话你不要说给其他人听好吗？”“我明白。”我回答的声音十分干脆。

我一直都觉得思铭是一个隐藏在热闹人群里的孤独孩子，这种孤独感充分地体现在他那种忧伤而沉郁的气质里。思铭外表文弱，平时说话不多，却寄情于文字。他写下的文章细腻阴郁，柔若无骨，在网上的很多文学论坛里广为传播，拥有一群忠实的读者。有时候我也会在网上搜索一些对思铭文字的评价，发现很多人都认为思铭如同他笔下的文字一样，是一个温柔内敛的男生。可是我却始终相信在他静默的外表下，蕴含着惊人的力量。这种力量被思铭埋藏得很深，不易被常人察觉，一旦爆发的时候，会排山倒海会惊天撼地会势不可当会一鸣惊人。

25.

张宁的服装店在开业的第一个月就实现了300%的利润，对于张宁以及她的贤内助冯才同学而言，这是一件非常值得庆贺的事情。为此，张宁烫了一个爆米花式的发型，发梢上还染了一圈闪亮的银色，看起来越来越有向外星人进化的趋势。冯才则利用服装店赢利中的一部分做了近视眼矫正手术，由来自俄罗斯的眼科大夫主刀，手术成功得一塌糊涂，使冯才彻底地告别了他的800度“四眼时代”，视力达到空前的5.0。

某日我看见冯才的时候，他戴着一副深黑色的哑光墨镜，远远地就冲着我扮出一副香港黑帮电影里的“古惑仔”式表情：“丁若，哥们儿把眼镜给摘了，酷吧？”我装出十分认真的样子，绕着冯才的脑袋看了好几圈：“也就那么回事儿，和我比起来仍然存在明显的差距。”听见我的话，张宁从后边给了我一拳：“你小子就不会说点儿好听的呀，再说我老公不帅，跟你丫急。”说着张宁过去用胳膊亲切地环住了冯才的脖子，两人对望的眼睛里爱意无限。

说实话，我是比较羡慕这两个人的生活情趣与感情状态的，尤其是他们那种发自内心的彼此依赖，让我十分向往。冯才和我说过，他对张宁很有感情，而且是非常投入的那种，张宁的一举一动一言一行在他的眼里都是那么重要那么高尚那么先进那么无可取代，张宁简直可以说是他精神上的图腾，他需要她。当然，与此相辅相成的是，张宁也需要冯才。外表新潮的女孩内心往往柔弱，她需要有个男人爱她体贴她，需要有个男人给她和谐稳定的家居生活与性生活，需要有个男人为她的事业忙前顾后，需要有个男人给她温暖和安全。他们彼此需要，唇齿相依。

需要，这个动词很直接很赤裸裸，许多人都喜欢，我也喜欢。其实更确切的说法应该是我喜欢这样彼此需要的感情，我觉得这样的情感是高级别的，是应该用心珍惜和收藏的。在我的理解里，爱情最原始的动力就是互相需要，以及充分享受彼此需要和给予之后心理上的那份沉甸甸的满足感。

26.

当我和王晶之间出现了貌合神离的状态之后，我对苏苏的思念开始变本加厉与日俱增。这个夏天的整个后半段我完全陷入一种疯狂的思念情绪中，如同一个患有严重毒瘾的人，却苦于无法找到那能够让自己麻醉的鸦片。

我把房间里的 CD 机开到了最大声，唱片轰隆隆地响着，可是我却好像听不见任何的音乐。能听见的只是从我内心传出来的某个声音：苏苏，苏苏，苏苏。我一遍遍地呼喊着这个让我魂萦梦牵的名字。苏苏，我需要你！苏苏，我需要你带给我安慰！苏苏，我需要我们彼此需要！

27.

北三环的马路被太阳晒得有些发软，我开着深蓝色的桑塔纳缓缓地从上面碾过，可以感觉到车子有微微的起伏。这回刘教练坐在了车里的后排，沉默依然，佛样的姿态依然，只是眼神没有再望向窗外，而是关注着我手上的驾驶动作。副驾驶的位置上坐着一位路考的考官，他戴着一副墨镜，很少说话，我从后视镜里看见了他严肃的表情。说紧张，我心里还是有一点儿的，毕竟这是驾校的结业考试，它关系到我是否能够成为一名合格的司机；但是说慌乱，我倒真的没有，因为从驾校出来的时候，我看见马胖子亲切地搂着这位酷酷的考官轻声地耳语，就已经心中有底。果不其然，中间要求走辅路的一段我出现并线违规，还在一个转弯处忘记了打灯，该考官都装作没有看见。刘教练在后边一声咳嗽，我就立刻修正了过来。兜了大概有 20 分钟，我顺利地把车开回兴达驾校的停车场。随后考官从车里下来，就直接在操场上就地宣布我通过了驾校考试。马胖子搂着考官又是一通耳语，我看见那考官忽然笑了起来。我走过去：“考官，一起吃个饭吧。”“不了，今天不方便。”说着他摘下墨镜冲我眨了下眼睛。马胖子又过来一把把我给搂住：“丁若，要请咱也得改天，哪有刚考完就请考官吃饭的，明摆着给人家下套嘛。”我心里一盘算，马胖子说的也有道理。“那改日。”我和考官礼节性地握了下手，目送他转身离开。

晚上我是和马胖子、刘教练一起吃的饭，刘教练本来不想来，愣让马胖子给拉上了。“刘教练，您要是不来，丁若肯定就闪人啦，我就必然宰不了他这顿。”刘教练一扭头问我：“小丁，是吗？我不太相信。”“嘿嘿，还真是。”我笑着说。

晚餐是在驾校附近的一个农家餐厅吃的驴肉火锅，气氛很愉快。几杯酒下肚，刘教练脸上泛起红潮，话匣子逐渐打开。乖乖，原来平时沉默寡言的他竟也是个十足的侃爷，什么哈雷彗星有多快，什么南非 7 岁女童莫名怀孕，什么克林顿性丑闻，什么陕西诞生了克隆羊，山南海北天上地下，说得天花乱坠吐沫星子乱飞。马胖子倒没怎么咧咧，只是在和我碰杯的时候吐了真言：“丁若，打小我就羡慕你的聪明才智，怎么形容来着，两个字儿，牛 B，三个字儿，忒牛 B。怎么样，哥们儿没看走眼吧，人大新闻系，你小子还真他妈行！”我把杯子往他手上的杯子一碰：“你倒是让兄弟我看走了眼，既当主任又娶娇娘啊。”“真是后生可畏，后生可畏。”刘教练把他的杯子也碰了上来。

28.

我曾经设想过无数个和苏苏相见的画面，每一个都充满着浪漫和偶然，或者在午夜的街头我们迷失了方向却殊途同归地走到同一个地点，或者在茫茫人海中一次轻轻的回眸竟发现对方就站在咫尺之处……我以为只有这样如爱情小说和黑白电影里的惊艳剧情，才能承载我对苏苏那种浓浓的思恋。可是就在若干天之后，当苏苏真真切切地站在我面前的时候，我才发现，任何环境任何幻觉任何语言任何思想都无法影响彼此内心里那份浓烈的感受。

原来在那一刻，什么都是假的，只有拥抱最真实。

29.

开学前的倒数第三天，我和王晶掰了，掰得很彻底。

事情的经过是这样的，8 月 25 日 15 时 29 分 37 秒，王晶同学穿着红色 T 恤衫和白色牛仔短裤闯入我的家中，大汗淋漓地告诉我她要收拾东西，带一些存放在这里的常用生活用品回学校宿舍，以方便迎接漫长的新学期。我向王晶点头示意后，顺手用遥控器把空调的温度又调低了两度。

王晶没再和我继续说话，一头扎进卧室里开始整理自己的内衣，而我仍在客厅的电脑前和一个名叫“樱桃小丸子”的 MM 在网上聊天。正聊得入神的时候，王晶趿拉着拖鞋从卧室里出来，“啪”地一下子把我面前的电脑显示器给关了。“你搞什么搞？没看见我正在和别人谈事儿呢吗？”我抬起头来用极为夸张的惊讶表情表示了一下内心的愤慨。“谈事儿？你说得还挺动人。又在诱骗未成年少女呢吧？”我伸手去推王晶：“现在是关键时刻，人家都要和我视频了，拜托您让一让。”“我就不让，你怎么着吧？”王晶把两手背在身后，一纵身坐在了电脑桌上，震得显示器微微地晃了一下。我抬起头看她，笑着说：“你就是不要求进步，多看看美女对提升品位绝对有好处。要不你也过来，咱俩一起欣赏欣赏。”“本小姐我没兴趣。你还是先给我介绍一下这位美女吧。”王晶一边说一边从身后把右手拿出来。我注意到她右手上握着一张照片，照片上一个漂亮的女孩子在甜甜地笑着，赫然就是苏苏。“给我拿过来。”我“噌”地一下就从椅子上站了起来。“不给不给就不给，坦白从宽抗拒从严。”“我再说一遍，你给我拿过来。”我以百分之二百的加速度提高了声音的分贝：“你今儿个吃枪子了，再不说这烂货是谁，我撕照片了。”“你他妈的敢！”我吼了出来。王晶并不示弱，两手一使劲，照片成为两截。我看着照片里的苏苏从腰部一分为二，缓慢地飘落在地面上。在我看来，这个过程竟是如此的沉重。当我从地上把它们捡起来的时候，能清楚地感觉到自己手指的颤抖。不知道为什么，我怒从心起，抡圆了胳膊就给了王晶一耳光。“你丫给我滚。”这是我对王晶说的最后一句话。

那一夜，我头脑里空空如也。除了喝掉三瓶燕京啤酒之外，所做的唯一一件事就是用透明胶带把苏苏的照片粘好。

第二天，我一整天都没有出门，甚至连窗帘都没有拉开。在光线黯淡的屋子里，我写了一封信，却找不到可以投递的地方。

苏苏：

写这段文字的时候，我是寂寞的。

听着陈升的那首老歌——《别让我哭》，“不了解自己，甘心做你的影子，就这样紧紧而无助地跟随着你。你要我哭，我没有了名字，我的名字从此叫作孤独。因为我不放心我自己，才将我的生命托付了你，我已寻寻觅觅好几个世纪，此生不能让你从我怀中离去，情人岂是可以随便说说而已。”这苍凉的声音真让人心碎。

看不见你的日子里，从冬天到春天，从春天再到夏天，反反复复的时间里流转的都是难以言说的寂寞。这种寂寞深植于心灵深处，根深蒂固，无法抹去。

不知道此刻的你在干着些什么？是否会如同我思念着你一般思念着我？

有许多时候我都会在夜里梦见你，你的欢声笑语就萦绕在我的周围。我想去抱住你，起身的时候却只能看见窗外一弯泛黄的月亮。感觉到从手指间缓缓划过的风，原来一切都只是幻觉和虚空。

最近我一直在读女作家赵波写的一本小说《路上的露》，封面是淡淡的蓝色，看起来引人忧伤，但或许这就是爱情的底色，无法被现实漂白。我喜欢扉页里的文字：“摩尔是我抽过的一种烟的牌子。绿色的，清心的，养眼的。可惜，一支烟的时辰，那么的短。烟抽完了，人也散了，我该留恋什么？只有记忆里，那支烟的滋味。”我想，我无法忘记你，如同赵波无法忘记她抽过的那支清淡的摩尔香烟。

我极力在这个我们所熟悉的城市中寻找着你，似乎在寻找着某种曾经遗失的信仰。虽然一直收获的都是失望，却仍然在不断地继续。

人们常说距离产生美。我就宁愿去怀想，是上帝为了让我们之间产生更多的美，才会让我们分开并且保持着所谓的距离。只是，现在这距离有些遥远，远到我看不见你，远到模糊了我的眼睛。

距离的美感或许只是一种艺术的夸张，但心灵的距离感却是对爱情有着某一层面的对视或跳脱。当爱真正跨越了距离，才可以对情感甚至生活本身有了全然不一样的观感与体悟。关于你，关于爱情，我是不是应该始终保持着这样虔诚而谦卑的姿势？任时光老去，任往事随风。

这一切太让我迷乱，我失去了方向感。

想你，不知道明天会离你越来越近，还是越来越远。

30.

开学了，人大的校园里又重现了往日人声鼎沸车水马龙的景象。一号食堂的装修结束了，并且重新开放，由外到内看起来都要比从前亮丽光鲜许多。我们哥儿几个围坐在食堂的一角，一人端着一杯印着郭富城的百事可乐，开始总结自己的暑假生活。韩炜光做市场营销员的终极业绩是扣除掉每天的交通费、通讯费、饭费后销售利润几近为零，唯一的战利品就是积压在手中的足够李佳佳使用5年的各种化妆品、护肤品。比起韩炜光的惨淡业绩，冯才就显得意气风发了许多，先是给我们每人派发了一张名片，名片上印的头衔是“Z.N FASHION SHOP”副总经理，然后大肆宣扬在他的鼎力协助下，张宁的服装店生意如同芝麻开花节节高，业绩相当牛B。他们决定下个月再在北京外国语大学附近开一家分店，以实现规模化经营，进一步增加销售利润。小段在新东方学了一个多月的英语口语，老美全英文授课，直接导致的结果就是小段的中国话有些说不利索了，总是半句英文半句汉语地往外蹦。韩炜光听不下去，对着小段说：“你丫没事儿吧，舌头别瞎哆嗦。”“靠，与国际接轨你懂不懂？中英结合这是潮流，你个农民。”小段嘴上也毫不示弱，全然遗忘了老区人民的淳朴民风。思铭没来学校报到，我猜他一定是经过激烈的思想角逐，决定跟随他母亲移居澳洲了。

很多天后的某个下午，当我安安静静地读完思铭从异国他乡寄给我的所有信件时，我的心情不由得低到了谷底。就在那一刹那，我忽然明白，原来某个人、某件事都已经结束了。GAME IS OVER，所有的繁华终于化为寂寞的尘土，我再也找不到思铭，再也找不到那个曾经依偎在我肩膀上痛哭的兄弟了。只有他的文字，让我凭借想象，感知着越来越遥远的他。

思铭写给我的第一封信到最后一封信，现在仍然藏在我的书柜抽屉里，静静地躺着。我宁愿去相信他所说的话是一个谎言，他所写的文字是一个骗局，而不愿去相信那些已经发生了的无法改变的事实。我有些盲了，像是一场悲剧电影的结束，寂寥的观众麻木退场。

31.

首都国际机场二号大厅里，人流如注。我们一行人走在人群中，前边走着思铭的母亲，她穿白色的素领衬衣和黑色的裤子，脚上是尖头的高跟鞋。四十多岁的人，身材保持得很好，走起路来姿势依然很摇曳，看起来像是才三十岁出头的白领女性形象。她不时回头看看思铭，目光柔和，眼神里似有淡淡的笑意，想来对思铭决定随她一起去澳洲的选择十分满意。

思铭和我们几个走在一排，他紧紧地靠着我，眼睛里有微弱的泪光。韩炜光帮他拎着咖啡色的新秀丽皮箱，冯才则背着一个硕大的橘色登山包，里面装着思铭心爱的 CD 和书籍。一路上我们没怎么说话，看得出来，大家的心情都很沉重。习惯了平时聚在一起喝酒踢球打牌吹牛，想想以后就要缺少一个人，确实很不舒服。

走至入口处，大家围坐在宽敞的候机沙发上，冯才讲了个荤笑话想调节一下气氛，可是我们谁也笑不出来。“我要走了兄弟们，到了澳洲就给你们打电话。希望你们不要忘了我，我也会想念大家的，更不会忘记我们曾经在一起度过的那些美好时光。”思铭努力表现出镇定的表情，一边说一边低着头和大家握手。但我还是看见他的眼泪掉了下来，一滴一滴，落在暗灰色的大理石地板上，没有声音。

思铭是最后才走到我面前的，他很用力地抱我。

“丁若，别忘了我。”

“放心吧思铭，不会的，你是我最好的兄弟。”

“别把我家里的事情告诉大伙了。”

“我知道。”

“要记得想我。”

“嗯，会的。”

我把思铭的头扳起，笑着说：“记得给我写信，我喜欢看你的文章。”“丁若，其实我真的很喜欢你。”思铭俯在我的耳边，悄声地说完这句话，伸手在我的脸上轻轻地抚摩了一下，然后就拿起行李转身离开，再也没有回头。

从机场出来，我抬起头看着头顶一片蔚蓝的天空，耳边依然回荡着思铭那句深情温柔的话语：“丁若，其实我真的很喜欢你。”

32.

当日的晚餐是在建国门附近的一个烤鸭店吃的，鸭子的味道不错，一整只烤鸭分成三个部分，用了三种调料调和出了不同的口味。烤鸭蘸面酱，清爽润滑；烤鸭蘸砂糖，香酥甘甜；烤鸭蘸辣椒面，新鲜刺激。最后再喝一碗鸭架做的汤，原汤化原食，胃里相当舒畅。

酒足饭饱之后，冯才起身结账，我和韩炜光一人嘴里叼一根咖啡色的雪茄，膘着膀子哼着小曲从饭店里走出。满餐厅的顾客都斜着眼睛打量我们，个别人还使劲儿撇了撇嘴，兴许把我们当成了不学无术的盲流。哼，你们丫都什么眼神？看清楚点儿，我们可是天之骄子——新时代的大学生，充满着希望，代表着未来的优质青年。

拐到马路上，看见街道两边的霓虹灯有的已经亮了，有的还没有亮，明明暗暗间有着些许的暧昧，还渗着一点点诡异。黄色的月亮孤独地挂在半空，那么安静，夜色无痕。冯才和韩炜光前后脚走了，赶着去约会，他们都有各自的姑娘在等着他们。一阵凉风从耳畔吹过，我的酒忽然有些醒了，摇了摇脑袋，感觉无比寂寞。

我一个人继续茫然地向前走，走了大概有 20 分钟，在某个十字路口的路边发现了一个门面很小的电影院。门口竖着一个很大的牌子，上面用黑色碳素笔写着“今日放映：经典爱情电影——廊桥遗梦”。同名小说我是读过的，讲述的是一个摄影师和一个已婚乡村妇女的婚外恋故事，据说在全球的图书零售市场创造了销售奇迹。我在售票处从兜里掏出 15 元钱，其中 10 元钱用于购买电影票，剩下的 5 元钱买了一包口香糖和一瓶矿泉水。

放映厅里黑洞洞的，我几乎什么也看不见。坐在最后一排的领位员连站都没站起来，用手电筒往前面打出一道暗黄色的光，懒懒地说了句：“坐那儿吧。”靠，什么态度，我在心里愤恨地骂道。

我落座后，发现电影已经开始，男主角的模样有些像没有发育完全的猿猴，个子很高，穿瘦身的直筒牛仔裤和灰色的马甲，其举手投足和言谈装束怎么也看不出有任何类似杰出摄影师的艺术气质。女主角据说拿过奥斯卡奖，名字好像是叫斯特里普，样子不很年轻，也谈不上漂亮，却用眉宇言行把一个已婚生子的中年妇女的情感心理变化演绎得韵味十足。电影中间有半分钟的激情戏，一张粉红色的大床上这一对儿偷情的人赤裸着身体翻来滚去，场面甚是惊艳。这时候场子里竟然响起了一阵猛烈的掌声，声势颇为浩大。从某种意义上来说，这短暂而又激烈的掌声充分反映出了大多数观众的审美趋向和精神需求。

好莱坞的爱情电影依然没有逃脱固有的传统套路，激情过后，男女主人公重新回归于现实，出现了一幕幕生离死别的凄情画面。影片里的摄影师表情凝重，已婚妇女神色犹疑，彼此对望的眼神里充满悲伤。电影镜头从远及近，又从近到远，不断重现着类似的场面，再配合一些煽情的对白，忧伤感排山倒海般扑面而来。正当我的内心也被剧情忽悠得凄凄惨惨戚戚之时，耳边忽然传来了抽泣的声音，一顿一顿的。那声音我很熟悉，似乎正是我朝思暮想的声音，是苏苏的声音。我又仔细地听了听，是她，绝对是苏苏。我循着声音找过去，在角落里发现一个清秀女生在低着头哭泣，长长的头发垂下来，半盖住了她的脸，发缝间浅浅地露出白皙的肤色。我没有说话，只是默默地站在她的身边，安静地看着她哭。

也不知道过了有多久，苏苏掏出餐巾纸，擦干眼泪，然后抬起头来。就在苏苏抬头的那一刻，她看见了我，脸上定格成一种难以置信的表情。良久，苏苏站了起来，奋身扑进了我的怀里。

我紧紧地抱住苏苏，曾经日复一日想要对她说的千言万语却半句也说不出来。这一刻，不需要任何的语言，感觉连时光都是静止的。我们只要紧紧地拥抱，紧紧的。我怕一松开手，苏苏就会再度从我的面前消失。

那天晚上我们几乎是在接吻中完整度过的，累了就停下来，喝口水，然后再继续，周而复始，不知疲倦。苏苏告诉我，这表示她将再也不会离开我，她将要永远和我相爱。

从此以后，每当想起这个无比纯情的夜晚，我依然能够体会到一种难以形容的甜蜜感，在时间里绵延，成为记忆与消逝的回响，留下永恒的迷人痕迹。

据苏苏的不完全交代，她和我分开之后即被其父母遣送到江西的姨妈家，被如对待大熊猫一般地重点看护，并在当地的某中学完成了高中学业。高考是返回北京考的，发挥得并不理想，还好因为体育特长而被照顾了 30 分，再加上北京生源的属地优势，因此也有惊无险地考入了首都经济贸易大学，主修国际贸易专业。

苏苏在讲述这些经历的过程中，我不停地冲着她点头。

“你老点个什么头啊？还没完没了，跟小鸡啄米似的。”

“没事儿，请继续描述您的光辉历程，我就是脖子有点儿不舒服。”

“要不要我帮你揉揉？”

“行。”

“那你别再点头点个没完了。”

“行。”

“你能不能说点别的词儿。”

“行。”

“说别的。”

“我想和你练练。”

我说到这儿的时候，苏苏似乎想起了从前，一下子扑到我的怀里大声地笑了起来。

那一段日子，苏苏经常这样问我：“我们不在一起的日子，你有没有想我？”

我回答：“想了。”

“想到什么程度？”

“要多想就有多想。”

“还是不明白，能不能给一个再直白点儿的形容？”

“就是想到脑子里除了你，什么都没有。”

苏苏没再说话，但是我知道，她对我的回答相当满意。

我隐瞒了自己和王晶的那一段过去，从未曾和苏苏提起。我始终觉得，对于我和苏苏的爱情而言，这只是一个充满善意的谎言。我希望在苏苏的眼中，我和她之间的爱情是纯净而完美的，纯净得如同一杯没有杂质的清水，完美得值得我们用生命去坚持。

33.

一直都觉得大二和大三是两个让人精神恍惚的时间段，没有了大一的新鲜感和对未来的向往，也还没有滋生大四的怀旧感和对找工作的跃跃欲试，整个人以一种严重的惯性在延续着大学校园里的平凡生活。当然，这仅仅只是我的个人感受，它没有任何的代表性和普遍性。

这一年苏苏从宿舍搬到我家，并在我的带动下，学会了翘课，而且越演越烈，最终翘课的时间和水平与我不相伯仲难分高下。

我的卧室中放着一面小黑板，我以前经常在上面写一些爱好点名的老师的课程时间安排，以防中招。后来此小黑板的功能逐渐演变成了我和苏苏的翘课时间公示栏。有一个星期小黑板上面的内容是这样的：丁若本周翘课 18 节，苏苏本周翘课 23 节。后来又被苏苏补上了一句评论性质的小字：丁若同学翘课成绩不错，但和苏苏同学仍然存在相当大的差距，望其今后继续努力，迎头赶上。

34.

虽然根据苏苏的讲述，听起来好像苏苏在江西的日子，因为她姨妈的严格监控而暗无天日缺乏自由，但在这里，我还是想要感谢一下她的姨妈。苏苏的姨妈是一位作家，在中国作家协会还挂着一官半职，这身份让我不由得肃然起敬。正是在她两年多时间里的熏染之下，苏苏才彻底摆脱了在别人心目中头脑简单四肢发达的运动型女生形象，而慢慢转化成了一个具有独特审美情操与精神追求的人。

有例子为证，一日苏苏从外边回来，将一本用牛皮纸包装的书插在了书架上，然后故作神秘地对我说："丁若，这是我最喜欢的书，有时间你也读一下。"

"啥书？"

"《百年孤独》，一本旷世奇书。"

"这书我读过。"

"你感觉怎么样？"

“整个儿一乱伦史。还什么旷世奇书，简直就是本旷世淫书。”

“啊呸，你个文盲。你就直说你看不懂好了。人家作者可是诺贝尔文学奖获得者，创作颇具超现实魔幻主义风格。”苏苏数落着我。

“超现实魔幻主义的另一个解释就是变态。”

“我不和你说啦，你才大变态呢。”苏苏一生气，扭头就走了。

其实她并不知道，我心里想说的是，这的确也是我最喜欢的一本魔书，写法实在无敌。

35.

“爱情是一刹那失控的美。”这是偶然间我在一首歌中听到的一句歌词，感觉相当震撼，我觉得我对爱情理解的精华部分正是如此。我对苏苏这么说起，苏苏并不赞同，她的观点是：“爱情是相互理解相互信任和相互欣赏，爱要慢工出细活。”我说：“哪儿有那么多理解那么多信任那么多欣赏呢？爱情就应该是从内心里突然迸发出的感受，特强烈，却控制不住的那种。”

“没有什么控制不住的感受。”

“在你想要方便的时候，让你控制几小时行不行？”

“你怎么又贫开了？”

“我只是说出了事实而已。”

“那你爱不爱我？”

“我爱你。”

当晚，我和苏苏第一次做爱。

我们俩抱在一起，躺在卧室的大床上。苏苏的头埋在我的胳膊下面，那些带着海飞丝洗发水味道的头发在我的脖子上蹭来蹭去，我觉得痒痒，就把她的头发扎了个鬏儿，用一根皮筋扎住。接着苏苏把舌头伸出来，放在我的嘴里轻轻地搅动，忽上忽下的，不是很使劲儿，却感到十分舒服。苏苏的眼睛我非常喜欢，长长的睫毛一眨一眨的，专注的眼神有如阳光般晴朗。我们热烈地吻着，似乎忘记了世界上还有什么别的存在。

两个潮湿的身体，纠缠着同样的深情与渴望，从此告别长久以来内心的寂寞。就在那凝滞的一刻，我温柔地进入了苏苏的身体。

我和苏苏做这件事情的过程堪称完美，那种幸福的感觉无以形容。有人说完美这个词语本身就很虚假，但我并不这么认为。人有时候的确是需要一种很夸张的心理感觉，这感觉说明了我是多么地需要苏苏。你可以不相信，但我只是想说出我内心里最真实的感受，仅此而已。

疲倦的苏苏终于在我的身边睡着了，侧着脸的样子安静得如同初生的婴儿。我坐起来，低下头亲了她一下。她没有反应，只发出轻柔的呼吸声。点燃一支白色的中南海香烟，我起身打开窗户，把头伸出窗外，对着头顶的夜空吐了几个烟圈。感觉到凉风从我的耳畔吹过，心里呼啦啦的爽。

36.

一天早上，我在家睡得正香，忽然被一阵急促的敲门声惊醒。我趿拉着鞋眯缝着眼睛下床打开门，看见韩炜光一脸惊惶：“丁若，出事了，出事了。”“嘛事儿？”我学着天津话的发音拐着调询问他。“李佳佳怀孕了。”“你确定？”我问。韩炜光点点头，脸色庄严。

这确实是一件麻烦的事情，我很理解韩炜光此时的心情。对于两个大学生而言，这样的事情如果被校方知道，等待他俩的将是一纸休学令和漫天的诋毁与流言。“李佳佳的架势看来是要崩溃了，我也快撑不住啦。丁若，你快帮忙想想办法吧。”韩炜光说话的声音里竟也有了些许哭腔。

我从冰箱里取出来一罐燕京啤酒递给韩炜光，然后又拿起扫把在床底下扒拉了几下，翻出一本中学时代的毕业留言册，掸了掸上面的浮土，前前后后翻了好几遍，终于找到了王小四的电话。王小四上中学时被我打过，我记得他当时向我求饶说，他姐姐是朝阳医院的资深护士，以后看病可以找她。电话拨通之后，王小四一下子愣是没想起我来，在我吐沫乱飞百般提示之后，他说了一句：“靠，原来是你丫的。”

李佳佳做人流手术的当天，是我和韩炜光一起陪着她去的。走到朝阳医院门口的时候，我悄声对韩炜光说：“你别进去了，我跟人家说的是我给种上的。”我看见韩炜光的嘴动了一下，似乎是想说什么，但是却没有说出来。

沿着一条长长的过道走了许久，我在一间办公室里找到了王小四的姐姐。王小四的姐姐穿白色衣服、白色布鞋，戴白色帽子和口罩，她用唯一裸露在外边的五官——眼睛，先是从头到脚把我打量了一番，然后如法炮制，又从头到脚把李佳佳打量了一番：“你是小四的同学？”我点点头。“那你们跟我走吧。”说着她转身出了门。我和李佳佳跟着王小四的姐姐，又穿过了一条长长的过道，然后还拐了一个弯，终于在一个半开的门前面停下。王小四的姐姐转身对我说：“你在外边等着，不要走进这个门，女孩儿跟着我进来。”

李佳佳尾随王小四的姐姐进去后，我坐在门外面的长凳上等待，心里有些焦急，一会儿站起来一会儿又坐下，怎么都无法静下心来。那天天气不好，西边的一面玻璃还破了个大洞，呼呼的北风不停地往里吹，吹得我直哆嗦。这时候我听见手术室里面传出来剧烈的尖叫声，声嘶力竭的，分明是李佳佳的声音。我不敢再听，紧紧地捂住了耳朵。

五十多分钟以后，李佳佳从里边出来了，脸色惨白。我过去扶着她，一直走到大门口，换成韩炜光扶着。李佳佳说疼，走不动，我们就在朝阳医院斜对面的上岛咖啡厅坐了一会儿。李佳佳喝了杯热牛奶之后，脸上渐渐有了些血色。从上岛出来，我在门口拦了一辆出租车，沿着三环路一直开到红民村。我把他们俩送上楼，安置李佳佳躺下，对韩炜光说："一会儿你给佳佳煮几个鸡蛋，再给她煲个汤，冰箱里有鱼，还有巧克力，她得补补。我出去转转，你们自己吃吧，别等我了。""谢谢兄弟！"韩炜光把手搭在我肩膀上，从嘴里哼出一句感谢。我也把手搭在他的肩膀上，对他眨了下眼睛："以后渗着点儿玩。"

李佳佳怀孕和打胎的事儿我没告诉苏苏，因为她和李佳佳似乎一直不是很融洽。也许是由于我和王晶的那一段过去，李佳佳从来对苏苏都没有表现出足够的热情来。苏苏曾经问过我："韩炜光和你关系那么铁，为什么李佳佳对我总爱搭不理的？""这姑娘就这样，小心眼儿，你甭往心里去。""那她为啥对别人不这样，就只对我小心眼儿啊？""我估摸着是因为她对你的美貌由羡慕直到产生了嫉妒，所以内心里会有些抗拒感，也算人之常情，就恕其无罪吧。"我是这样回答苏苏的，并且顺利蒙混过关。

37.

就在这个学期，又一位新同学——薛酷，以自荐的方式加入了我们的小团队。

薛酷是政法系的学生，个头儿不高，梳三七开小分头，戴金丝边圆形眼镜，走路的时候身子有点歪，看起来很有点儿抗日战争时那些汉奸的派头，劲儿劲儿的。

谈起我俩相识的过程，可真是颇具传奇色彩。某个阳光灿烂的午后，刚从教室里翘课出来的我进入校园主楼西侧的卫生间。刚一进去，就听见身旁传来一声沉闷的声音："哥们儿，你那儿有没有卫生纸？我扛不住了。"我转身后看见，薛酷同学正以马步蹲裆的姿势杵在茅坑之上，面部憋得通红。我连忙从兜里掏出一包"维达牌"餐巾纸，递到他的手中，一解其燃眉之急。直到现在，我仍然清晰地记得，薛酷当时激动得连握纸的手都在颤抖，脸上洋溢出相逢恨晚的真切表情。事后薛酷和我说："丁若，你给我的那包餐巾纸我将终生难忘。"我笑着问他："你还记得是什么牌子的吗？""伟大牌，绝对是伟大牌。"薛酷无比激动地高声大喊。

其实薛酷并不是他的名字，只是一个外号而已。他的真名叫薛俊，却很少有人叫，因为“薛酷”两个字实在是叫着太顺口了。这其中是有典故的，用他自己的话来解释，那就是：“我喜欢女人带血的内裤，谐音并简称薛酷。”这话听着挺狠，但其实这小子在这方面是个雏儿，嫩得流油。

薛酷住在 5 号宿舍楼里，入学成绩不错，起初完全是一个追求上进、极爱学习的乖孩子，上课的时候喜欢坐在前排的位置，自习的时候也总是最先走进教室，偶尔遇见同班的女生，说上几句话还会脸红。但这家伙就是能吹，他那张嘴简直就是上嘴唇顶天，下嘴唇立地，明明没有什么泡妞儿的经验，却非要在弟兄们面前装出个阅人无数的模样。我们几个也不说破，听任其过过嘴瘾了事，内心里都把他的人和他的讲话纯粹当作茶余饭后的笑料。

导致我和薛酷间关系迅速升温，是从他的初恋情变开始，整个过程说来话长。之前薛酷有一个青梅竹马的女友，我见过一面，模样记不太清楚了，反正算不上美女。记忆中薛酷曾经穿过一件“U RIGHT”牌子的深灰色薄毛衫，我看见了，夸奖说毛衣造型不错。他的脸上立刻浮现出憨厚甜蜜的笑容来，幸福地告诉我说是他的女朋友给买的。小样儿，我当时心里狠狠地鄙视了他一下。俗话说，天有不测风云，薛酷幸福的小样儿并没有能够天长地久。在一个暖暖的春天，万物生机勃勃，可薛酷却失恋了。从此以后薛酷就好像是脱胎换骨变了一个人似的，开始不再好好学习，还学会了和女生吵架，直吵到脸红脖子粗，如同街头无所事事的市井杂人。这家伙有时候还整夜整夜地不睡觉，站在宿舍的阳台上以石膏雕像般的姿势举首望月，鼻梁上眼镜的后边闪动着如哲人般智慧的光芒，后来经我详细观察，发现那只是几滴伤心的眼泪而已。我忽然觉得此人并不迂腐，应该可以通过一系列“爱心救助活动”，让其在心灵的深层次上实现自我的救赎。虽然可能这个拯救的过程会很艰涩，但是我真的不能违抗自己内心的善良，我想要改造这个可怜的孩子。

我约薛酷在“鸿山”饭庄吃饭。“鸿山”这个名字听起来像是一座装修豪华的酒店，其实就是校园西门附近的一个小餐馆。因为餐馆的窗户有些漏风，觉得冷，所以我们吃的是火锅。点了几个蔬菜和两盘羊肉，我和薛酷开始了推心置腹的交流。我给他讲爱情的虚幻，讲女人的弱点，我看到了他被火锅的蒸气所覆盖的眼镜片之后的一双专注的眼睛。餐桌上的对话气氛很热烈，薛酷的食欲也很好，左手一筷子羊肉，右手一筷子蒿子秆，说得起劲儿，吃得也带劲儿。这时却有一只不知趣的苍蝇在餐桌的上方飞来飞去，大煞风景。薛酷为了在我的面前表示痛改前非的决心，用足了全身的力气来驱逐这个飞行中的黑色物体。薛酷的手掌在火锅的上方狂飞乱舞，啪，苍蝇被击中，以垂直落体的姿态落在翻滚的火锅里。薛酷当时估计是有一点儿蒙，一下愣在那里，不知道该怎么办。我冲他淡淡地一笑，悄声说：“你别说话，看我的。”随后我招手叫来了该餐馆的老板娘：“看看你的锅底里有什么，就用这样的方式来对待你们的 VIP 吗？”我的言辞激烈，表情严肃。老板娘在铁一样的事实面前无以为辩，只好招呼店里的服务员给我们换了锅底，重新上了我们要过的菜。关键是老板娘后面的这一句真是让人舒畅：“两位帅哥，今天真是不好意思哦，这顿饭就算小妹我请客吧。”丫都什么年纪了还自称小妹，不过能省下我们兜里的人民币倒是着实不赖。这时候薛酷立马换了一脸崇拜的神情，非常虔诚地看着我，就好像迷途的孩子历尽艰辛终于找到了能送他安全回家的巡警。新的汤新的肉新的菜，散发出原生态的味道，我继续向薛酷灌输我的思想种种，对我已然佩服备至的薛酷自然毫无保留地全盘接受。

终于，在持续了两个多小时的火锅大餐行将结束之际，我最后向薛酷提出了一个问题：“你对你失败的爱情还存有遗憾吗？”薛酷把头一抬：“如果说有，那就是没把丫给办了。”我拍拍他的肩膀告诉他：“现在你可以毕业了。”

后来有一天，薛酷告诉我他做了一个梦。梦的内容大致是这样的：薛酷梦见自己成了一位我军战士，在抗战过程中不幸被捕。被捕后的第一天，鬼子对其进行严刑拷打，他守口如瓶，没招。被捕后的第二天，鬼子许诺给其封官加爵，他依然一字不发，坚决不招。被捕后的第三天，鬼子给他带来了几个如花似玉性感妖娆的日本 AV 女优，薛酷一下子防线彻底崩溃，滔滔不绝地招了起来。接下来的第四天，他还想继续招下去。可惜，梦却他妈的醒了。

我认为，从某种意义上来说，薛酷的这个梦恰如其分地表达了我们这一代年轻人的生活观和价值观。

38.

时间真快，转眼又一个夏天来了。

夏天真是个不错的季节，男人女人都喜欢。男人们乐于在夏天欣赏姑娘们在其他季节里被厚厚的衣服隐藏起来的胸脯和大腿，女人们则乐于在夏天穿着性感暴露色彩缤纷的短裙热裤吊带背心向异性展示曼妙的身材和曲线。你看你的，我穿我的，大家各取所需，乐在其中。

有一天，我们哥儿几个在晚上20点左右集体出现在学校的操场。韩炜光刚洗过澡，头发还湿湿的，软软地耷拉下来，脚上穿着一双产自日本的塑料人字拖鞋，脚趾头上沾满了土。小段彻底刮了个秃瓢，手里拿一本书，书外边还用牛皮纸包了封皮，我抢过来打开书皮看了一眼，是一本地铁站里5元价格倾销的外国文学作品叫《安琪拉的骨灰》。薛酷的造型十分滑稽，手里拿着把扇子，穿一个洗得发了黄的跨栏背心，头发八成抹了半斤摩丝，油光锃亮地梳成了大背，迈着八字步，边走边晃悠，像极了南极圈的标志性动物——企鹅。冯才最勇，干脆光着膀子，把短袖衬衫斜搭在肩上，毫无遮掩地露出了肚皮上的一大圈肥肉和黑黑的肚脐眼儿。大家虽然形象各异，但均有着同样的目标。我们望着那些走过来走过去的女生，所有人的目光都是那么的坚定和执着。

“你们快看，那姑娘身材怎么样？”“腿型不错。”“你丫什么眼神啊？整个儿一罗圈腿。”“嘿嘿，那边绿裙子那个妞儿胸真大！”“光个儿大有个鸟用，没看见都他奶奶的垂到地中海去啦……”现场气氛紧张激烈，如同一场大专辩论会。

39.

苏苏和张宁算是彻底混熟了，有一阵儿她几乎是每天都要跑到张宁的服装店报到，甚至比到我家的次数还要勤。在张宁的影响和调教之下，苏苏的服装搭配风格也逐渐生猛起来。

某天我正在家中睡觉，苏苏穿着领子上缀满金属片的粉红色无袖套头衫，膝盖上有洞的蓝色牛仔裤，CONVERSE 迷彩花纹帆布鞋闯了进来。她双臂张开，腾空一跃，一下子就趴在我的身上，把我压得喘不上气来。苏苏用白色蛤蟆镜后面的眼睛直勾勾地看着我："我这身衣服好看吗？"她问我。"好看。像一只开屏的孔雀，就是有点儿晃眼。"我对着苏苏说出了我的真实感受。

40.

有一天我做了一件连自己都觉得巨牛 B 的事情，后来基本上属于见谁都要大吹一通的大事件。当然，事实上我心里想的是，类似这样的事儿以后还是不再发生为妙。

这天我从学校回到家，想着晚上苏苏过来，便简单地收拾了一下屋子，随后提着一袋垃圾下楼。当门“咣当”一声关上的时候，我才发现自己居然忘了带钥匙。

怎么办？我只有两个选择，一个是请专业人员撬开防盗门的锁，另一个就是从邻居家翻窗而出再从我家的窗户钻进屋子取出钥匙。我一看表，时间不早了，十八点一刻，估计找人撬锁已经来不及了。眼看自己就要有露宿街头的风险，一咬牙决定铤而走险。

六楼，六楼，六楼。平时上楼下楼真没觉得高，今天从邻居家窗户往下一看，不由得倒吸了口冷气，其实还真是蛮高的。

我首先缩着身体顺利地从邻居家窗户翻出，手紧紧抓住楼顶凸出部分，绕过空调的外挂机，踩在楼顶的凹片上缓步而行。中间有一段路程没有可抓的屋檐，我是贴着墙蹭过去的，其间有风从我的两腿中间穿过，顿时觉得飕飕地发冷。好不容易才走到自己家的窗户前，急忙一把拉开，把头先钻了进去。扭动了几下，发现身子和腿进不来，只好又把头伸出来，把一只腿先探进去，踩住了窗户下面的暖气片，再把另一只腿递进去，最后才是脑袋。当我双脚结结实实地落在客厅地面上的时候，终于长长地出了一口气。

当天我的行头是黄色衬衫加白裤子，在经过一番龌龊的表演后，已经脏得不堪入目。邻居作为观众，免费看了场大片，名字就叫《空中飞人》。

不知道为什么，自从那次高空表演以后，我就产生了莫名的恐高症。每次站在高楼的落地玻璃窗前或是稍微高点的阳台上往下看的时候，我的脚就有点儿发飘。苏苏把这给我总结为“高空难度作业后遗症”。打这以后，别说是翻六楼阳台，就是让我从一米来高的地方往下跳，我都得有相当长的一段时间的思想斗争。

41.

夏天对于在校园里瞎晃荡的人来说，简直就是一种难堪的折磨。这不光是指闷热得让人发慌的天气，还有那类似于法庭宣判式的期末考试。不过还好，有了前几回期末考试蒙混过关的成功经验之后，我们哥儿几个也都各自总结出了一套行之有效的备考方法，帮助我们再一次渡过难关。

在考完最后一门功课后，我和韩炜光、小段、冯才、薛酷几个人螃蟹似的搂着进了学校附近的一个餐馆，两小时后又从餐馆里泥鳅似的歪歪斜斜地滑溜了出来。这其中我们干掉了三瓶牛栏山二锅头两箱青岛啤酒，不过也贡献了包括晚饭所吃的红烧鱼白切肉爆炒茄子等一切上等美味，让那家餐馆的厕所好像刚炸开了锅，到处都漂着花花绿绿的战利品。

那顿饭总共花费了 160 元。钱的来源是小段贡献了 41 元，韩炜光 18 元，冯才 8 元 6 角，薛酷 0.5 元，剩下的全部由我来埋单。本来我是没钱的，但那天我翘课跑到菜市口百货商场一带瞎逛，正好碰上我妈一同学。她问我：“小若啊，怎么今天没去上课呢？”我又开始瞎掰：“我们班上一同学很长时间没来上课，老师便吩咐我过来看看，这不刚去他家没人，正准备着回学校向教师报告呢。”她“哦”了一声，正准备走，突然记起什么来似的，拉住我往我手里塞了 100 块钱：“这是上次买衣服我借你妈的钱，你帮我带给她吧。”我心中一乐，心想着就我妈那点儿记性，肯定早把这事儿给忘到台儿庄去了。嘿嘿，这个月的伙食又能多加几个像样儿的菜和几瓶牛栏山二锅头啦。

现在我来说说在这两个多小时里我们到底都折腾了些什么。菜还没上之前，薛酷为哪种做爱姿势更加爽快与韩炜光争得脸红脖子粗。就在他们各自以翔实的数据和深奥的理论来辩护自己的观点时，小段探过头来一句话就把薛酷给问呆了。他说：“薛酷，你丫上过几个女孩儿？”就是这么一句简单的话，薛酷就如一棵正茁壮成长的小白菜突然遭遇了寒冷白霜似的，立马蔫了下来。众所周知，薛酷那点儿少得可怜的恋爱史，充其量也只是隔着衣服摸过女孩儿的乳房，再深入的地方，甭说是上了，就是看都没看过。他所能说得出的那点儿性知识，完全来源于韩炜光平日发给他的几本毛片儿。

冯才也乘机讲了个笑话，说有一次，薛酷喝酒喝了个八分醉，酒劲儿一上来，拽着冯才就不撒手，当着众人的面，嘴里反复高声喊着：“冯才，你丫是哥们儿不？是哥们儿今天晚上就陪兄弟去练小妞儿。”冯才也实在是拿薛酷没有办法，只好硬着头皮陪着他来到洋桥附近一个亮着红灯的发廊前，看见里面坐着几个打扮得如同生猛海鲜一般的小姐，便推门准备进去。可这当儿，一阵凉风吹过，薛酷的酒竟全醒了，他看见眼前的阵势，吓得一闪身掉转头就跑，把冯才笑得鼻涕眼泪全都流了出来。听到这里，韩炜光“噌”的一下子从座位上站起来，指着薛酷大声嚷嚷着：“你丫不是去练小妞儿吗，怎么让小妞儿把你给练了？”大家又在哄堂大笑中，热情洋溢地喝起酒来。

哥儿们几个喝得七荤八晃后，稀里糊涂地打了辆车就奔我那地界儿去了。刚刚上楼还不到 5 分钟，薛酷就把我家的客厅当厕所狠狠地吐了起来，仿佛不把它涂抹成后现代派画室誓不罢休。哥儿们几个也被这阵势给唬住了，大家犹如军训站队列似的一字排开，以无比敬仰的心情来观看薛酷的表演。这小子可真他妈的有两下，一吐完，立马倒在客厅的沙发上，从此长眠不起，任凭外面地动山摇海枯石烂也丝毫影响不了他对美梦的极度渴求。也不知道丫这回在梦里是不是又当上了汉奸，能给鬼子多招几次，多泡几个东瀛美女。

正当我对这堆垃圾头疼时，我的手机响了，一接，是苏苏打来的。苏苏说她今天也考完了，寝室的同学晚上都结伴儿出去狂欢了，她不想一个人待在寝室里，想过来找我。我说：“宝贝儿你来吧。”苏苏说：“我现在已经到友谊宾馆了，你是在家还是在哪儿瞎混呢？”我连声说：“在家呢，在家呢，你赶快来吧。”然后就坐在沙发对面的一摞书上，静静地等着苏苏的到来。

从传统的女性审美角度来定义苏苏，她的确是一个不可多得的好女孩，她的好不仅仅在于她秀美的容颜和挺拔的身材，还在于她身上所凝聚着的中华民族五千年延袭下来的各种优良传统。在苏苏正式入住我的“狗窝”后不到半月的时间里，家中所有的一切都变得井然有序。地板每天准时拖两次，房间里的被套每半月准时洗一次，厨房里的锅碗瓢盆擦得干干净净，所有的玻璃表面与木质平面均一尘不染，卫生间里也再没有了刺鼻的骚味。堆满了各种各样书籍、CD、电脑、烟灰缸、臭袜子的书桌，被苏苏整理后，取而代之的是一个手绘的青瓷花瓶，一个放了双人合影的黄色相框，一只仿玉石的翠绿色笔筒。原来汗渍斑斑的电脑键盘，在苏苏的妙手回春后，竟也变得干净如昨，像新的一样。其实我真的很想知道她是怎么把那些比如烟灰、头发丝、纸屑等杂物，从键盘里面一点点地抠出来的。一切的一切，就像变魔术一样，令我眼花缭乱。对于这些翻天覆地的改变，我从一开始的不适应，再到后来的积极配合，就像是被放进劳教所的犯人一样，从开始的被动接受逐渐变化到后来的努力劳动。这些变化所带来的明显效果是，除了房间备感清洁以外，还有困扰我多年的脚气忽然一下子好了。

大约 15 分钟之后，苏苏踩着她惯有的步子上了楼，一进门，她就被眼前的阵势给惊坏了，嘴张成了 O 字形。还没等我说话，苏苏就一阵风似的冲进了卫生间，拿出了扫把簸箕拖布水桶，以迅雷不及掩耳之势把这堆垃圾弄出了门外。很显然，苏苏对于此情此景难以接受。虽然是用放入了半袋子洗衣粉的水墩了地，但屋子里依然飘浮着难闻的气味，苏苏索性关掉了空调，把所有的窗户统统打开通风散味。

与此同时，冯才、韩炜光俩人也终于支撑不住，溜到了房间里呼呼大睡，小段独自一人抱着我的电脑与一个名叫“绝代佳人”的网友聊得欢实。其实我一直都对这位自称是上海电影学院导演系女生的真实情况抱有很大的怀疑度，但小段却像走火入魔一般地欢心雀跃乐此不疲。我望着挂着花痴般表情的小段说：“你他妈的就鬼迷心窍吧，迟早有一天，你得被这位绝代的佳人给夹崩了。”

鉴于当时屋里的情形，苏苏拉我出去逛逛，也好释放一下被压抑得快要丧失嗅觉的鼻子。我点头同意，于是我们俩下了楼，沿着胡同一直往外走。狭长的胡同里灯火通明，贩卖香烟饮料的小商店里聚着一堆人在打牌，时不时地传出来激烈的叫喊声，想必是牌局进行到了关键时刻。路口的小饭馆里飘出的香味弥漫在空中，被风一吹，四散开来，细细一闻，好像是鱼香肉丝的味道。我和苏苏手拉着手，互不说话，但我能感觉到她手掌心里毛细血管轻微的跳动。

出了胡同口，我们俩谁也说不准要去哪里，索性便沿着北三环一路向东漫无目的地走。我和苏苏走过了大钟寺、北太平庄、马甸桥、安华桥，一直走到筋疲力尽，在马路边的台阶上我们坐了下来。苏苏紧挨着我，把头靠在我的肩膀上，她的头发垂下来，被风吹起飘到我的脸上，带着一股新鲜柠檬的味道。我伸手搂紧了苏苏的肩膀，她很瘦，肩胛骨像是青花瓷碗的边，顶住我的手，感觉硬硬的。苏苏凑到我面前，抹着亮粉色唇彩的嘴唇在灯光下反射出迷离的光：“想练练吗？”我微微一笑，旁若无人地和苏苏亲吻了起来。这时，我的脑子里什么都没有想，只是溢满了无限的柔情。就在这一刻，我感觉已经是天荒地老了。

我们俩走走停停，累了就找个地方坐下来，拥抱，亲吻，然后又继续往前走。前后，我们共喝掉了三瓶矿泉水，吃掉了一个西瓜。我们不知道走了多长时间，也不知道亲吻了多少次，只是彼此都感觉到时光的沉静和温馨。

不远处的马路上驶过一辆白色的本田 CR-V，红色的车灯照亮了地面，我就指着它给苏苏说：“等我有钱了，也买辆这个牌子的车载你去旅行。”苏苏双手套住我的脖子，使劲儿地点着头，说出一个字：“嗯。”然后又补充了一句：“我要红色的。”

入夜，夜风渐凉，我们感觉到有点儿冷。苏苏的手一直都攥在我的手里，只是露在外面的大拇指是凉的。于是我低下头，对着苏苏的大拇指重重地呼了两口热气，又用手在上面快速地搓了搓，然后又重新紧紧地握住。

苏苏的消失和出现，有时想起就像是一本爱情小说里的曲折情节，必定要给主人公浪漫的爱情故事设置曲折的情节和路线。但现在，苏苏实实在在地生活在我的身边，她的呼吸，她的微笑，她澄清的眼睛，她轻柔的鼻息，一切都是那么的真实，让我感觉安慰。这个敏感聪明的女孩，用她的细致善良陪着我在这个城市里漂浮游荡。

这时候苏苏靠在我的肩膀上似乎是睡着了，我侧过脸来看她。昏黄的灯光下，她安静得像个无忧公主，长长的睫毛盖下来，小巧的五官美丽无比。我把嘴唇轻轻地贴在苏苏的额头上，她轻微地抖动一下，像是受到了惊吓。我抬起头来，看了看漆黑的天空，月亮像一个孤独的盘子，远处的星星三三两两地散落在周围，它们都是那么沉默，那么不动声色。突然，我感到一种莫名的忧伤，却无法言说。

我不知道前面即将到来的会是什么，它们是那样的不可控制，而我却是这样的无能为力。

差不多到凌晨 3 点，我们按原路往回走。苏苏疲乏异常，整个人的重心依靠在我的身上，才得以缓步前行。为此，我还背着她走了很长的一段路。实在是走不动了，我们决定打的回家。在三环辅路的路边上，等了大概有十来分钟，才拦到一辆很破旧的夏利车。上车后，我向司机抛下一句话："去红民村。"便懒懒地靠在车座的靠背上，再也不愿意费力气出声了。车开到半路，我才想起身上的钱已被花光，忙打电话给小段，让他带好钱来楼下等着。果然，这家伙还没睡，被网上那"佳人"

正弄得五迷三道，说话的语调兴奋异常。

快到家的时候，苏苏从睡梦中彻底清醒，她钻到我怀里说："丁若，我想练练。"顿时，我就颓了。

42.

真的到了放假的时候，所有的同学都休息了，我们哥儿几个也一样，在相同的时间里干着同样的事情，天天聚在一起打牌、吹牛、喝酒，歌舞升平，生活无所事事，我们反倒觉得没多大意思了。大伙儿扎堆儿泡了几天，也没能搞出什么新鲜的花样，终于在假期的第五日，大家作鸟兽散。回家的回家，读书的读书，泡妞儿的泡妞儿，而我就整天和苏苏腻在一起，什么都不做，什么都不想。

为了不使各自的家长生疑，我和苏苏撒了同样的一个谎，就是学校组织我们去革命老区搞“大学生三下乡”实践活动。好让我们有充分的时间能够厮守在一起，不再提心吊胆，以更加平和的心态来完成亲吻、做爱、睡觉三部曲。

那个夏天似乎比任何一年都要热，三十八度以上的天气如同家常便饭一样出现。当挥汗如雨成为一种习惯之后，我也逐渐养成了在家不穿衣服的习惯。从早到晚我都是光着身子在屋子里走来走去，不管是做饭，还是上网，我都是边听音乐边晃动着身体，随着音乐的节奏做出各种各样的动作。不知道是因为天气实在太热，还是受了我的影响与蛊惑，苏苏的衣服也越穿越少，从起初的薄纱睡衣到只穿胸纱和底裤再到后来的一丝不挂，我们俩终于成功地回归到原始社会，实现了新人类的彻底大解放。

不过，从此以后，我们家的窗帘就再也没有拉开过。

有一天早上，我从睡梦中醒来，发现身边空空如也，苏苏不知去向。就在我起身穿衣服时，听见钥匙开门的声音。我一边提着裤子，一边隔着卧室的门大声喊："大清早的，你跑哪儿去了？我还以为昨天晚上哪个走了眼的贼溜进咱家偷东西，顺便把你给掳走了。"苏苏从客厅里走过来，一把抱住我的腰，脸上大汗淋漓，紧贴着我的脖子说："我昨晚睡觉前吃了半盒饼干，卡路里严重超标，我得赶快把这些热量给消耗掉，不然又得胖了。"我转过身来，露出一丝坏笑："要减肥那还不容易吗？何必出去跑个千儿八百米的。看我这就帮你把多余的脂肪给废了。"我边说边把苏苏抱起走向卧室，在重重的喘息声中，我们俩又胡搞了起来。

后来，我们买了一本路边报刊亭上销售的生理健康杂志，无意中发现上面的一篇文章说每做一次爱相当于跑完 3000 米运动所消耗的能量。打那以后，我们俩对做爱能够减肥这一道理更加深信不疑，并坚决地付诸实践。于是，不管是白天黑夜清晨黄昏，我和苏苏的身体总是纠缠在一起，从而对其他任何一门运动都丧失了兴趣。

我时常感觉苏苏就像是我身体中的某一个重要部分，如果和她分开，我就会感觉到莫大的缺失，并从此对人生产生无限的失望。我相信这正是爱情的价值，无法在流转的时间中随意消失。我仿佛可以在爱的过程中清楚地看到自己，也在被爱的过程中看到自己所深爱的对方。这个甜蜜的过程充满了爱的光芒，仿佛暗夜里耀目的浮光，一点一点，释放出富有深度的美。这不是表演，而是真实。我喜欢这种真实的感受。

还有，我相信爱情。这年头再说这话似乎有些傻，但我就是信，千真万确。

43.

假期的这一段日子里，我又发现了新大陆。

在偶然观赏了一档电视节目——周国平先生访谈录后，我被其语言的玄妙所深深吸引，开始疯狂地迷恋上了哲学，整日捧着周国平先生的大作苦读不倦废寝忘食。通常我会随身携带一个小笔记本，读到自认为是至理名言的句子时，我就用笔把它们小心翼翼地记录下来。只一个月的工夫，我的小本子上就爬满了这样的句子：“无聊是对欲望的欲望。当一个人没有任何欲望而又渴望有欲望之时，他便感到无聊。”“男人通过征服世界而征服女人，女人通过征服男人而征服世界。”“对于内心世界不同的人，表面相同的经历具有完全不同的意义，事实上也就完全不是相同的经历了。”“沉默是一口井，这井里可能藏着珠宝，也可能一无所有。”这些句子在相当长的一段时间被我顶礼膜拜，而记载这些句子的小本子也就顺理成章地演化为我的“圣经”。

由于我对哲学家的崇拜和向往与日俱增，哲学的影子便在我的生活里越发表现得无所不在。最显著的表现就是每天晚上我都要拿着我所谓的“圣经”，给苏苏上一堂哲学课，绝不间断。我讲课的内容相当丰富，从相对论讲到存在论，又从柏拉图式恋爱讲到信仰的本质。可每每当我正说得吐沫乱飞、眉飞色舞的时候，苏苏总是会难掩烦躁的情绪，而戴上一个硕大的白色铁三角耳机，开始听她手中 IPOD 音乐播放器里面存着的那些滥俗的流行歌曲。这个时候我会微笑着把苏苏头上的耳机摘掉，目不转睛地凝视着她，说一声："请让我们学会倾听。"

终于有一天，我正义正词严地向苏苏讲述哲学范畴的性爱与宗教："在人类文化的发展中，性的羞耻心始终扮演着一个重要的角色。性的羞耻心不只意味着禁忌和掩饰，它更来自于对异性的敏感、兴奋和好奇。在个体发育中，我们同样可以看到，性的羞耻心的萌发是与个人心灵生活的丰富化过程微妙地交织在一起的。"苏苏终于忍无可忍，冲着我大喊："丁若，你给我闭嘴。""闭嘴干吗？我这儿正给你传授哲学精髓呢。请这位名叫苏苏的同学谦虚点儿，谦虚点儿。""哲学，哲学，你懂个六啊！你知道哲学是什么吗？有种你丫现在给我说明白。"苏苏的问话一下子把我给问蒙了，似乎我读过的任何一部哲学著作里都没有明确地解释过哲学它到底是什么。"你说不出来吧，那好，让我来告诉你。所谓哲学，就是把你在现实中无法解释的东西用意念来描述，并使之概念化。"我看着苏苏，一时间竟说不出话来。只听见苏苏继续说："所以，哲学家的使命就是把欺骗合理化，再所以，哲学家近似于骗子，只不过，他们是文化程度很高、煽动能力很强的骗子。仅此而已。"我仔细地想了想，好像还真他妈的是这么回事儿。

从此以后，我绝口不提哲学。

44.

为了证明我们俩确实是参加了社会实践，我和苏苏决定出去走一趟，好拍几张以田野、老树、农村、孩童为背景的写实性照片，来糊弄一下我们曾经真正上过山下过乡的家长。我们俩思考了很久，都没选好该去哪里。突然，苏苏说想念她的姨妈了，于是我们拍板决定去江西走一趟。

虽然苏苏高中时代的大部分时间是在江西度过的，但对她而言，生活的圈子也仅限于学校、姨妈家两点一线，像其他那些好玩的地方苏苏大多数也没去过。据说江西境内的风景很不错，有山有水，又是革命老区，虽然不如云南和广西的旅游业有名，但也别有一番风情。

我们俩拎着旅行袋、背着双肩包，怀着兴奋的心情踏上了从西站发出的火车，开始了我们暑期的江西之行。当火车缓缓地驶出站台，我看到对面座位上的一个小伙儿把头伸出窗外，与他的女友奋力地挥手告别。女孩一边追着车跑一边用手抹去止不住掉下的眼泪，此情此景甚是动人，如果再配上煽情的音乐，肯定又是一部感人至深的爱情电影。这时候苏苏把我紧紧地抱住，我低头一看，她的眼圈竟也泛起了潮红，似乎已被刚才的情景深深打动。我什么都没有说，只是把嘴唇轻轻地按在她的眼睛上，心里默默地念着："苏苏，我不会离开你的。"

火车行进了一段时间后，我们发现旅途并没有我们想象中的那么美好。车厢里塞满了形色各异的旅客，空气里弥漫着一股臭咸鱼的味道，让人难以忍受。苏苏躺在我的腿上，用我的白色文化衫蒙住鼻子，费力地睡了过去。在这漫长的十多个小时里，我们冒着精神崩溃的危险，努力地盼望着到达终点站的那一刻。

在火车踏进江西地界后，天空从暗黑逐渐转为深蓝，窗外的田野里散落着丁点儿灯光，每隔几百米就会出现三三两两戴着草帽的稻草人，连绵的庄稼一望无际，被风吹起如起伏的海浪。此时，呈现在眼前的已是一派江南景象，虽然夜里看得不是很清楚，但仍然觉得非常好看。

早上 6 点，火车停靠在九江站，据说这离江西省会南昌只有一个多小时的路程，看样子在早饭时间我们就能顺利抵达此行的目的地了。苏苏此刻也从睡梦中醒来，我们俩一起趴在窗边，呼吸着略带甜味的湿润空气。站台上挤满了下车溜达的乘客，车厢里一下子变得宽松起来。我和苏苏相对无话，只是各自打量着这个千里之外陌生的城市。10 分钟后，火车一声长鸣，拉着我们向最后一站进发。

对面的中年夫妇已经在九江下车，于是我把鞋子脱下，双脚搁在对面的座位上，拿起桌上别人落下的报纸随便地看起来。早晨初升的太阳透过玻璃窗射了进来，我突然有一股抑制不住的困意，头一偏，便毫无知觉地昏昏睡去。

不知过了多久，我在苏苏的推搡和叫喊中醒来。火车已经到达终点站南昌，车厢里的乘客都在收拾行李准备下车。我爬上座位，从行李架上拿下背包，和苏苏随着人流涌出站台。

从火车站出来，苏苏似乎已经完全从行车颠簸的疲倦中清醒过来，记忆也一下子回到了从前，神情异常兴奋，不时地指着前方的某个建筑说起一些往事。我们边讲边走，边走边看，肚子早已咕咕声一片。苏苏问我想吃什么，我说随便吧，能快点儿吃上就行。

我们俩穿过一条狭长的街，在一个胡同口的路口处找到一个小小的路边摊坐下来。苏苏给我们点了两碗江西的特色食品——米粉。不一会儿，热乎乎的米粉端了上来，我尝了尝，味道还真不赖，口感也很滑溜，就是辣了点儿，再加上天气的燥热，我边吃边去抹脑门子上不断涌出的汗水，还不停地把舌头伸出来吸溜着空气。与此同时，我只用了几口，就把路上刚买的一大瓶冰镇矿泉水喝了个精光，惹得苏苏在旁边一直咯咯地笑着："你丫水土不服了吧。""我服，我能不服嘛。南昌这鬼天气。"

从小胡同出来，我们拦了一辆出租车，直奔苏苏的姨妈家而去。

过了二十多分钟，我们来到苏苏的姨妈家。这是一个绿化相当不错的小区，几座白色的楼围成了一个圆，圆的中间有一池碧绿的水，水中游动着很多红色的鱼。苏苏姨妈家住十一楼，我们按了门铃，坐电梯上来，苏苏的姨妈已在门口等候。

苏苏的姨妈虽然四十多岁了，相貌气质却是不俗，一看就知道年轻时是个颇有风情的南国美女。苏苏看见她姨妈疑惑地打量我，忙解释说：“姨妈，这是我们班的生活委员，昨天我有点儿感冒，老师不放心，让他陪着我一起过来看您。”然后，她转过头冲我挤了挤眼睛。“这就是我姨妈，我和你提起过的啊。”我心领神会，走过去鞠了一躬，满脸带笑地说：“姨妈，您好。早听苏苏说您是作家中的头号美女，美女中的头号作家，今儿个一见，果然名不虚传啊。”苏苏在我背后对着我的后脚跟使劲儿地踹了一脚：“你又开始贫。”我喊了一声“哎哟”，苏苏的姨妈呵呵笑着说：“你们这些孩子可真逗，快点儿进来吧。”

进了屋，坐在客厅的黄色皮沙发上，我一边喝着冰镇果汁，一边看电视。苏苏则和她姨妈坐在沙发的另一边聊着家长里短，有说有笑的，时不时还互相抚摩几下。一看这情形就知道，苏苏和她姨妈感情极好。过了一个小时，我开始有点儿犯困，她们却似乎还没有关闭话匣子的意思。我借上卫生间的机会，给苏苏发了一短信，催她快走。就在我从卫生间出来的时候，苏苏的手机就响了。苏苏拿出一看，白了我一眼，然后装模作样地和她姨妈说：“老师发短信来催我走了，可能今天下午就去庐山。姨妈，等我回北京了，再给您打电话哦。”临了，我看见苏苏姨妈硬往苏苏手里塞了几百块钱，然后在电梯口挥手和我们依依惜别。

从苏苏姨妈家出来，我顿时感觉全身轻松了许多，但苏苏似乎有些感伤，一路上都没怎么说话。我走过去，搂紧苏苏的肩膀，在她的侧面脸颊上亲了一下："乖，有机会我们再来。"苏苏使劲儿地点了点头说："嗯。"

随后我和苏苏搭上一辆公交车，坐了几站后，在一路口处下车，步行了两百米，就来到了"四大名楼"之一的滕王阁。在入口处我排了半天队，买了两张票进去，走过一个红色的长廊后，看见一座宋代式样的楼台建筑巍然屹立于江边。远远地看了看宏观造型，走近又看了看建筑工艺，发现滕王阁的确与北京的明清建筑有所不同，风格上显得清新细腻了许多。

爬了一段台阶，又拐了几道弯，我和苏苏登上了滕王阁的最高点。苏苏是第二次来，已没有初登时的新鲜感，而我似乎也并没有多深的感触，时过境迁，斗转星移，早已体会不到古时王勃书写"落霞与孤鹜齐飞，秋水共长天一色"的意境与心情了。

我和苏苏并肩站在楼顶，默不作声地靠在红色的栏杆边，俯视着脚下缓缓流淌的河流。这时我的心仿佛被掏空一样，变得空空荡荡，感觉到自己被一股强大的宿命感所包围。

从滕王阁出来，已是下午 4 点，我和苏苏都感觉到饿了。于是我们找了一间看起来装修得还不错的餐馆走了进去。因为不是饭点，餐馆里的客人不多，只在角落处有几个操着江西方言的人在边喝酒边聊天。

我和苏苏坐下来，拿着菜单看了几遍都没有点好菜，站在一旁的服务员有点儿不耐烦了，眼神在我们两人的脸上瞟来瞟去，弄得我很不舒服。于是，我抓起菜单胡乱地点了几个，把她给打发走了。

突然，苏苏似乎想起了什么，拿起包，掏出电话本，翻了好几页，操起手机输入一串数字，发送了一条短信息。然后苏苏告诉我，她在南昌还有一铁杆儿，叫张好，原来读高中时，她们俩形影不离，关系非一般的好。几年没谋面了，挺想见见她。很快，张好的电话打了回来，还好，这小姑娘在家，没有和我们一样不安分，在外面四处乱窜。接通电话那会儿，苏苏显得激动不已，在一阵极度深情的肉麻式寒暄之后，就把那小姑娘给招了出来。

等了不一会儿，张好就来了。原来，她家就住附近，前后不到10分钟的路程。张好一进门，苏苏就在座位上拼命地摇手，嘴里喊着："好好，我在这儿呢。"那情景形容起来，很像是那些肥皂剧里的某个俗镜头。两个小姑娘见面后显得异常兴奋，似乎忘记了我的存在，脑袋凑在一起叽叽喳喳地说个不停，而我也懒得搭理她们，低下头只顾拼命地吃菜。直到我吃掉第三碗米饭，并把桌上的炒菜和汤打扫干净时，她们才停下来。苏苏惊讶地看着面前的桌子，从嘴里蹦出一句话来："丁若，你什么时候属猪了啊？"张好也眯着眼睛，边笑边补充了一句："今天终于见到传说中的DAVID了。”这时候我才抬起头来，仔细地打量了一下张好，发现她长得眉清目秀，笑起来还挺妩媚。“你刚才说什么？”我纳闷地问张好。“DAVID——大胃王，哈哈。”张好一脸恶作剧偷袭成功的得意表情。“小心我回头把你也给吃了。”我把眼睛一瞪，报复性地大声冲她说。“你又开始贫，别吓着人家。”苏苏在我的肩膀上拍了一下。

吃过饭，我们俩和张好在餐馆门口告别，苏苏和张好并没有再出现肥皂剧里抱头痛哭依依惜别的通俗场面。张好临走时还逗我：“我可等着你吃我呢，你别光说不练。”“来吧，来北京我把你洗洗，下火锅里涮了吃。”

我和苏苏目送张好扭着纤细的腰，一步又一步，拐进一条小胡同后消失不见，一看表，已经下午6点多了，便在街边找了家宾馆住了下来。登记、交钱、领房卡，办完一系列的手续后，我和苏苏有气无力地靠在一起走进电梯。

这间宾馆可能是刚刚装修完，房间里弥漫着一股刺鼻的油漆味，刚一走进去，我就忍不住打了几个很响亮的喷嚏。我把行李往地上一丢，打开空调，再没什么多余的动作，便和苏苏以同一个姿势往床上一倒，各自以极其难看的姿势飞快地睡去。

这一觉睡得极不踏实，我做了一个乱七八糟的梦。梦里有小段、思铭、韩炜光、冯才、薛酷这一伙人，还有辅导员和系主任，我的爸妈，以及一大堆我叫不上名字的同学，最奇怪的是苏苏的爸爸竟然也在其中。他们把我围成一圈，指着我的额头唾沫横飞口诛笔伐，最后他们合伙用很暴力的方式，撕开了我和苏苏紧紧牵住的手，并把我关进了一个黑黑的小房间里。我透过门缝看见苏苏哭泣着被他们拉走，却无能为力。那一刻，我的心痛极了，仿佛即将与整个光明的世界隔绝，我怕极了。在恐惧中我从梦境里惊醒，发现自己的泪水已经把枕头打湿。

我抬起头，看见苏苏在另一张床上睡得很沉，但表情很痛苦，似乎也在做着一个难受的梦。

我起身走到苏苏的身边躺下，然后从背后抱住她。可能是空调温度过低，苏苏的手臂冰凉，在我怀中轻轻地战栗，我轻吻着她的脖子，把她抱得更紧。被我一抱，苏苏醒了过来，翻过身来，一动不动地看着我。苏苏的眼睛很亮，小小的嘴唇娇巧可爱，无辜的表情让人心疼。

我凑过身去，开始亲吻她的脸颊，她的嘴唇，她的头发，她的每一寸肌肤。我的动作无比轻柔，缓缓地进入了苏苏的身体。苏苏在我的身体下紧闭双目，轻轻地喘息，双手环在我的腰间，把我抱得很紧。此刻，我的眼里再一次莫名地溢出透明的泪水来，但很快，我就将它轻轻地抹去。

我们第二天一大早就起了床，决定去游览江西著名的旅游景点——庐山。来到长途汽车站，我和苏苏上了一辆直达的班车，坐在中间的双排座位上。车子出了市区，从一个丁字路口拐上了高速公路。汽车一路奔驰，窗外景色不断变换，我的心情逐渐好了起来，开始给苏苏讲一些荤笑话，惹得她咯咯直笑。一个多小时后，车子开始绕着山路打起圈来。随着海拔不断升高，山下的景物变得越发遥远。从盘山公路上可以看见远处有很多形状微小的房子和汽车，一粒一粒的，如同幼小的昆虫。四周青翠的山峰连绵不绝，远远看过去，它们像是一柄柄锋利的宝剑，直指蓝天的深处。

也许是因为盘山公路的弯道比较多，苏苏似乎有点儿晕车，于是便扑在我的怀里埋头睡去。又过了大约半小时，车行至一形似牌坊的门前停了下来，目的地终于到了。

我和苏苏下了车，打算在附近先找个农家院住下，由于人生地不熟，便向路边一慈眉善目的老头询问。巧的是这个老头自家就闲着几个房间，平时便用于旅游接待，于是我们随着他去了他家。这老头特别热心，除了给我们打好水让我们洗脸洗手，还坐在房间里用他那带着当地口音的普通话和我们聊天，我和苏苏竟然连猜带蒙地听他讲了一个多小时，中间老头一个人抽完了我的半盒烟。午饭就是在他家吃的，地道的农家饭，土鸡柴蛋野菜，都透着股清新的味道，我不知不觉地就吃完了两大碗白米饭加一个馒头。

吃过午饭，我和苏苏开始了旅程。进了山门，一路走下去，游览了花径、锦绣谷、仙人洞、龙首涯等众多风景点。在游览过程中，阳光一直很好，我和苏苏的心情也都不错，一路上说说笑笑，除了观赏风景外，还拍了不少的照片。走到奇石群的时候，我靠在一块青绿色的岩石上，冲苏苏喊道："快给我来一张。"咔嚓，我听见苏苏按动快门的声音："帅呆了，帅呆了。"苏苏看着数码相机的屏幕嚷嚷着。"没办法，人长得就是给劲儿。"我得意地从苏苏手里把相机抢过来，却看见相机屏幕上显示的只有我一双沾满了土的帆布鞋。我抬头看苏苏，只见她正冲着我坏坏地笑。

山里面的气候十分怡人，一到晚上，气温就降了下来，穿着长袖衬衫还感觉手臂有点儿凉。这时候要是在北京，肯定热得冒油，如果屋里不开空调，甭说穿长袖，就是光着膀子那也肯定得"汗滴禾下土"。

下得山来，我和苏苏找了一间干净的小饭馆坐下。走了一下午，人累了，肚子也饿了，我俩决定好好大吃一通。据房东老头介绍，这地带的麻辣龙虾很著名，于是我们就点了一份。10 分钟过后，一大盘红通通的龙虾端上桌来，香味如同长了眼睛一般，直往人鼻孔里钻，让人忍不住垂涎欲滴。我和苏苏轮番下手，三下五除二就把整整一盘都干光了，直辣得我们俩鼻涕口水横流，嘴巴大大地张开喘着气，感觉痛快无比。

饭后，我们沿着马路逛了逛街边的商店，这些商店都不大，里面杂七杂八地放置着当地的土特产和一些简单的日用品。和北京街道边繁华的商业店铺比起来，这里的确要显得寒酸破败许多，没有游戏厅，没有KTV，没有超级市场，也没有肯德基麦当劳必胜客星巴克。转了一会儿，爱好时尚的苏苏显然失去了在这里继续逛下去的兴趣，拉着我拐头往回走。

回到房间，我们坐在床上看电视。老式的长虹彩电没有配遥控器，我只好走到电视机跟前弯着身子调台。拨了一圈，发现只能收到5个台，还没一个好看的，彼此长吁短叹了一番后，我们一致决定上床睡觉。

虽说正值8月天气，但在山间睡觉的时候还是需要盖上薄的棉被，像是到了北京的中秋季节。兴许是因为白天走得累了，我们晚上睡得很沉，一整夜连梦都没做。当我早晨醒来时，发现苏苏还在安静地睡着，我下床的时候还能听到她均匀的呼吸声。

太阳出来了，我们按照计划去了五老峰。据说这五座山峰的形状酷似五位老人，因此得名。来到山下，只见到处都停放着来自四面八方的汽车。我和苏苏在山门口狂吃了一通冷饮后，才开始信步上山。可能是由于长时间缺乏体育锻炼，我只走了半个多小时就累得气喘吁吁，直和苏苏说走不动了。我们在路旁坐下，把背包里带来的水喝了个精光，仍然不愿意动。苏苏撇着眼睛看我："早说什么来着，让你好好运动，现在后悔了吧。"我嘟囔着："不是天天晚上都在家运动吗？""呸，你那什么不靠谱的狗屁理论，还做一次爱等于跑 3000 米。这下歇菜了吧，这下原形毕露了吧。”我望了望苏苏，无言以对。的确，自从和苏苏腻在一起后，我的百米成绩肯定要在 15 秒以外了。

我们俩一边打着嘴仗，一边相互搀扶着继续往前走。一路上总有当地人在兜售水果和花环，我先后从他们手中买了两根黄瓜、一个花环、两串红豆串成的项链，消费共计 10 元。爬到半山腰，又出现了很多卖同心锁的小贩。苏苏对此兴趣很高，非得要买一个。无奈，我只好和小贩讨价还价，经过一番唇枪舌剑斗智斗勇后，终于成功地把价钱从 15 元还到了 11 元。小贩用激光笔在黄色的铜锁上刻好我俩的名字，我和苏苏找了一根早已锁满了铜锁的链子，把锁锁在了上面，然后把钥匙扔下了深不见底的山谷。我听到苏苏嘴里还小声地说着：“但愿它能把我和丁若的爱情锁住，永远也不分开。”这虽然只是一个骗人的把戏，但苏苏的表情却虔诚无比。

庐山之行，我几乎没有留下什么很特别的印象，倒是苏苏的开心和快乐却将我深深感染。有一天下午，我们没安排游览的计划，便沿着山下小镇的马路瞎逛。苏苏突然用手一指，远远的山头上有一座亭子。苏苏说：“我们去那儿玩怎么样？”“好啊。”我立马答应下来。

我站在那儿仔细看了看地形，然后确定下来到达那儿所要经过的路线。这段路虽然看起来不是很远，但由于山路陡峭，我们用了很长的时间才到达顶部。这个山头位于群山中间，从亭子往下看，山壁陡如刀削，让人心生恐惧。山风呼啸而过，脖子后面感觉嗖嗖的凉。四周寂静无声，有鸟儿振翅飞过。我们静静地坐着，默然无言，仿佛进入了另一个空灵的世界。我从身后抱住苏苏，看着脚下的云海苍茫，恍若时间停滞，天地间只剩下我们两个人。这一刻，我发现我是那么地需要苏苏。

后来我又去过很多很多的地方，可从未再有过如这次旅行般的安详，即使进入眼中的风景再好，内心里感觉仍是一场场孤单的流浪旅程。我不断地回忆，渐渐地懂得了无法抓住生命中所流逝的时光是一种怎样让人扼腕的悲伤。我多希望苏苏一辈子从未离开我的身旁，和我一起，走过一个又一个未知的远方。

45.

在经历了历时 7 天的旅程之后，我和苏苏踏上了返程的路。火车拉着我们从南到北，一路呼啸，把所有的一切都抛到身后，包括快乐、忧愁以及所有路过的风景。

从江西回来，我们俩似乎都成熟了很多，也比从前更加恩爱。不管去哪里，我和苏苏都如影相随，彼此依赖。

更夸张的是，即使我上洗手间都不能超过 5 分钟，不然苏苏准在外面使劲儿地拍打着门，并大喊："丁若，你不会是在和马桶打啵儿吧？"我不理她，她又说："都这么长时间了，你还不出来呀，我都想你啦。"

46.

从江西回来后的第二天，苏苏提着一大包脏衣服回家，我独自一人待在家里无所事事。电话响了，是冯才打来的，他的声音在电话那头显得异样的低沉和伤感，毫无一点儿生气。他说："丁若，有空儿吗？出来喝酒吧。"我想这哥们儿肯定是颓了，不然平日生龙活虎的，电话里断然不会是这种声。我答应下来，约好了地点径直打车过去。

半小时后，我和冯才在美术馆附近的一个饭店里见了面。冯才精神颓废，头发乱乱的，胡子也没刮，看起来一下子苍老了有 10 岁。他坐在桌子对面，只顾着闷头喝酒，好半天才憋出一句话："我和张宁吹了。"

事情还得从冯才放假回山西老家说起，自从他和张宁恋爱后，两人就整天腻在一起，冯才从来就没回过一次家，连电话也只是在缺钱的时候才偶尔打过几回。这个假期，冯才打算回家探望一下老爸老妈，以摆脱自己"娶了媳妇忘了娘"的白眼狼形象。张宁虽然心里一千一万个舍不得冯才，但还是批准了冯才的探亲申请。难舍难分之际，两人难免要尽性一番。据冯才交代，那几天他们俩大门不出二门不迈，吃了做，做了吃，日日"芙蓉帐暖度春宵"，就连自个儿都记不清究竟做了多少回。

由于冯才久未归家，回去之后他的那一帮发小约他整天大鱼大肉，醉生梦死，不觉间就过了个把月。一日，冯才实在是喝高了，在回家的路上一不小心就翻到了路边的花园里，人倒是没事，却被铁栏杆把命根子给挂了一下。起初冯才也没太在意，但后来发现他那宝贝家伙竟然失去了往日的雄风，从此一蹶不振。冯才也为此偷偷吃过什么牛鞭狗腚熊掌燕窝之类的补品，但收效甚微，令他苦恼不堪。回京后，“小别胜新婚”的张宁难免想要巫山云雨一番，可冯才却死活不从。这下可好，张宁一口咬定冯才薄情负义，在外面胡搞搞出了毛病，闹得翻天覆地不可开交。冯才是“哑巴吃黄连有苦说不出”，任凭百般解释也没用，终被张宁扫地出门。

“在爱情生活里，有些事情是很难用语言解释清楚的。既然事已发生，倒不如无声胜有声，静观其变。”我伸出手来，隔着桌子拍了拍冯才的肩膀以示安慰，并端起手里的酒杯与他一饮而尽。

“哥们儿真是点儿背啊。”冯才一脸浓重的悲伤。

“其实你也不必太难过，这事儿虽然棘手，但也绝对算不上世界末日。这样吧，明天我去找张宁聊聊，把事儿说清楚了不就完啦。”可冯才还是一脸沮丧：“你不知道张宁那人就是个认死理儿，她就是认定我对不起她，还说她这辈子也不会原谅我的。”“没那么邪乎。女人天生就是心软的生物，你就等着我凯旋的消息吧。”我继续安慰冯才。“其实，这次我回家还见着了我中学时候的初恋对象，她还跟我示好来着，但我却一点儿心思都没动。我真的很爱张宁，妈的老天怎么用这么个法子来和我开玩笑啊？”说完，冯才随即用双手紧紧地蒙住了脸，沉浸在痛苦当中不能自拔。

那天，我们不知道喝了多少瓶酒，直喝得两眼迷糊，头痛欲裂。冯才趴在桌子上一声不吭，像是睡着了，而我转过头隔着玻璃窗看着马路上的过往车辆，脑袋里空空如也。这时，窗外的天色已全黑，两旁的路灯纷纷亮了起来，刚刚洒过水的马路反射着浅浅的光。我的心情突然也变得沉重起来，感觉自己的生活就像是处在一种失重的状态，整个人一直飘浮在空中，想抓什么也都抓不住，只有无由来的空虚，把我包围起来。或许，这就是我们这个年纪所谓的迷惘和忧伤，对学业，对生活，对爱情，对未来，一切都是那样的无可依附，毫无把握。

晚上 10 点钟的样子，我和冯才相互搀扶着从饭馆里出来，挥手拦住一辆出租车，坐上车直奔我的住地而去。车刚开出不到 500 米，冯才张嘴就在车里狂吐了起来。司机把车往马路边一靠，便开始冲着我们破口大骂。为了息事宁人，我赔给司机 20 块钱，让他自己去洗车。司机绷着脸接过钱，然后把车开走，把我们扔在了空旷的马路上。

冯才像被抽了线的皮偶一般，瘫坐在路边上，依然不省人事。无奈我只好把他扶起来，靠在我的肩上，然后从口袋里拔出一根烟来抽。街道上的行人已经不多了，偶尔有骑着自行车的人从面前走过，多的是汽车，一辆辆像风一般疾驰而去。远处的天空依稀有几点星光，穿透黑暗，播种着微弱的光明。这是这个城市一个普普通通的夜晚，是那样的不动声色，是那样的百无聊赖。

第二天一早，我去张宁的服装店找她。这次，我没有像平常一样和她耍贫逗乐，而是一本正经地和她说起冯才的情况，也解释了整个事件的前因后果。我们俩就这样站在柜台边上聊了足足有两个多小时，中间我出去买了两罐可乐和一盒中南海香烟。没劝过家务事还真不知道其中的麻烦和难度，这下我可算是彻底弄明白了，张宁的心结还真不是轻易就能解开的。费了我半天吐沫星子，她仍没有松口。但有一点我可以肯定，张宁对冯才还是有感情的，因为我从她的眼神、表情和语言里还是能隐约地感觉到她对冯才的依赖和不舍。

从张宁的服装店里出来没走多远，天色忽然变黑，没几分钟就奇怪地下起了瓢泼大雨，我只好站在路边一个公交站台的遮阳棚下面避雨。耳畔雨声哗哗，眼前天地之间白茫茫的一片，模糊了天与地的界限，一切都显得是那样的不真实。我突然很想念苏苏，她从我这儿回家已经好几天了，我为了冯才的事儿也忘了给她去个电话。掏出手机准备打电话，却发现已经欠费停机了。我环顾了一下四周，发现前面不远处有一个公用电话，也顾不得下雨，径直跑了过去。拨通了苏苏的手机，她在那边“喂”了一声，我的心一紧，眼泪几乎都要涌了出来。此刻，我发现我是那样需要苏苏，就算她只是站在对面看着我，我也会感觉到无比的温暖和安慰。

“喂，你是谁呀？再不说话我就挂了啊。”我用手抹了抹脸上的雨水，对着话筒学起了赵本山的腔调：“要三陪么，服务周到，价钱合理。”

苏苏在那边轻声地说：“你手机停机了怎么不去交费啊？今儿我给你打了好几回电话呢。”

“唉，最近下岗喽，囊中羞涩啊。这不刚卖了几回血，才弄来俩钱儿给你打电话呢。”

“你怎么不去当鸭啊，可惜了你那身材和脸蛋。”

“我要是去做鸭，就把银行卡交给你，从富婆那儿挣的钱都是你的，好让你再去泡个帅哥玩。”

“你有那么善良吗？”

“别不信哦，明天我就给你开户去。”

“行啦，别不要脸啦。我不和你逗了，我爸妈过来了。”然后，我在听筒里听到苏苏和她父母亲说话的声音："你们烦不烦啊，我和同学聊天呢。"我还想再说点儿什么，电话却已经挂了，我听着"嘟嘟"的忙音，手拿着话筒，竟有点儿发愣。

47.

在快开学的前几天，苏苏拎着她的白色 NIKE 包包一蹦一跳地又来到我这儿。我知道她准又撒了谎。果然不出所料，苏苏和她爸妈说学校提前几天报到，她先过去打扫一下卫生。常常就是类似这样的一个简单的借口，就让苏苏轻而易举地成功潜入我的住地，并且不知疲倦地和我腻味上几天。

虽然已接近初秋，但天气依然还是那样的热。我们通常是把地板给墩干净，然后铺上一层薄褥子，就直接躺在上面，任凭电风扇对着吹上一晚上。中间会放上一条大的毛巾毯，到后半夜气温有所下降，感觉有点儿凉时，就会顺手一抓，彻头彻尾地盖住。由于只有一条，我和苏苏就各执一段，互相拉扯，并弓着身子僵持到天亮。谁要是在现场，一准会看到我们两人像虾米似的蜷成一团，背对着背，中间空出很长的一段间隙，很像一对刚出土的文物。

不知道是不是年代太久远的缘故，我家的电视机开始罢工了，任凭我怎么拳打脚踢，就是再也不出影了，在一大片雪花点中，只能断断续续地听到播音员邢质斌字正腔圆的普通话在播报着 CCTV 的新闻要事。我和苏苏一次又一次胡搞到筋疲力尽后，终于找到了另一种消遣的办法，就是抓一把牙签，然后让对方猜单数或双数，猜错了就要被对方刮鼻子。由于双方的心胸都极为狭窄，最后终于升级为世界大战，不把对方的鼻子给拧下来绝不罢休。我们常常会从晚上七八点钟斗争到半夜一两点仍无睡意，猛抬头看到对方，活像唱戏的小丑，鼻子红红的，眼神却充满了愤怒，恨不得一张嘴把对方吞掉。

可能是我因为连输了十几把后终于迎来了胜利，出手有点儿重，苏苏竟“哇”的一声哭了起来。在这黑灯瞎火万籁俱静时，苏苏的哭声显得那样的凄惨，我猛地一把捂住了她的嘴，连声道歉。可不管我怎么哄，苏苏就是不停歇，反而手脚并用哭得更大声。无奈之下，我只好贡献出自己的鼻子，任由她在上面胡作非为。这下，苏苏安静下来，拧着我的鼻子左右摇晃，像牵着一头驴似的，并要求我发出哼哼的声音。在我把驴的叫声学得惟妙惟肖之时，苏苏抱着肚子笑得打起滚来，我才知道我中了她的圈套。

8 月 31 日，开学前的最后一天。一觉醒来，看了看挂在墙上的钟，正好九点一刻。苏苏背靠着墙，拿着一本不知道从哪儿弄来的书正看得津津有味，边看还边吃着饼干。我挪了挪身子，靠在苏苏的旁边，终于看清了她手里拿着的是一本杜拉斯的《情人》。书的纸张很黄，字印得很小，苏苏却看得很投入，对我不理不问。我肚子有点儿饿，便把饼干袋拿过来，伸手进去一掏，却发现里面空空如也，最后一块正被苏苏以缓慢的姿势塞进嘴里。

无奈，我只好自己起来，走进厨房，一边刷牙洗脸一边烧开水准备泡方便面。刷完牙之后我又上了一趟卫生间，水才烧好。我在厨房里大声地问苏苏，要不要吃面，连问了无数遍都不见回音，我想她准是看书看得太入迷了。正当我准备放弃的时候，苏苏从门外探进头来，微微一笑，那模样调皮如小孩，让人心生怜爱。

我泡好两碗方便面端到房间里，苏苏放下手里的书，与我一起狼吞虎咽起来。吃完面，我竟又觉得困了，于是倒在地上继续睡了过去。再次醒来，已经差不多下午一点钟了。我转过身，发现苏苏不在房间，那本《情人》也被扔在了墙角，被电风扇吹出来的风吹得翻来翻去。正当我发呆的时候，苏苏从门外走了进来，端过来一盘切好的西瓜，在我的身边坐下，看着我把西瓜一片片地干掉。然后对我说："饿了吧？我做好饭了，起来吃吧。"

相比这些天清淡的伙食，这顿饭的的确确算得上丰盛。番茄炒蛋、青椒炒肉、水果沙拉、拍黄瓜，外加一盘紫菜汤。坐到桌前，我的味腺一下子被调动起来，口水喷薄而出。正当这会儿，我的手机响了，一看是冯才打来的。"丁若，你在哪儿呢？" 听这小子的口气，情绪明显好多了。

"我在家，正准备吃饭呢。"

“别吃了，我在马甸桥这边等你，陪我喝酒，有事儿要庆祝。”

“你丫还会有什么好事儿，不会是又泡到一妞儿吧？”

“不是，我和张宁和好了。不多说了，你快点儿过来吧。”我望了望苏苏，她正睁着一双大眼睛盯着我的嘴巴，转头对冯才说：“你还是来我这儿吃吧，苏苏做的菜，味道可比那些杂牌餐馆好多了。”冯才说：“也行，你们先别开吃，等着，我弄点儿酒去。”

在等待冯才的二十多分钟里，苏苏接了一个电话，叽叽歪歪地说了好久，不时还哈哈地笑两声。一会儿，苏苏把电话扔给我：“张好打来的，人家要找你说话呢。”

我把电话接起来：“喂喂喂，你还敢找我说话，不怕我把你吃了啊。”

“遇见蟑螂，我不怕不怕啦……”张好竟然在电话那边哼哼吱吱地唱了起来。

“你要是不怕，有种就来北京吧。”

“哼，我才不去呢。”

“你不是不怕吗？”

“不怕我也不去，去干吗，给你们俩当电灯泡啊。上次在南昌已经照得够够的啦，暂时还没打算照到天安门去。”

“没事儿，我家不缺电灯泡，就缺美女。”

“哼哼，本小姐可没兴趣陪你个大胃王玩。”

“嘿嘿，想来就直说，可别不好意思，咱俩谁跟谁啊。你来了，我也可以让苏苏发扬一下风格，派我专门陪你两天。”

“啊呸！不去不去就不去，等你们俩吹啦，我再去。去安慰你哦，因为我特想看你失恋了哭鼻子的模样。”

“那我还真怕了。”

“你承认你怕了吧。哈哈，原来你也有怕的时候啊。”

“我怕你会失望一辈子，哥们儿我天生就不知道失恋是怎么回事儿。”我语气坚定地对张好说。

电话挂了没多久，就听到一阵急促的敲门声，我过去打开门，发现门外站着的除了冯才还有张宁，我往边上一闪把他们给让了进来。张宁的打扮依然很惹眼，低腰牛仔裤，粉色吊带衣，脚趾上涂着闪亮的黑色指甲油。冯才带来了一个硕大的黑色塑料袋，里面鼓鼓囊囊地塞满了易拉罐，全都是清一色的“蓝带”啤酒。屋子里一下子多出来两个人，大家有说有笑，气氛顿时热闹了起来。我们四个边吃边聊，从下午一直折腾到了晚上。其间，苏苏和张宁又出门去楼下的“小四川菜馆”买了几个菜上来。

看起来，这回冯才和张宁算是彻底地和好了，几罐酒下肚，当着我和苏苏的面，他们俩竟然毫无顾忌地亲起嘴来。

第二天一早，我和苏苏洗涮完毕，背着书包各自去学校报名。在楼下等车的时间里，我和苏苏还站在车站牌下面旁若无人地打了会儿啵儿，然后惜惜分别。可能是刚才的牙膏沫没有刷干净，苏苏的嘴里还留着一股儿“冷酸灵”牙膏的味儿，甜丝丝的，带着点儿清爽，让人精神振奋。

我刚走到学校门口，就看到薛酷站在那儿贼眉鼠眼地东张西望，好似一个正在寻找目标的低级小偷。我悄悄拐到薛酷身后，用中指对着他的脑壳狠狠地弹了一“栗暴”，疼得他“哎哟”大叫一声，回头一看，发现原来是我。这家伙也没顾得上骂我，用手一指前方不远处正走过来的俩女孩儿，对着我的耳朵悄声说："你看左边那妞儿，像不像小龙女？"我顺着薛酷手指的方向一看，有一高个儿女孩儿梳着小辫，穿一条白色连衣裙，乍一看还说得过去，但距离金庸先生极尽笔墨所言的冰清玉洁的小龙女，那可是差到姥姥家去了。不过也不足为怪，薛酷这小子就具备那么点儿可怜的审美情趣，不能指望他发现什么新大陆。

后来，就是这个女孩儿，让薛酷同学思来想去神魂颠倒欲火难填痛苦不堪。可以用这样一个不是很恰当的比喻来形容，这个女孩儿就好比薛酷成长道路上必须要经过的一个大水塘，没有桥，也没有船，薛酷一头扎下去，再也爬不上来。非要问原因的话，我也可以告诉你，因为薛酷这厮是个旱鸭子，根本就不会游泳。

48.

大学三年级就这样平淡无奇地来了。

由于我在上个学期已经挂了三门功课，所以我在新学期伊始便给自己立了一份军令状：不再翘课，不再违反校纪校规，不再整天游手好闲，只在每周的周末才回到红民村和苏苏会合。于是乎，我又搬回了学校的宿舍，准备好好学习，天天向上。

苏苏对我的这一做法也保持了谨慎的乐观态度。在开学的头一个月里，我们俩只在每周末聚在一起，吃饭、聊天、看电视、做爱，竟也安稳无事。

也许是惯性使然，一个月后，和以往一样，我对刚刚建立起来的信念再一次丧失了信心和兴趣，又开始厌恶校园生活，无法继续。我有时也很讨厌自己这样的状态，但我始终找不到摆脱它的办法，整个人陷入一种顺性沉溺与向往探寻的对峙中，交错了时间，混乱了思想。

有一天韩炜光来宿舍找我的时候，我正在床上睡觉。听到他在床边叫我，我就翻了个身，脸正好对着窗户，眼睛被窗外灿烂的阳光晃得无法完全睁开，我只好眯缝着眼睛对韩炜光说："有事儿吗？"韩炜光往床上一靠，顺手抄起一本杂志胡乱地翻着："真他妈的无聊，这课是没法儿上下去了。"我看了看桌上的钟，此时正值上午11点15分，距离下课正好还有半个小时。

我把脑袋下的枕头抽出来靠在背上，然后用手里的蓝色ZIPPO把韩炜光抛过来的烟点着。我们俩有一搭没一搭地说着话，语气疲倦而困乏，仿佛两只关在牢笼里的野兽，发出低低的呜咽声。抽完烟，桌上的闹钟分针正对着"6"的位置，我从床上一跃而起，飞快地穿上衣裤，然后和韩炜光拿起饭盒，冲出宿舍门朝食堂的方向走去。

我和韩炜光的寝室其实只隔了一栋楼，但他就喜欢混在我这儿，有时玩晚了就索性在我这儿住下，时间一长，他的生活用品便陆续地转移到了我这边来。睡不着的时候，我们俩常常聊很晚，兴奋时声音颇大，再加上一个患有轻度失眠症的小段，总在床上翻来滚去，弄得床嘎吱嘎吱地响，各种声音交织在一起，往往吵得别人难以入睡。同寝室的几个人碍于面子都敢怒不敢言，只有一个叫刘明的傻叉，仗着自己是系学生会某部门的副部长，有一天竟从床上跳了出来，指着我俩大声嚷嚷："你们要聊就滚到外面去聊。"我和韩炜光从床上跳下来先把门反锁上，然后把刘明从床上揪下来，摁在地上，拳打脚踢，痛扁了丫一顿。末了，我和韩炜光对如何处理这小子产生了严重的分歧。按照韩炜光的意思，我们就应该把刘明装到盛满了拖鞋和球袜的编织袋里，塞到床底下，让他永世不得翻身。这时我看见刘明红肿的眼眶，突然心生恻隐之心，托起刘明的下巴说：“以后你他妈的给我老实点儿，今儿这事儿就到这儿吧。”说来也怪，自打那之后，这小子并没有仇恨和报复我，反而与我亲近了起来，有几次课上点名甚至还帮我答到来着。

当我正和韩炜光各自拿着饭盒，一边用铁勺敲打着盆底，一边向食堂方向晃去时，下课铃有节奏地响起，同学们一下子都从各个教室里涌了出来。他们个个面若白纸，双目无神，有的脸上还带着桌面的印儿，一看就知道是刚刚从课堂上睡狮猛醒，却都朝着同样的一个目标——校园食堂进发。

由于我和韩炜光走得较慢，来到校园西部的第二食堂时，里面早已挤满了人，我和韩炜光一边排着队一边漫不经心地打量着四周的人。在我身旁的另一条队伍里，我看到和我并排站着的是一个胖胖的女同学，由于其胸部过于庞大，以至于感觉那两坨东西随时都有从衬衣里面蹦出来的可能。我盯着她的胸部看了几秒钟，只不过纯粹是替她担心而已，却没想到这位女生以为我是个色狼，竟狠狠地瞪了我一眼，然后从队伍里走了出来，头也不回地向最里面的窗口走去。看着大波妹匆匆离去的背影，我无奈地笑了笑，这真是一个好心没好报的年代。

好不容易轮到自己打饭，突然感觉胃口全无，胡乱地打了两个菜，扭头看见排在另一队里的韩炜光还没排上，便招呼韩炜光过来，把他的饭也一并打了。我们随便找了个位置坐下，韩炜光只顾埋头吃饭，嘴里“吧唧吧唧”地响，似乎吃得很香。我吃了几口，却感觉味同嚼蜡，就从口袋里拔出一根烟来抽。抽烟的时候我环顾四周，发现我们学校一外号叫“水妹”的女生坐在我们斜对面，我用手臂捅了捅韩炜光，然后用嘴努了努。韩炜光顺着我指的方向望去，只见这女生的领口正敞开着，不知是不是故意，露出来里面黑色的胸罩以及一道雪白的乳沟。正当我们看得起劲儿的时候，一个染着黄毛的高个儿男生过来把“水妹”给叫走了，我们俩只好转过头来继续吃饭。

这时，我手机响了，是苏苏打过来的：“丁若，你在干什么呢？”

“正吃着饭呢。”

“你下午有课吗？我们这儿今天下午搞活动，没课，我想上你那儿去。”

我想了想下午也没事儿可做，便说：“要不咱们去北海公园玩吧？”

“好吧，那下午两点我们在北海公园后门见。”

吃完饭，看了看表时间还早，我和韩炜光一人拎着一个空饭盒向操场走去。操场上人不多，几个几个的围成一圈，估计也都是和我们一样闲得发慌的主儿。我找了一块干净的草坪和韩炜光一起躺下，把双手枕在脑后，仰望白云蓝天。这个季节正是北京最好的气候，秋高气爽，风和日丽，天空跟拿水管子洗过一样，一片透明清澈的蔚蓝。校园广播中传来的是玛丽亚·凯莉的一首经典励志歌曲 *hero*，歌声悠扬有力，直奔着人的心灵深处而去。我和韩炜光一边听着音乐，一边聊着天，说着说着竟然睡着了。

这一觉睡得相当沉，如果不是响起急促的上课铃声，我估计还会睡下去。我揉了揉眼睛，突然想起和苏苏在北海的约会，连忙爬起来，用脚踢了身旁的韩炜光一下，边跑边和他说："我约了苏苏，先走了啊，待会儿你记得把饭盒带回寝室。"

出了校门口，我拦了一辆出租车，直奔北海公园而去。路上，我和苏苏打了一个电话，说突然有事儿耽搁了一下，正在路上往那儿赶呢。苏苏有点儿不高兴，拿着电话默不作声。这也难怪她，因为我每次约会都得迟到那么一小会儿。

车子快到北海后门的时候，我远远地就看见苏苏一个人站在售票口，头发用一粉色的手绢绑着，背了一个橘黄色的双肩背包。我一下车，满脸堆笑地跑了过去，苏苏瞪了我一眼说："你这是谄媚的笑吗？"我忙点头哈腰地说："是，是，过去谁见着慈禧娘娘不都得这样嘛！"苏苏在我手臂上狠狠地掐了一下，痛得我"哎哟"大叫一声。随后，我们俩像没事儿人一样，手挽着手向公园里面走去。

我们沿着湖边一直往西走，途中经过一个石凳，石凳上一对青年男女正搂着接吻。苏苏转过头看我，我想了想，然后在她的嘴唇上象征性地亲了一下。随后我们又继续走，一直走到著名的九龙壁，迎面看见一对外国夫妇推着一个小女孩走过来，那小女孩可爱之极，有两个漂亮的小酒窝，金黄色的头发卷卷的，很像家乐福超市里卖的芭比娃娃。我用蹩脚的英语和他们打着招呼，苏苏则蹲下来逗着小女孩。小女孩很乖，对着我们不但没哭，反而给了我们一个又一个甜甜的微笑。苏苏提议要和小女孩合影，我便让苏苏抱着她照了一张。后来苏苏把这张照片洗出来，装进在 IKEA 买的木质相框里，放在她的梳妆台上，认真地对我说："我非常喜欢这个外国小女孩的微笑，每次一看见它，就好像能感觉到生活的无限美好。"我走过去对着苏苏的脸就亲了一口："没错，生活是真他妈的美好。"

我和苏苏绕着公园里面的湖走了整整一圈，感觉到无聊，便在码头租了一条脚踏船，向湖中心划去。起初，我蹬得非常快，大概划出了有 1500 米左右，我便慢了下来，直到一丁点儿力气也使不出来。我索性往座椅上一靠，从兜里拔出一根烟来抽。湖面上的游船不多，显得异常安静，远远地能听到马路上汽车驶过的声音。我和苏苏依偎在一起，船随着水面上下波动，远处的塔尖在阳光的照耀下闪着洁白的光。

苏苏转过身来，搂住我的腰，把头靠在我的胸前：“丁若，你有没有想过我们的将来？”

“想那些干吗？现在的事情还想不过来呢。”

“没什么，我只是随便问问。有时候，我一想起我们的将来，就感觉心里特没底。”

“你就爱胡思乱想，一点儿用也没有。将来会是什么样，谁也不知道，费那劲儿想它干吗。”

“但是，未来的一切终归还是要来的，这是谁也无法逃避的。”听着苏苏的话，我的心忽然一下子就沉到了谷底，仿佛我精心打造的一个外壳被突然地点破，一下子显露出了原形。

我狠狠地抽完手里的烟，以最大的力气将烟头弹了出去，然后闷着头蹬船向码头驶去。

很多时候，我都是在凭感觉生活，没有什么目的。对于苏苏，对于我们的将来，对于以后还要走的漫长的道路，我心里确实一点儿底儿都没有。我曾经努力地去打算过，但最后只会陷入一片茫然。因为我不知道我这样的生活究竟是为了什么，它的意义又在哪里。我只能在每天醒来或睡去时，祈求生活能够发生更多更美妙更令人心动的事情，好让我告别目前这样痛苦不堪混沌不清的日子。

就这样醉生梦死地在学校里混了大概一个多月后，我决定搬回红民村。这其中最大的原因在于，我发现我对大学里的一切事物都已彻底失去了兴趣。

在搬回来的第一天，我从下午 3 点一直睡到了第二天的上午 11 点多钟，期间我只是起来喝了一次水，吃了一碗方便面。这一觉睡得很沉，没有做梦，厚厚的窗帘将我和外界分隔开来，所有的一切似乎都和我失去了关系。我只沉浸在自我迷失的灰色世界里，勤奋地练习不分昼夜地睡觉。

苏苏知道我搬回来之后，并没有发表什么特殊的意见。周末，她仍然和往常一样，拉着我出去逛街，在双安商场对面的“超市发”里买牙膏、香皂、卫生纸之类的日用品。偶尔心血来潮，也会买上些香肠、西红柿、土豆之类的菜，回来自己做着吃，但大多数的情况我们都是饿到受不了之后，去外面的小餐馆里胡乱地山吃海塞一通。然后，手拉手回来继续拥抱打啵儿睡觉。

49.

某天下午，苏苏回了学校，我一个人在家实在待得发慌，便下楼沿着马路瞎逛。路过街边一家音像店的时候，听见里面传出来的音乐有些恍惚却很有力量，让我为之一振。我走进去一打听，了解到歌者是窦唯，而且是好几年之前的作品——“魔岩三杰”时代的摇滚专辑《黑梦》。我向老板索要了这盘 CD，然后付款买下。

回到家里，将 CD 盘放入碟机，窦唯阴郁苍凉的声音便弥漫在我的四周。我闭上眼睛，将自己的身体往沙发狠狠地一靠，立刻陷入柔软的蓝色沙发里。我一遍遍地跟着窦唯唱：“幸福在哪里？幸福在哪里？”越来越感觉到生命的迷茫。

我一边哼着歌，一边盯着手中快要熄灭的烟，感觉喉咙已然失声，而泪水正悄然无息地滑落，淋湿了自己忧郁的脸庞。

50.

某日小段到家里来看我的时候，还带来了一个人。此人名叫唐河，是小段的高中同学，在中央戏剧学院攻读戏剧文学专业。唐河长得又黑又瘦，脏乎乎的长头发胡乱地拢在耳后，一双眼睛总是眯着，仿佛没睡醒似的。进了门来，只见他往沙发里一坐，驾起了二郎腿问我：“哥们儿，有烟吗？”我从兜里掏出一盒中南海朝他扔了过去。也不知道这小子是不是正在戒毒，没多大工夫，地上就已被他扔了五六个烟头，大有不把这盒烟抽完不罢休之势。

不能说以貌取人已成为这个社会的通病，但的的确确有些人总能让人情不自禁地产生鄙视的情绪，唐河就是其中一个。据小段说，每次和唐河一起回家，一到火车站遇上什么追查逃犯打击票贩子之类的活动，唐河就一准会被误认为嫌疑人，然后被警察带到一边，又是验身份证又是问话。当然，这些都只是虚惊一场，唐河这小子也只不过就是长相和打扮都不太地道而已。

后来有一次，我们一起去中戏旁边的果园里偷西瓜，虽然是夜黑风高，但还是惊动了睡在瓜园里的农民伯伯。农民伯伯从棚里跑出来，又是抄家伙，又是喊叫着“来人”和“放狗”，我们几个立刻撒丫子闪人，疾速狂奔了两里地才得以安全逃脱。第二天，瓜农来学校告状，在校门口一眼就认出了唐河，可见这家伙的外表给人的印象是多么的深刻和不朽。

自从和唐河认识后，我们就开始经常厮混在一起。通常是这样的，中午 11 点左右，我家的大门会准时地响起踢门声。这小子的双手不知道用来干什么，他的习惯动作是以脚代手，比如敲门，比如上课答到。很多次和他吃饭的时候，我都会想象着唐河趴在桌子上用脚举着筷子的模样，往往想到这儿，我都忍不住地笑出声来。每天这个时候，我都不用开门，躺在床上用后脑勺想想也知道是这个家伙又来了。

不出一星期，我家储存的所有食物就被唐河一扫而尽，甚至连一盒受潮的饼干也被他找了出来，在一个宁静的夜晚被他统统消灭。有时候，我很怀疑唐河是不是患上了极度饥饿综合征，如果三天不给他饭吃，我猜他可能会把我也当成食物一口一口地吃掉。总而言之，这厮来我家蹭饭的事实已经成为必然，他也因此被我毫不客气地称之为“吃货”。

苏苏周末回来，打开冰箱一看，对我这个星期的食量感到非常惊讶，因为在上个星期她走之前已经为我准备了足够我吃半个月的食物，而现在却是一点儿未剩。唐河这小子似乎知道苏苏周末要回来，那两天便如从人间蒸发一般，消失不见。后来，我才知道他原来转战他地，跑到小段那儿继续他光荣而又伟大的蹭饭事业。唐河打小生活在吕梁山区的农村里，条件非常艰苦，家里又孩子多粮食少，兄弟几个只好匀着吃，所以经常有上顿没下顿。难怪，饿怕了。

唐河这家伙还有个坏毛病，就是不爱打扮，也不讲究卫生。一整个秋天，每星期我都能看见他好几次，却每次都看到他穿同一件灰色夹克，袖口因为穿得时间过长，有点儿起毛，周围是一圈泛着乌黑亮光的油渍。每当唐河抬起手来挠他那墩布条似的头发时，我都会把他的袖口误认为是裤脚。

起初，我和唐河在一起聊音乐，聊重金属、朋克、摇滚、爵士。后来，我们又从音乐转到文学，接着又从文学聊到戏剧，总之天南地北，海阔天空。这些话题经常会消耗掉我们很多时间，一上午或是一个晚上，随之而来的结果是，我被唐河影响，兴致勃勃地搞起了所谓“先锋话剧”的行当来，同时我的酒量在这段时间里又有了很大程度的提高，对啤酒的需求量也越来越大。

有一次，我和唐河、小段、张晃（无业游民，唐河的朋友）、薛酷、韩炜光一干人等，在和平里附近的一个小酒馆里喝酒，为了合理运用我们那点儿微薄的人民币，我们只点了两个凉菜和一个小炒，就着这几个简单的菜喝下了三瓶劣质白酒，最终导致我们都出现了轻微的酒精中毒，一起趴在马路边把晚上所吃的悉数吐出。

有时候真想不通，为什么人们这么热衷于喝酒，其实喝酒的过程无非就是在规定的时间里把酒和菜吃下肚里，然后再比赛看谁在最短的时间内把所吃的东西吐出来，并且从吐出的数量上可以看出各人对这门事业的热爱程度。

就在那个被酒所伤的晚上，我们凭着劣质酒精的刺激作用，在极其亢奋的状态下组建了我们所谓的戏剧社，并命名为“青苹果”。从此，我们几个人更加对学习丧失了兴趣，盲目地走上了话剧艺术的道路。

在这个到处都充斥着嘻哈、R&B 以及快餐文化的年代，很多人都羞于谈及理想、信念之类的话题，对艺术的追求变得更加简单和直接，不再能保持应有的严肃和虔诚。如果有一天我们坐在酒吧或者餐馆里大声地谈论此类话题，一定会招来那些染着金黄、火红、灰白或其他颜色头发的比我们更年轻的年轻人不屑的目光。我们发觉自己正在渐渐地变老，渐渐地落后于这个日新月异的时代，渐渐地对生活失去兴趣。可是，自从唐河带领我们走进了话剧这个艺术天地，并让我们深刻地迷恋其中后，我感觉我的生活发生了全新的变化，使我在那段时间里以为自己找到了真正的精神支柱。

有时，我会和唐河来到他的学校——位于东棉花胡同的中央戏剧学院。对于中戏，我并不陌生，15 岁那年我因疯狂崇拜有着暧昧眼神忧郁气质的梁朝伟，并幻想和他一样成为一名优秀的影视演员而报考过这所学校。我希望自己日后也可以名噪南北，光靠一张生动的脸和多变的表情就能到处混饭吃。但命运和理想根本就是两码子事儿，我想的和我所做的，在现实中却背道而驰，像是两辆对开的火车，越来越远。

郑萌萌是我在中戏认识的一女孩儿，浙江人，个子小巧，皮肤很白，笑起来眼角呈弯月状，容貌甚是好看。一天，我和唐河去中戏拿他忘在那儿的剧本，一下车，往胡同里一钻，正巧碰上从里面出来的一群女孩，郑萌萌就在其中。常听说这帮艺术院校里学表演的女孩个儿顶个儿的漂亮，这日眼见为实，此话确实不假。一排女孩迎面走来，俨然就是一道靓丽的风景线，让人忍不住多瞄几眼。在这些个北方女孩的掩映之中，郑萌萌的个人味道显得十分与众不同，只要她一走近，我仿佛就能闻到江南水乡特有的柔媚气息，沁人心脾。

唐河虽然人长得很一般，但女人缘却不错，这些女孩子们看上去都和他很熟，其中一高个子女孩说："小林子，你最近弄啥呢？好久都看不着你影啦，我们都怕你给人绑架了，差点儿跑到学校保卫处报警。还好，看样子你没什么大事儿，改天要请我们吃饭哦。"唐河由于形似小品演员巩汉林，所以大部分人都喊他小林子，以示亲切。唐河接过话茬儿说："没事儿，这几天我再多接上俩富婆，拿她们开菜。为了各位姐妹的饭钱，我小林子决心豁出去了。"当时郑萌萌也随着她们边说边笑成一团，从我的身边经过，向胡同口走去。我把身子侧了侧，目不转睛地盯着郑萌萌，并目送她的背影直至消失。正当我看得有点儿发愣的时候，唐河用肩膀碰了我一下，凑过来问我：“你丫看上谁了？”我缓过神来，对唐河说：“没事儿，咱们走吧。”

51.

在唐河的组织下，剧社在中戏附近以每个月350元的价格租了一间20平方米的民房，开始进行排练。房东人不错，听说我们是一群怀揣梦想搞原创艺术的大学生，便主动降价150元，在很大程度上缓解了我们的经济压力。

我们最先倒腾的是唐河很早以前写的一个剧本，叫《让每个饥饿的人都有饭吃》，剧本的名字起得不错，和唐河的生活理想极为吻合。由于角色需要，我们的队伍逐渐壮大，除了我、唐河、小段、张晃、薛酷、韩炜光以外，还加入了郑萌萌和路茜。

还是说说我们是怎么把郑萌萌、路茜这俩姑娘勾搭进队伍中来的吧。那天自从和郑萌萌打了个照面后，我和唐河去中戏的次数越来越多，从数学的概率论角度来说，我能遇见郑萌萌的机会就大了很多。再说中戏本来就是一个很小的地方，总共加起来不过四五栋房子，占地面积比人大的足球场都大不了多少，但就是这么一小地儿竟然培养出了诸如章子怡、李亚鹏、赵薇、黄晓明等一大批相当大腕的娱乐明星，不容小觑。

说句心里话，本来我是比较懒的，不太愿意动弹，但是自从认识了郑萌萌之后，我去中戏的热情与日俱增，有时都令唐河感到意外。那段时间，苏苏正好代表学校去上海参加一个经贸论坛，忙得不亦乐乎，根本就没时间管我，也给予了我极其自由宽松的生活环境。

我和唐河通常的对话是：

“干吗？”

“没啥可干。”

“那干吗？”

“去你们学校吧？”

“好吧。”

郑萌萌比唐河低一届，表演系的学生。每次我都赶着课后的休息时间去中戏，唐河就会把郑萌萌和她的好友路茜一起叫出来，我们几个面对面坐成两排，在教学楼后面的花园里聊天。郑萌萌坐在对面的木椅上，背后是爬满了爬山虎的教学楼，阳光斜斜地照过来，墙上浮现一片暖暖的红色，让人的心情变得轻松自在。这个时候，我好像忘记了常常萦绕在心头的那些困扰和烦恼，开始主动讲述一些千奇百怪的笑话，直逗得郑萌萌和路茜发出一阵阵爽朗开心的笑声。

不知道是因为我的笑话讲得不错，还是因为我的个人魅力使然，再或者还有其他什么不得而知的原因，郑萌萌似乎也对我充满了好感。有一天我和她在王府井大街的工美大楼里吃完一顿麦当劳之后，她竟在马路中央很自然地挽起了我的胳膊，像一对温情脉脉的情侣夹在人群中朝北一路走去。走至教堂处，郑萌萌说她走累了，于是我们便依偎在一起，坐在教堂前面的台阶上休息。不一会儿，郑萌萌便靠在我的肩膀上睡着了。

后来起风了，我把郑萌萌拍醒，和她拐回头向南走，并且很默契地在学校关门前谁也不提回家的事儿。在地铁站的地下通道里，我们迎着大风热烈地亲吻起来，那感觉很像我喜欢的女明星徐静蕾主演的一部文艺电影《开往春天的地铁》里的某个温情画面，耐人寻味。

那晚，我没有把郑萌萌带回我家，只是在真武庙附近找了家廉价的宾馆住下。毕竟我有点儿心虚，害怕日后被苏苏捕捉到蛛丝马迹。宾馆房间里的布置很简陋，除了床、写字台和电视外再无其他，床下的木板固定得不是很牢，我们俩躺在上面稍微一动唤，床就开始晃晃悠悠的，发出“咯吱咯吱”的响声。但即使在这样艰苦的环境中，我还是成功地把郑萌萌给练了。出于这种暧昧关系，在我和唐河提出剧社需要人手时，郑萌萌毫不犹豫地就答应下来，并且捎带手把学播音的路茜也叫上了。

我们排练的第一天，大家都觉得新鲜好玩，现场十分热闹。张晃总喜欢搞怪，一会儿头上扣个瓜皮帽，一会儿又拉着薛酷，非要薛酷跟着他学对眼儿。那边路茜也不含糊，动不动就要站在房间的中央，演唱半分钟的高音 C。韩炜光净他妈的记错词，就 17 个字的台词，愣是折腾了两个半小时才算是弄了个八九不离十。我站在墙角的桌子上往下一看，这哪是什么戏剧排练，整个儿就一群魔乱舞。

我和唐河一研究，要是这样下去，“青苹果”戏剧社非得给搞成马戏团不可。于是我们花了半天的时间开展了一场整风运动，晓之以理，动之以情，从思想深处端正每一位戏剧社成员的排练态度。当时唐河的陈词绝对可以称得上慷慨激昂：“我们青苹果不但要做，还要做最好的。我们青苹果既然要演，就要演出最专业的样子来。我们青苹果绝对不能敷衍，而要用专注的精神去诠释戏剧角色。大家加油！胜利属于我们！艺术属于我们！”再配上他那如同舍身炸碉堡的英雄董存瑞一样的虔诚表情，果真把戏剧社的全体成员感动得一塌糊涂。

整风运动的效果可以说是立竿见影，接下来所有的人都在排练中兢兢业业心无旁骛，而我们中间唯一的专业演员郑萌萌也耐心地给大家说戏，并一一纠正了我们表演的误区。

经过一个星期的排练，话剧《让每个饥饿的人都有饭吃》总算是弄得有模有样了。在唐河的联系下，我们决定搞一个小规模的汇报演出。

演出的地点就定在我们排练民房外的一个小广场，广场三面开阔，背面有堵墙，竟然很符合现代舞台的设计标准。唐河从美院找了几个搞平面设计的学生，把背景墙用红色的油漆刷了一遍，然后将几张设计好的黑色海报不规则地悬挂上去。彩排当晚，钢架子的灯光打上去的时候，竟然发现还真像那么回事儿。

随后我们这些戏剧社的成员分成两个小组，穿梭在北京的大街小巷，散发演出传单。传单的上面用大号黑体字歪歪斜斜地写着“无敌偶像组合，演绎冷酷青春”。这牛皮吹的，我自己都感到害臊，但为了保证演出的上座率，也还是硬着头皮一张张地把传单塞到每一个过往路人的手上。

功夫不负有心人，正式演出当天，观众还真来了不少。放眼一看，三教九流五花八门应有尽有，学生、老师、民工、武警、搞摇滚的、卖茶叶蛋的，总之是有朋自远方来，不亦乐乎。从现场观众观看演出的兴奋程度来看，这帮家伙还真应该属于热衷于表演艺术的那拨人。由此，我更加确定“真正的艺术应该属于大众”这一观点要比“艺术属于少数人”更具有说服力。

演出是从唐河拿着一盒“康师傅”方便面猛吃的场景开始的，其间夹杂着几个嬉笑怒骂的男女以小商小贩的形象出场，中间是我和郑萌萌的一些对手戏。戏剧里的对话是这样的：

“给我食物，给我食物。”

“吃吧吃吧，你难道吞噬了我的肉体还不够吗？你还想要什么？”

“这一切都不够，上天是不会保佑没饭吃的人的。”

“欲望是恶魔。”

“可是如果没有欲望，就连魔鬼都无法生存。”

“OH，MY GOD！”

大概一个半小时后，演出在众人雷鸣般的掌声中结束。很快，灯光熄灭，人们四下散去。我们几个把堆满了烟头和饮料瓶的场地稍微打扫了一下，便一起出门去吃东西。由于演出效果不错，大家都显得比较兴奋，不知不觉就喝完了三十几瓶啤酒，就连平日滴酒不沾的路茜也喝了两瓶。席间大伙儿吐沫星子漫天飞扬，唐诗宋词背了一首又一首，场面很是热闹。

由于本场演出的空前成功，我和唐河商量着再编排一出更大规模更加专业更具震撼力更有影响力的话剧。经过大伙投票表决，敲定剧本由我来写。面对这个光荣而艰巨的任务，在接下来的若干天，我大门不出二门不迈，决心不辜负大家的期待，除了吃饭睡觉上卫生间以外，把全部精力都放在了剧本创作上。

一台 486 的电脑，一盏昏黄的台灯，若干康师傅红烧牛肉面和农夫山泉纯净水，构成了我的全部生活资料。那些个日子里，我感觉我似乎在被某种精神所牵引，把体内的全部机能都充分地调动了起来，完全像一个超人。

我给这个新剧本起了一个激情无比的名字叫《欲望手枪》，我想把它写成一个情节简单而情感复杂的故事。出现在这个故事里的人都是无所事事却又整日蠢蠢欲动，用不同的生活方式演绎青春百态和现实与欲望的交战。

动笔写这个剧本的时候，不知道为什么，我忽然想起了身处异国他乡的思铭，想起了他曾经俯在我耳边对我说过的话："丁若，其实我真的很喜欢你。"我的心忽然有些乱了。

就这样心潮起伏胡思乱想地坐在电脑前，手指如同失去控制般在键盘上敲击，一字又一字，故事越来越长。其中有一段话是这样写的："爱情很多，温暖从离开的那一刻起，就成了寒冷。我们距离幸福越远，就越能体会到无止境的思念。当凛冽的北风把往昔的繁华统统吹走，留给我们的，只剩下一阵阵穿心的清凉。"

缠缠绵绵历经磨难，一个多月后，在剧本完工的第一时间，我把唐河招了过来，让他先看，并想让他给提点儿意见，我好再修改和完善。没想到，这小子看完后，特激动地冲着我喊：“丁若，你丫真牛B，每个字儿都写到我心坎儿里去了，真是神了！真是神了呀！”我惊讶地看着他：“是吗？有那么好？难道我真是个天才？”“丁若，这出戏咱们可一定得导好演好，一准儿能把很多人震得肝儿颤。”

接下来，唐河怀揣着我的剧本东跑西窜，联系有关部门和单位，一边跑演出许可，一边拉赞助商，同时还迅速组织戏剧社成员排练。唐河的目标是要让这出话剧能够面向全社会进行公演。这听起来的确是件振奋人心的事情，青苹果戏剧社的每个人似乎都被注入了一针强心剂，印堂发红，双眼放光。

52.

正当我和郑萌萌的关系热火朝天之时，苏苏从上海回来了。那天，我和郑萌萌正在秀水街的服装市场里瞎逛，手机响了，我一看是苏苏的电话，忙跟郑萌萌借口上卫生间，慌不择路地朝路边的隐蔽处冲去。苏苏问我："丁若，你在哪儿呢？"我赶紧撒谎："我和薛酷在中关村海龙大厦逛呢。咦，你怎么就回来了？"话一出口，我发现我这句话说得有点儿不太讲究。果不其然，那边苏苏的口气立马就变得生硬起来："嫌我回来早了？是不是我永远不回来你才高兴呢？那你为什么不祈求上帝让我坐的飞机从天上掉下来，你不就一了百了顺心如意啦。""苏苏，我没那意思，瞧我这张破嘴，又犯严重错误了，该打。""丁若，你少来这套，给我老实交代，你现在在哪儿晃呢？"我愣了一会儿，故作镇静地继续圆谎："我就在中关村啊，怎么了，不信的话那你赶紧打车来吧，我在这儿等你。""好啊，你还敢骗我。刚才有人打电话跟我说，你正抱着一女孩在秀水逛街呢，还说那女的挺漂亮的。我告诉你，丁若，你太过分了。"说完，苏苏在电话那头哭了起来。正当我要张嘴解释，苏苏把电话挂断了。我抓着手机，听着手机里响起的一串串忙音，愣在马路边，半天也说不出话来。

郑萌萌显然是等得有点儿不耐烦了，看见我从路边走来，一把就抱住了我的胳膊，问我："丁若，你的脸色怎么有点儿发白呢？你是不是不舒服啊？要不要去医院啊？"我摇摇头，把手从她的手里抽出来，有气无力地跟她说："萌萌，你先回学校吧，我回头再给你打电话。"然后，转过身兀自走开。

我沿着长安街从东向西走了很久，边走边想，依然想不出任何合适的理由来向苏苏解释。低头叹了口气，然后招手打了一辆出租车回到红民村。从车上下来的时候，我感觉身体里有一部分东西突然地被抽离，这让我一下子便失去了力气。

我拖着沉重的脚步上楼，看见门是开着的，我轻轻地走进去，发现苏苏正把属于她自己的那一部分东西收拾进一个硕大的黄色塑料袋子里。苏苏的神情凄然，脸上挂着未干的泪珠。我倚在墙边，几欲张口，却一句挽留的话也说不出来，只能眼睁睁地看着苏苏，看着她把她所有留在这里的痕迹逐一抹去。

我们就这样一句话也没有说，仿佛彼此并不认识，仿佛隔着一个遥远的世纪。几分钟后，苏苏拎起塑料袋朝大门走来。在苏苏出门的一刹那，我伸出手想去抓她的胳膊，但是在半途中又收了回来，就在这一瞬间，我突然变得懦弱起来。苏苏站在门口，背对着我，停顿了一下，似乎有话要说，但最终还是没有说出来。我看见苏苏的肩膀剧烈地抽动，大概三四秒钟后，苏苏背起背包拎着塑料袋像风一般地冲下楼去。

我转过头来，身体顺着墙壁缓缓地滑落在地上。

坐了很久，我从地上爬起来，把门关上，然后走进房间，脱了鞋和衣倒在床上，沉沉睡去。也不知道睡了多久，我被一阵急促的电话铃声叫醒，是唐河打来的，我“喂”了好几声，这小子才出气儿。唐河在电话那头，人像是被霜打了的茄子似的，彻底蔫了。他哑着嗓子和我说：“我把剧本给我的老师还有一些有关方面的专业人士看了，他们都说我们的剧本是一坨狗屎，我说你他妈的才是一坨狗屎呢。这帮孙子，都什么品位，不懂就别搞艺术。丁若，你别难过，回头咱们找懂行的去。反正哥们儿相信，你写的剧本就是牛B，就是牛B。”我听着唐河在电话那边喋喋不休地说着，脑子里一片混乱。几分钟之后，我把电话挂了。

我继续躺下，努力让自己陷入睡梦中，这时，电话又响了，我伸出手拿过来，里面传来郑萌萌妩媚的声音：“丁若，你怎么好久都没给我打电话啊。我又给你买了一件贝纳通的外套，红色的，不知道你会不会喜欢？咦，你怎么不说话啊，是不是身体还是不舒服啊？”我拿着手机，呆呆地望着对面的白色墙壁，郑萌萌的声音此刻显得那么遥远和模糊。我把电话往地上一扔，拉过被子蒙在头上，压抑着心中的苦闷又睡了过去。

53.

没有任何特殊的原因，但在那段时间里我突然恨透了这个世界。这个世界上所有的一切对我来说都如一池虚幻的泡影，如果没有香烟和啤酒，我想我恐怕连多一秒都没办法继续生活下去。这个时候如果你恰巧碰见我，你会发现原来那个精神抖擞口舌麻利生龙活虎嬉皮笑脸的丁若不见了，取而代之的是一个灰头土脸胡子拉碴无精打采行尸走肉的丁若。我对一切事物的反应都是弃之不理置身事外，任凭身边发生多么具有爆炸力的事情，都难以引起我的兴趣和感觉。

也就是说，我整个人废了。

在那段灰暗的日子里，我始终躲在家里不愿意出门，天天面对着卧室里红色的 CD 机器听所谓的情歌为自己疗伤止痛。在闷着头听过了大概有三千多首歌的时候，我开始疯狂地喜欢上一个叫作陈绮贞的台湾女歌手。这个女歌手为人低调，模样清冷，所有的作品从作词到谱曲再到制作，都由自己独立完成。这些歌大多数都显得很安静，保持着一种异常孤独的原生姿态，听感温柔，却显示出浓烈的倔强与自我精神。后来我根据唱片上的记录，找到了陈绮贞的个人网站，发现她在自己的音乐日记中这样写着：“真实生活的腐朽，重生，绽放，都会在最适切的时刻，以音乐的方式展现出生命的蜕变。”我认为，她说出了流行音乐最震撼人心的力量感。这让我非常欣赏。

陈绮贞的一首歌《还是会寂寞》，歌词里有几句是这样写的：

早已忘了想你的滋味是什么　因为每分每秒都被你占据在心中

你的一举一动牵扯在我生活的缝隙　谁能告诉我　离开你的我　会有多自由

也曾想过躲进别人温暖的怀中　可是这么一来就一点意义也没有

我的高尚情操一直不断提醒着我　离开你的我　不论过多久　还是会寂寞

伴随着舒缓的伴奏和她细细的声音，往事一幕幕从我的脑海中闪过，忧伤如同潮水一样无穷无尽地涌过来。

这首歌还真把我给唱哭了。

我实话实说。

54.

冬天来的时候，小段跑到我家里来，告诉我就快要期末考试了，如果我再不去学校的话，在这个学期很有可能被学校清退。考虑到父母亲的良苦用心和殷切期望，我打起身体里残留的一点儿精神，尾随着小段回到了学校。

有一段时间没来，踏进校园，我竟然有恍若隔世之感。掉光了树叶的枝丫张牙舞爪般伸展着，天空灰蒙蒙的，像一口大锅般罩在头顶，一派萧索的景象。擦肩而过的同学个个面露菜色，神色慌张。即将来到的期末考试，又将给他们带来一个又一个可怕的梦魇。

走进宿舍，我看见自己的床铺脏乱如狗窝，被子一半堆在床上一半耷拉在地上，床单上面油腻腻的，一看就知道肯定被无数人蹂躏过。枕头翻了个儿，铺在上边的蓝色枕巾早已不知去向。再看桌子上我的饭盆，里面堆着不知哪天谁吃剩下的馒头，残留着牙印，上面长满了恶心的白毛。我走过去，把饭盒抄起来往墙角的垃圾桶里一扔，然后倒在床上，忍住被子里散发出的难闻气味艰难地睡去。

也不知道睡了多久，我被小段推醒。我看了看窗外，发现天已经完全黑了下来。小段递给我一盒饭，顺便给了我一叠厚厚的信，一共五封。我从床上爬起来，接过信，靠着床沿拆开第一封看。信是思铭写来的，上面落了一层薄薄的灰。很明显，这些信邮递到学校已经有些日子了，还好有小段帮我保管着，不然准被那些不长眼睛的杂碎当卫生纸用了。

丁若：

时间过得真快，一晃都一年多了，我非常地想念你，当然还有他们，曾经泡在一起娱乐的兄弟。丁若，想问一下，你想过我吗？像我一样独自一人在夜深人静的时候，怀念我们拥抱的体温。现在，在这个远离你几万公里的城市里，你能想象到我的孤单吗？

刚刚泡的咖啡在我的手中逐渐失去了温度，就如同我的血液一样开始变得冷漠，我只是不断地感觉到寒冷，需要一个怀抱让我取暖。丁若，如果你在就好了，我就可以抱紧你，然后感觉到踏实的温暖。

呵呵，我开始有点妄想了，这怎么可能呢？你在那么遥远的地方，你的呼吸你的心跳你的温度我都无法用身体感知得到，我唯一能做的只是把你的照片贴在我的脸上，想象你的样子。我的心开始痛了，没有理由地痛。我感觉我现在就像是一片漂浮在茫茫大海中的小船，毫无方向，也没有自由，只能随风飘荡。

这段时间，我狂热地迷恋着朴树的那首歌——《生如夏花》，歌词和音乐都印合着我的内心和生活。“我是这耀眼的瞬间，是划过天边的刹那火焰。我为你来看我不顾一切，我将熄灭永不能再回来。我在这里啊，就在这里啊。惊鸿一般短暂，像夏花一样灿烂。这是一个多美丽又遗憾的世界，我们就这样抱着笑着还流着泪……”在青春分裂之后，留下永远的欲望和悲凉。别人听出了忧伤，我却感觉到喜悦。

我开始写一本小说，名字叫作《天堂告白》，它将记录我生命中那些让我记忆深刻，并根植到我的身体里的人和事。时间如此苍凉，我手中能握住的只有回忆。如果时光能够倒流那就好了，也许一切都不会如现在这般的不如意，而我也可以重新选择自己的生活，以及我爱的人。此刻，我幻想自己变成了一个婴儿，躺在母亲的子宫里，被温暖的羊水包裹着，单纯而安全，而不再惧怕所有的伤害。

昨天我做了一个奇怪的梦。我变成一只鸟，我不停地飞，迎着风，向一个名叫幸福的地方飞去。可是，当我累了的时候，却发现没有一个地方能让我停下来，我非常地绝望和伤心，我只能一边流着眼泪一边不停地飞，然后，在最后一抹夕阳的照耀中死去。我真的很害怕这样的结局，如果可以选择，我宁愿现在就死去，死在我爱的人的怀中。这似乎很像《阿飞正传》中的台词，你是知道的，我喜欢王家卫，但我更喜欢张国荣。是不是敏感而脆弱的人最后的结局都是如此？丁若，你能不能告诉我。

其实，死亡对我而言，并不可怕。上个礼拜，我去参加了一个朋友的葬礼。他叫丹尼，是个盲人，是我来澳洲后唯一的朋友。虽然，我们在一起总是沉默，但我知道他是愿意和我做朋友的，在我寂寞的时候陪在我身边，安慰我。丹尼躺在那里，他不能说话，但他蓝色的眼睛非常漂亮，常常我会以为那就是一片深邃的海洋，海风拂面，让人心变得沉静。可是，他在和我相识不久，就很快地离我而去。在一个晚上，他被一场大火所吞没。我能想象出当时他的样子，那片蔚蓝色的海洋逐渐干涸，失去了颜色。他的嘴唇在轻微抖动，我知道他是在向我告别。亲爱的丹尼，我永远记得你！

教堂的墓地非常漂亮，周围都是绿绿的草坪，远远地能听见唱诗班的歌声。人们散去后，我一个人坐在丹尼的身边，旁边一片寂静，只有我在默默地倾听他对我说的话。我躺在墓地的台阶上，沉沉睡去。我好像看见了天堂里的丹尼，他头顶着光环，挥舞着翅膀，他的笑容仍是那样的亲切，仍像是在我身边一样，从来没有离开过。

我想，死亡只不过是对生命残缺的孩子的一个救赎，让他们在天堂里得到应有的幸福。

丁若，也许我找到了一条通往幸福的道路。

思铭

自习铃声响起，小段拉我去阶梯教室复习期末考试的重点功课。我把思铭的信统统塞进书包，然后和小段随着人流摇摇摆摆地晃进了教室。此时，教室里已坐满了人，各自抱着书本紧皱着眉头以极端别扭的姿势埋头苦读，从大家的痛苦表情来看，似乎都在不同程度上存在着大难临头泰山压顶般的艰苦感觉。我找了个角落的位置坐下，从书包里翻出思铭的信继续阅读。

丁若：

你还好吗？一直都没有收到你的回信，可能你太忙了吧。不过，没关系，只要我把我想说的写在纸上，然后寄给我想念的人，那就已经足够了。

你可能猜不出我现在在哪里，又会用什么样的方式来给你写信。那好，我来告诉你，我现在正穿越悉尼的街道，然后我会找一个路边的长椅坐下来给你写信。我走一段路，然后写一段文字，这种感觉很奇妙，我就不会觉着你有那么遥远了。刚才，我看见悉尼的歌剧院，金属银色的球状建筑，它是那样寂寞地伫立在那里，像一个被囚禁的孩子，找不到可以诉说的伙伴。那些与我擦肩而过的人，他们面容冷峻，如木偶般地游动，而我开始怀念起北京的一草一木来。

还记得吗？我们经常去后海的湖心划船，去花市的游戏场打台球，然后去工体北面的U2酒吧喝酒，去前门的全聚德吃烤鸭。那些日子是多么的轻松和快乐，我们的血液像被放进冒着蒸气的高压锅，一直沸腾在100℃，从来不会冷却。我们可以整夜不睡，第二天又能继续生龙活虎地出现北京的每一条街道每一个胡同每一个可以让我们落脚的地方。我们的激情像是喷涌而出的油田，源源不断。丁若，我太喜欢和你在一起了，我喜欢听你抱着一杯啤酒，天南海北地耍贫嘴，喜欢在深夜里和你搭着肩膀穿行于一个又一个无名的胡同里而不知疲倦，喜欢看你睡着时如孩子般纯真无忌的面容。总之，我无时无刻不想起你来。

我生病了。我感觉某种东西正从我的身体里流失，从我的意识里剥离。每次照镜子，我看到我的脸苍白无比，眼眶深陷，头发长而无力地垂下来，我知道这漫长的黑暗日子正逐渐消耗我的生命，像是一群讨厌的虫子噬咬着我的灵魂，让它千疮百孔，无从依附。突然想起你把温暖而宽厚的手掌放在我肩上的感觉，我的眼泪禁不住掉了下来。

我想起了那个曾经在寂寞的公路边上拉小提琴的年轻人，他的眼睛瞎了，他坐在那里将整个身心投入音乐当中，仿佛这个世界空阔无边，只属于他一个人。他的名字叫作丹尼，他有一双海水蓝的眼睛，非常迷人。我静静地听他拉完一支又一支乐曲，这音乐穿透我的身体，直逼我的灵魂，让它变得安静。在听完第九支乐曲后，我将我身上仅有的10元钱扔进了他面前的琴盒里，转身离开。其实每一个人的内心世界都是一个透明的玻璃瓶，我们可以观望，却无法走入，他们始终寂寞着，无从言说。

我一次又一次地去看望我的丹尼，他的表情总是那么安详，我在他的身边又一次地睡着了，但没有梦境。这象征着什么呢？我不知道。后来，丹尼也走了，他去了另外的一个世界，终于还是留下了我一个人，享受着如此漫长的黑夜。

天完全黑了下来，我借着微弱的星光给你写完最后的几行字，月朗星疏，明天又将继续，空洞虚幻的生活还将继续，每一个人的痛苦也将继续。我起身，拍拍身上的泥土，向回家的路上走去。

思铭

教室里的空气沉闷混浊，让人莫名地烦躁，偶尔听见有同学按动计算器发出“啪啪”的声音。我感觉到有点儿头晕，就把思铭的信折好放进信封，起身走到教室外，拔出一根烟来抽。

正是初冬季节，夜色中的校园显得非常落寞。整个教学楼里灯火通明，每个教室都坐满了拿着课本和练习题的学生，安静的走廊里偶尔会走过几个像我一样出来抽烟的主儿。在黑暗的角落里，还有拥抱着打啵儿的男生女生。

我的心里一片茫然，只是使劲儿地嘬了一口手中即将抽完的烟，用中指把烟头用力地弹向远处，然后走进水房用凉水洗了把脸，回到安静的教室里继续阅读思铭写给我的第三封信。

丁若：

没想到我会连续两天都给你写信吧。其实你不应该奇怪，我只是想找你聊聊，我喜欢你。现在我在这里，环顾四周，发现没有一个人愿意停下来，看着我的眼睛，然后听我把话说完。所以，我只好给你写信了。最近，我发现我的语言能力在逐渐衰退，因为，我已经有一个月都没有开口说话了，我每天能做的事情就是写作。和文字为伴，让我觉得安全。

我搭乘了一辆拖满货物的卡车来到郊区的农村。开卡车的是一个红鼻子胖胖的老头，他人不错，对我很热情，他很乐意载我一程，还分给我一支粗壮的雪茄，很可惜，我从不抽这玩意儿的，于是微笑拒绝。车子离开了繁华热闹的市区，开上了通往乡村的公路。远离了喧嚣的都市，整个人都变得轻松起来，我第一次和一个陌生人这样长时间地聊天，并且谈到了我的家庭。我把头伸出窗外，大风把我的头发吹起来，我的心情和这天空一起明朗起来。一排排的民宅飞驰而过，成群的奶牛在吃草，有几个小孩子在愉快地玩耍，这场景让我陶醉。

在一个路口，我下车和载我的老头握手告别。我背着包沿着公路行走，周围没有一个人。我却感觉到前所未有的自由和快乐，这种隐蔽的乐趣来源于身体的深处，隐秘但却饱满。丁若，如果你在就好了，我们可以找个干净的地方坐下，打开桌布，把面包、啤酒、牛肉罐头摆在上面，我们并排躺着，望着天空，一边聊天一边喝着啤酒，看着时间从身边水样流过。可是这一切都只是我的想象，我现在只是一个人，和我做伴的是脚下的泥土和天空滑翔而过的小鸟。我走累了，在路边坐下，我足足喝了五瓶啤酒。这里的啤酒太浓烈，我有点醉了，在酒精的作用下，我倒头睡去。

不知道自己睡了多久，醒来后，我把信纸垫在腿上继续给你写信。天空开始暗下来，今晚，我打算在这里过夜。四周越发寂静，这样很好，从这一刻起这里是属于我的天地，我可以站着或坐着，没有人来呵斥没有人来干扰，我可以大声地喊，大声地哭，那些声音回荡在空中，逐渐远去。也许，这就算是天堂吧。我可以看见有着蓝色眼睛的丹尼，他会弹琴给我听。

丁若，我想问你的是，如果死去，你会选择怎样的方式呢？我坐在这里，把头靠在腿上，期待着一场暴雨淋湿我的身体。也许，你无法回答我的这个问题，但我会选择这样的一种方式，像鸟一样，张开双手，直冲地面，可以听到耳边呼呼的风声，心脏在激烈的下落中变得肿胀而有活力。这样的方式，就像是迎面奔向你所爱的人，拥抱他，然后亲吻他，这是一个浪漫的选择，至少我是这么认为的。

现在是凌晨一点了，天空划过几颗流星，我双手合十，为你祷告，希望你没有烦恼能够幸福地活着。

我该睡了，晚安，亲爱的丁若。

思铭

读着思铭写给我的信，我的心忽然一阵阵地绞痛起来。我慌乱地摸出烟盒，想再抽一支烟以保持镇静，但里面已空空如也。我把烟盒团成一团狠狠地往地上一扔，无力地靠在了椅背上。

我开始凭空想象思铭的样子，他像一个孤独无助的孩子一样，在空无一人的郊外，被茫茫夜色所包围，流着眼泪却哭不出声音。

我站起身来，走到前排的小段身边，拉着他走出了教室。走到楼门口的时候，小段的肩膀不小心碰了一下正往里走的一个戴眼镜的同学，那小子侧身没好气地说了句：“你看不看路呀？”还没等小段的“对不起”说出口，我就一拳打了过去，那小子的眼镜直接飞出了两三米，“我让你丫好好看看路。”我冲着他狠狠地说了一句。那小子话都没敢说，连眼镜都没捡，撒丫子跑了。

回到宿舍，我躺在床上，打开夹在床头的台灯，然后从枕头底下又拿出一包烟，拆开，点上一支，就着昏黄的灯光，继续阅读思铭写给我的信。

丁若：

我想要写的小说已经写了一半了，但我不知道我能不能写完它。

你是知道的，我是一个缺乏恒久耐力的人，路途遥远，我常常会半途而废，可是这次，我却一直都在坚持。很多次我都想放弃，为此我用烟头在我的手臂上烫了几个疤，它们告诉我思铭你要顶住。但我怕我快坚持不住了，我的能量已降到了最低，我每天只是靠喝咖啡度日，我头痛欲裂，鼻子常常会突然地出血，滴落在稿纸上，画下一朵朵开到荼蘼的莲花。

我失眠已经很久了，在别人沉沉睡去进入梦乡时，我却如此清醒。很多个夜晚，我都是站在窗前，看着天空从深黑逐渐转为墨蓝，在这些晨昏交替的瞬间，我似乎看到了时光的界限。其实，在生者与亡者之间，只是隔了一条河流，他们各站一边，彼此观望，生者在这边哀悼着逝者的怅惘，而逝者在那边感叹着生者的悲凉，很难分清究竟是谁喜谁悲。

这个世界留给人的不安和失望太多，以至于很多人都对它丧失了信心。我开始拷问自己的内心，探索生命存在的意义。我用了很长的时间去思考，最终有了一个答案，我所经历的这二十几年，唯一的意义是我来过，并且爱过，现在丹尼也走了，我除了想再见你一面之外，别无所想。

很多次，我一闭上眼睛就能看到丹尼，他就站在我的对面，用他泛着海水蓝的眼睛望着我，我能感觉到他在对我召唤，我亦能体会他的快乐。既然，彼岸是一个无忧天地，我又为何在此地煎熬。我顺着他手指的地方，仿佛能看到一片闪耀着光芒的世界，那里歌舞升平。

离开你，离开你们，离开我所热爱的那片土地后，我就失去了所有自主生活的权利，我像一个傀儡般受人摆布。现在，我要重新选择我所要的生活，我要冲出牢笼，挣脱束缚，张开翅膀，寻找我梦中的圣地。我要有一个属于自己的家，有一张可以让自己安然入睡的床，有一个我爱的和爱我的人，我要过上自己想要的生活。

丁若，如果你像我一样地生活过，你就会发现，懦弱和失望真的是两码事。我所选择的道路，以及我对人生的态度，绝对不是因为我对这个世界屈服了，是我懦弱的表现，而恰巧相反，是我放弃了这个世界，我对它彻底失望，就像我们小时候手里紧紧握着的一个氢气球，我拉着它，是因为想把它留下，但我决定放弃它，就会松开手，让它向远处飘去，越来越远，直到消失不见。曾经，我以为我用尽全力追求，就会有结果，但最后我发现，不管你用什么方式付出多少努力，到头来都会是一无所获。这是宿命，任何人都逃不开的宿命，你要相信。

思铭

读完前面的这几封信，我的心里觉得异常苦闷，于是我从床上坐起来，打开窗户，对着外面寒冷的空气深深地呼吸了几口。

又吸了一根烟之后，我拿出思铭写给我的最后一封信，这封信很厚，拿在手里沉甸甸的。我忽然不想拆开这封信了，不知道为什么，心底产生了一种莫名的恐惧。我把头靠在墙上，犹豫了很久，最后还是撕开了信封，发现里面除了十几页写满了字的信纸外，还有一张思铭的照片。这张相片像是在他家里拍的，光线昏暗。思铭明显地消瘦了，双颊深深地陷了进去，但是眼神却如同一个刚刚出生的婴儿，出奇地明亮和纯净。他的脸上有淡淡的微笑，看起来没有一丝对世间的不满和痛苦，反而呈现出一份豁达、笃定和从容。

丁若：

这应该是我写给你的最后一封信了，接下来，我要去到一个我向往已久的地方，那是一个没有烦恼和忧愁的圣地，在那里，我可以依偎在丹尼的怀里想你，那样，我就不会再孤独，我想你应该为我感到高兴吧。但是，我唯一感到遗憾的是，我不可能再见到你了，所以我寄了一张照片给你，你要记得把它带在身边，当你想起我的时候，就把它拿出来看看，那我也一定能在另一个世界感觉到你。

今天是一个不错的天气，风和日丽。一大早我就起来了，洗了澡，换上了干净的衣服，还特意地对着镜子梳好头发，我想我应该会很体面地去完成我最后的远行。走出家门，我回过头看了它一眼，发现我对它已毫无眷恋，它只是我人生中的一个驿站，曾经停下而如今又将继续前行。马路上依旧人来车往，我的心情此刻平静如水，有个人不小心踩了我的脚，礼貌地向我道歉，我对他笑了笑。

现在，我站在邮局的外面，手里拿着我写给你的信，我将要将它投入邮箱，和你——我最喜欢的人告别。我的眼里有泪，我想，那应该也是幸福的泪水。丁若，别哭，你要尊重我的选择。我既然选择了这条道路，你就应该支持我，并为我祝福，祝福我终于找到了属于自己真正的幸福。

还记得我向你提过的问题吗？如果死去，你会选择怎样的方式呢？而现在就如我当初所提到的那样，我要像鸟儿一样，穿越天空，亲吻大地。在若干个小时后，我将来到位于城市郊外的大教堂，然后穿过大厅，走上楼梯，爬到钟楼十一层的顶部。我想，那一刻，我的心情应该是愉悦的，像一场新生，重新投入母体，脱去尘世中肮脏的外衣，经历上天的洗礼，获取新的生命。大风呼啸，我伸开双手，感觉穿行的力度，在疾速的下降中踏上彼岸的征程。

再见了，丁若——我最爱的人。请记住我说的话：真爱不分性别。也许，此刻我站在河流的这一边遥遥地看着你，为你祝福！

思铭

思铭走了，他安安静静地离开了我们，离开了这个他曾经生活过的世界。也许他已经参透了人生的意义，在经过艰苦的思想挣扎后，选择了放弃与现实的对抗，一走了之，再也不用忧伤，再也不用流泪，他把他对这个世界仅有的留恋给了我，让我感觉沉重。

短短的一瞬间，房间的空气仿佛就被无穷的重力所填满，我的身体被重重地压在桌子上，无力抬起，只任泪水肆意地流泻下来。

信后面附的是思铭曾经写的一些文字，文字里能够读到的，都是他内心潮湿的伤口。

一

一直以来都觉得自己不会幸福，这是心里很幽远的声音。像是一辆夜行的车，昏黄的车灯照耀的前方，是永远无尽的黑暗。有时候，我是离孤独很近的人。印象最深的是，很小的时候，站在寒风凛冽的巷口，等晚归的父亲。四周很静，偶尔的狗吠声。那样小的孩子，双手插在口袋里，脸上有不屑的表情。看到父亲的身影，轻轻地叫上一声，然后只是默默地跟在他的后面。没有拥抱，没有亲吻。这样隐忍的两个人。

不是不相信爱情，只是爱得越多，心里的寒冷就会越深。爱过的人，脸已经模糊了，可是曾经的誓言还在，留有身体的余温。偶然的黑夜里，当作暖的被子，把自己的身体轻轻地覆盖，在留恋和回味中渐入梦境。我一直都和自己说，我需要的是一份平淡的感情。纵情的方式，已将我的深情耗尽。如果这样地走下去，会让人变得残废。可看见别人的心碎时，我的泪水仍会流下来。心在不断下沉，沉到深邃的海底。

很多的人都说不再相信爱情了，可每天依然会有相同的剧情在交替着上演。不断地继续，一如既往。我们写这样心碎的故事，沉溺在里面，直至不能呼吸。但在停笔的刹那，被窗外的阳光照耀着，我的心里仍是那样的温暖。看着眼前的阴影幻化成一朵花开的样子，释放出清澈的甜美来。

我长时间地诉说，把我的伤痛铺展开来，我要让他们看到上面的疤痕。可我此时想象的是，伤口的破裂，流血，结痂，就像一粒种子发芽的过程。在破土生长的那一刻，获得了重生。我告诉自己说，坚持再坚持，不要轻易放弃。宿命早已安排好了一切，她在等待你去抓住她。宛若抓紧爱人的手。我感到无比的忧伤。爱情的背影在逐渐模糊，两只紧握的手在一点点地松开。

爱情这个话题，我们谈了又谈，说了又说，但又能怎样呢？在她曲折的纹路上，有多少人跌倒？又会有多少人绝望？海洋再大再深，也容不下那么多深情的泪水。那就继续走吧，也只有不停地走在路上，才会听到自己心里的声音。生命是幻觉。爱情则是一场逃亡。

二

阴雨天的下午，脑子里一片混浊。翻开书，看了几页却又放下。不知道该干些什么。于是长时间地坐在电脑前，任凭显示器的强光把眼睛折磨得疲惫不堪。在聊天室里不说话，看一帮陌生的人在里面捣乱。气氛很热烈，但还是感觉无趣。我就是这样的一个人，即使站在拥挤的街头，仍然时常会感到心里的空虚和孤独。

我是个习惯把自己圈住的人，不太喜欢和别人交往。血液里的冷漠常常会让自己感觉恐慌，害怕被世界遗忘。曝晒在阳光下的躯体，却有一颗失血的心。即使是在白天，我也会拉上厚厚的窗帘。黑暗的状态下我才会有异常清醒的思维和活力。我不是掳夺光明的黑暗使者，我只是一只流浪在暗夜里的萤火虫，用刹那思想擦出的火花照亮前行的路途。

随着年龄的增长，所要面临的死亡也就越多。我想这都是每个人无法回避的东西。既然一定要经历，那我们只有坦然接受。虽然会有心痛，但还要继续。记得小时候，对生死的概念很模糊，只是没来由地怕，然后会拼命地哭，似乎只有这样才能稍稍减轻心中的恐惧。可现在，我们能等待的也只是时间的决定。人生就是一场告别。它安排我们送别一些人，然后再等着让别人来送别我们。生与死原来只是一道界限，我们站在两边守望，可以看到对方的容颜，感觉到彼此的存在。心里默念着终于会有一天，我们会再一次相遇。那份淡定会让心更加的沉着。

三

连续不断的阴雨，心情糟到了极点。于是昏天黑地地睡觉，似乎能地老天荒。可是，天空一发白，重复的一天又如期而至，没有选择的余地。早上出门，看到被雨打落一地的茶花。落红无数，零落成泥。星星点点的桃红，在阴暗的天空底下，像是陈旧的褪色的胭脂，有点无可奈何，有点黯然神伤。

打伞走在潮湿的街道，行人匆忙。背负了太多生活的压力，每个人都脸色苍白，隐忍着无以名状的困苦。很想找个人倾诉，哪怕只是一些支离破碎的片段，也是最好。但在临近的时候，我却突然地退却。我害怕他看出我的孤独，那被时光打上的深深烙印，是一辈子无法清除的伤疤，如影随形。

爱情，原只是爱一个人，然后欠下一世的情。以今生的幸福来偿还前世的债。周而复始，前后轮回。不断地相遇，相识，相爱，告别。但没有遗忘。因她的气味早已在当初彼此确认的一刹那根植在你的血液里，永远也无法清除。

记得几年前去过的一座寺庙，看见一个十分清瘦的青年和尚。戴一副黑框眼镜，道骨仙风，眼神干净。在这样一个幽深山谷里，他与红尘无关。当时想，或许真的有这么强大的力量，会令人失望，然后皈依佛门，了却尘缘。可如今想来，我是如此幼稚。想要走出失望，世界再大，走不出心魔，就永远也走不出感伤。想想在夕阳中行走的他，早已不是凡夫俗子。在抛弃了尘世的一刹那，他已获得了新生。而从此与罪孽无缘。这样的人生禅理，并不是每个人都能懂得。人生或许只是一场冤冤相报的过程，游离身外才是真谛。

可是，可是在喧嚣的大雨中，在夜半无人的寂静中，我又开始怀念。这种情感上的残疾，像是经年未愈的哮喘，一不小心就会突兀而至，纠缠不休。所以，一个人躲在角落里，看着心上的伤口，为自己的残缺感到羞耻。

一直不停地想象生命里爱情最本真的样子，并努力记住。我害怕那么多年后，我会忘掉最初的浪漫和温暖。就像是现在，突然地记不起爱过的人的容颜。残留在心里的，只是燃尽的烟灰，满地的碎片和刺鼻的气味，提醒我这里曾有过一场华丽的舞会。只不过，时过境迁，曲终人散。

就像是一枚硬币，爱情也应有两面。总有一面朝着阴影中，不被人知晓，也像是一场赌注，另一面注定是输。

很多个夜晚，我都会把思铭写给我的信拿出来翻看，反反复复，连续不断。他所写的一字一言，都深深地刺痛我的心。这个静默而自闭的孩子，在用自己独特的方式与这个他所不喜欢的世界相抗争，直到完全失去了力气。

我仿佛仍然能听到思铭在我的耳边喃喃地说："丁若，其实我很喜欢你。""真爱不分性别。"那些声音和文字在我头顶上心窝里一遍遍地回旋，久久不散。

望着窗外深蓝如海的夜，心里尽是冰冷的感觉，我翻开一册泛黄的笔记本，在上边涂涂抹抹，写下了这样的文字：

当我见到你的时候，你的眼睛是那样的幽蓝，好像是藏着一千年的忧伤，深得看不见底。我觉得你是那么寂寞，你需要拯救，你需要温暖。当我转身走向你的时候，阳光落下，我却看不到你的影子。

我发现我找不到你了。是你躲在某个安静的角落和我捉着迷藏，还是我的眼睛盲了，我看不到你。

你在哪里？我在问你。我在问自己。

你喜欢的作家——棉棉最近出了新书，书的扉页上写着："让流行在零上一度的地方发生。"我没看懂。我很想听到你对它的解释。棉棉说一年只做两次爱，才能体会到爱情的美好。我想你一定很欣赏这句话，可是我却喜欢她在这本书里的另一个句子，依然是关于爱情的。她说爱情就是爱了以后依然爱，我觉得这句话一下子说破了爱的意义，非常经典。

书的封面是暧昧的粉红，厚厚的铜版纸，很沉。我给你买了一本，锁在了柜子里，和你的那些信放在一起，还有我的这个写了这些文字的本子，这样它们就都不会孤独了。

我知道也许我将再也找不到你，可是我会想你，如你想我一样。

你在哪里？我在问自己。我在问你。

夜了，窗外在下雨。湿漉漉的马路上有昏黄的车灯扫过，雨滴打在窗户玻璃上，叮咚叮咚地响，那声音真让人忧郁。我睡不着觉，往事如深蓝色的潮水般，一浪浪地席卷过来，脑子里凌乱不堪，忧伤翻云覆雨。沙发对面的电视机仍然开着，有轻微的“沙沙”声，电视频道已经停止了节目的播放，一个黑白色的圆悬浮在屏幕的中央，这意味着圆满的结束。你可以闭上眼睛了，当天亮的时候，又会是新的开始。

在这个夜晚，我只想让你知道，我想抱住你，给你温暖，让你不再寂寞。如果可以让你不要离开，我愿意为你做很多事情。比如，为你写下这些文字。

安。

55.

这一段日子里，我习惯性地窝在红民村的家里，哪里也不去，什么事儿也不做，整天靠啤酒和香烟聊以度日，不分青红皂白没有白天黑夜。

都不用去照镜子，我也知道我自己的那副德行，肯定像是连续工作了几天几夜的民工，两眼无神，脸色苍白，表情呆滞。

很快，期末考试来临。我基本上没有复习，爱谁谁，反正已经做好了卷铺盖回家的准备。在这个时候，任何东西对我来说都已经不重要了，我只是凭着感觉在生活，走到哪儿算哪儿，麻木不仁，得过且过。幸好，在考试的过程中，小段凭着他的机警、智慧和仗义，频频给我打小抄，我才蒙混过关，继续留在这所鼎鼎有名的大学里丢人现眼。

大考过后，哥儿几个又找了个饭馆聚在一起喝酒，以此庆祝躲过一劫。张宁跟着冯才也来了，席间，她私下里对我说，苏苏有时候会伙同一大帮同学，去她的服装店逛悠。她告诉我苏苏看上去心情不错，并且在交谈中从未提起我，就好像我根本就没有在她的世界里存在过一样。我端着酒杯，一边听着张宁的话一边猛喝，不知不觉间就把面前的两瓶燕京啤酒喝了个一干二净。

散席后，大伙吵吵着要去泡吧，我反正无所谓，便随着他们拦了一辆出租车直奔什刹海。由于刚才喝得过猛，大家都有七八分醉意，下车后，几个人东摇西晃地就近找了路边一家名叫“过火”的酒吧走了进去。酒吧里面人很多，有一支乐队正在台上猛烈地敲击着各种乐器，轰轰隆隆的，很是热闹。中间一个穿着黄色翻毛皮衣的长发男子正在歇斯底里地唱着歌，歌词大概是：“你的胸口是坟墓，你的身体里有太多的垃圾，我走过去，我走过去，我趴在你的乳房上昏昏地睡去……”

在沙发上坐了一会，酒的后劲儿上来了，我感觉到头晕，胃里一阵翻腾，恶心劲儿直往嗓子眼儿冒，忙起身离开座位朝卫生间的方向走过去。吐完之后，我在水池子用凉水洗了把脸，觉得舒服了一些，便打算回去接着喝。正往座位上走的时候，有人从后面拍我的肩膀，我回头一看，一个穿黑色西服的小伙儿正冲着我微笑，我感觉面熟却又一下子叫不上来他的名字。正当我搜肠刮肚满脑子上天下海般地回忆时，他先开了口：“丁若，我是孙鹏宇。”操，竟然是这小子，孙鹏宇上中学时个子很矮，大家那时都喊他“土行孙”，没想到现在个头儿比我还要高，看起来足有一米八，如果他不喊我，走在马路上，我估计还真不敢认他。我们俩站在卫生间的门口，抽着他递给我的“中南海”牌香烟聊了起来。孙鹏宇高中的时候由于和人打架，被学校开除，然后去了福建沿海和他舅舅跑运输，干了几年，赚了点儿钱后，觉得还是北京好，便又跑回来开了这间酒吧。聊到中间的时候，孙鹏宇好像忽然想起了什么似的，对我说：“丁若，我记得你唱歌很牛 B，我这儿正缺歌手呢，怎么样，以后晚上来我这儿客串吧？你弄点儿酒钱花，也算帮哥们儿一忙，给我镇镇场。”我想了想，最近倒也没什么别的紧要事儿要做，也就随口答应了下来。

打那以后，每天晚上 9 点钟我都准时来到这里，在台上合着乐队的伴奏，唱几首流行的口水歌。唱完歌后，我会坐在红色的落地吧台边上，喝上几大杯冰镇啤酒，然后独自离开。歌厅里有个服务生叫徐英，她从陕西来，皮肤白里透红，长相也很水灵，每次见到我都会笑眯眯地走过来主动和我打招呼，并在我的邀请下和我对饮上两杯。

一天晚上，徐英走过来对我说：“今天是我的生日，下班的时候咱们一起去庆祝一下吧。”我看着徐英水汪汪的大眼睛，不忍心拒绝，对着她点了点头。那晚，我破天荒地等到酒吧打烊。走出酒吧，我问徐英去哪儿，她却反问我愿不愿意去她那儿，我说：“好吧，反正是给你过生日，你想去哪儿就去哪儿喽。”于是我们打了辆出租车直奔徐英在三元桥附近住的地方。“我住的房子是一个半地下的两居室，是我和另外一山东姑娘合租的，租金 1100，我俩各负担 550。”说完这句话，徐英顽皮地向我眨了眨眼睛，然后又扒在我耳朵上悄声地说：“隔壁住的姑娘休假回老家了，这几天就我一人，你放心。”她说这话的意思让我有点儿搞不明白，看起来好像应该害怕的是我，而不是作为单身女郎的她。

其实，接下来发生的真和通俗电视剧或言情小说里的情节差不太多，我和徐英玩了一遍那老套的戏路。我们先是坐在沙发上聊了会儿天，又喝了几杯徐英从酒吧里顺手抄回来的法国红酒，兴许是喝得有些猛了，我竟然有些头晕，于是我把脑袋仰起来，靠在沙发的椅背上。徐英凑过来，坐在我的腿上，上半身紧紧地贴住我，伸出红红的舌头，一下下地舔我的脖子。我伸出一只胳膊搂住她，另一只手伸进她的衣服里，在她浑圆的乳房上摸来摸去。没一会儿，徐英就细声细语地撒娇说困了，并起身拉着我向她的卧室走去。在这里我要重点说明一下，这其中所发生的一切，徐英都采取了主动的姿态，当然，我也是心领神会，以一种乖巧的姿态予以配合。我们俩倒在床上，开始使劲儿地接吻。不知道是什么原因，一碰到徐英的嘴唇，我忽然想起了苏苏，她临走时挂着泪珠儿的脸让我的心变得伤感而疼痛。这时徐英兴奋了起来，用舌头在我的嘴里拼命地打着转儿，并且发出一阵阵急促的喘气声。我的心沉到了极点，索性抛开一切，和徐英疯狂地搅在了一起。

那晚，我们练了三次，直到徐英开始向我求饶，她揉着被我压痛的胸部说：“没看出来啊，丁若，你平时唱歌的时候斯斯文文的，不爱说话，可一上床就像完全变了个人，浑身都是劲儿。”说完，徐英“咯咯”地笑了起来，那笑声听起来似乎很得意，好像是她历尽艰辛，终于把我给上了一样。我伸出手把床头的台灯关掉，没有再说话，侧过身子倒头睡了过去。

56.

天气越来越冷，除了晚上到酒吧唱歌，我白天几乎不出门，每天的睡眠平均保持在 12 个小时以上，从凌晨一两点一直睡到下午两三点。不时也会去徐英家过夜，并乱搞一阵，直到筋疲力尽，然后沉沉睡去。但我从来都没有把徐英带到我那儿，因为在我的潜意识里，苏苏只是暂时地离开，我相信有一天她还会回来，像以前一样，把家里打扫得一尘不染，然后系上可爱的史努比围裙在厨房里择菜做饭，等我来吃。

在那些个无聊而乏味的平淡日子里，我喜欢上了黑夜带给我的感觉，寒冷，刺激，便于隐藏。我发现自己越来越不愿意见人，而黑夜，让我觉得安全。“黑夜给了我黑色的眼睛，我却用它寻找光明。”顾城果然是个天才，写的诗真他妈绝了。

每天晚上从酒吧出来，我都穿着厚厚的咖啡色呢子大衣，沿着酒吧外马路上的人行道缓慢地穿行。寒风凛冽，我缩紧肩膀，把大衣内红色绒衣的帽子翻出来套住头，然后再把大衣的拉链使劲儿往上拉，外边用一条白色的羊毛围巾紧紧地扎住。马路上的汽车急驰而过，红色的尾灯在夜色中显得诡异无比，偶尔还会响起几声按动喇叭的声音。这一切都似乎与我无关，我唯一能做的便是不停地行走，让我对苏苏的思念随着刺骨的寒风悄悄地飘向远方。

苏苏，你知道吗？我想念你头发丝的香味，我想念你带着柠檬香的气息，我想念你回过头看我的笑容，我想念你在黑夜里喊我的名字，我想念你过马路时放在我手心的温度，我想念你靠着我肩膀时的安静。你消失了，我的快乐也就随之消失，所有的一切都如烟云散去，不见了往日的繁华。我像是个被抽掉了线的木偶，从里到外，形如空壳，没有方向，茫然不知所从。

有一天晚上，冯才打电话给我，问我在哪儿晃呢。我说在酒吧里边看美女边等着唱歌呢。他继续问我，有没有兴趣出来一起喝两杯。我说，好啊，我唱完歌就去找你。酒吧演唱结束后，我们俩在安定门附近的一家东北烧菜馆里碰了面，一落座，闲聊了一会儿杂七杂八的事情，然后就是拼命地喝酒。

其实这段时间在酒吧里混，我每天都在努力地让自己喝醉，有时喝啤酒，有时喝白酒，有时啤酒白酒一起混着喝。但奇怪的是，我的酒量水涨船高，竟然一次要比一次喝得多。那晚，我和冯才总计喝掉了两瓶牛栏山二锅头外加十几瓶啤酒。结账出门的时候，我们俩的脚步都开始发飘，走路的样子都像是踩着棉花。走了几步，冯才的电话响了，张宁找他，我便在马路上拦了个出租车，硬生生把冯才给塞了进去。

冯才走后，我独自一人沿着街道往前走，漫无目的。街上此时空空荡荡，有一只白色的塑料袋被风吹起，在我的头顶上打着转，最后落在距离我不远的前方。这时候我好像突然听到苏苏在背后喊我的名字，声音如此熟悉，让我魂牵梦绕。我急忙回头，长长的街上却什么都没有，只有呼呼的北风带着声响从身边匆匆刮过。我的胃里一阵翻腾，一下子扑倒在地，任凭酒水混合着胃里的酸液一股脑儿地吐了出来。顿时，我感觉自己像烂泥似的瘫倒在地上，一下子失去了知觉。

也不知过了多久，我才醒了过来，挣扎着从地上爬起，发现自己已然泪流满面。我从上衣的口袋里掏出烟来，又取出火柴，点了很多次才点着。此时，我的手指冰凉，双腿麻木，但这些我已全然不顾，站起来继续像个孤魂野鬼似的在北京的街头游荡。

57.

和苏苏分手后的一个月里，我似乎又回到了从前的样子，开始和不相识的女孩耍贫逗乐，酒吧混到半夜不睡，白酒喝到一斤不醉。有时，也装装小混混，在大街上发酒疯，把空的酒瓶子摔得满地都是，然后仰脖子冲着漆黑的天空大声嚎着不成调的歌。可是，只要一回到我的住处，我便会一头栽倒在床上，流着眼泪带着悲伤无比痛苦地睡去。

再后来我把在“过火”酒吧唱歌的活儿也辞了，彻彻底底地过上了完全颓废不学无术的生活。徐英给我打过几次电话，问我为什么不去酒吧唱歌了，她还说她非常想我，但因为我态度冷淡，不置可否，后来终于也失去了消息，不知所踪。

我像个患了自闭症的病人一样，语言缺失，躲在家里闭门不出，麻木地数着手表里转动着的时针分针秒针过着乏味的日子。冯才、韩炜光、薛酷、小段、唐河一干人等因为春节临近，也各自顾各自买车票回家。我完全陷入了一种孤立无援的境地，独自存活于这个世界上。

58.

这个学期就这样照常结束了，日升月落，一切如旧，生活乏善可陈，唯有薛酷泡妞儿的经历还算有那么点儿新鲜劲儿，值得费些笔墨来书写一下。

自打在开学的时候薛酷一人站在校门口东张西望，并对一个身穿白裙的女生暗自着迷之后，这小子便以迅雷不及掩耳之势坠入情网而终日无法自拔。俗话说得好，有志者事竟成。在薛酷不懈的“外交”努力下，他终于和该女生有了进一步的发展。经过多方打探，得知那女生名叫郭晶晶，政法系的大一新生，由于外表可爱、身材高挑，颇得男生喜爱。于是薛酷不得不忍受着巨大的压力，以飞蛾扑火的姿态投入这场貌似壮烈的“爱情争夺战”中来。

起初，薛酷以鲜花作为突破工具，一次送三朵玫瑰，每日不落。如果遇着郭晶晶下来打开水，他便冲过去接过暖壶豪迈地向拥挤的开水房冲去。最终，薛酷打开水的数量和次数越来越多，也就是说郭晶晶她们寝室以及周边人等的开水，统统交给薛酷一人包办了。于是乎便出现了以下的滑稽情景：女生楼阳台上站着一溜穿着各式各样睡衣的女生，每个人的手里都拿着诸如瓜子花生开心果之类的小零食，边吃边聊，而楼下的水泥地面上，大汗淋漓的薛酷正拎着七八个暖壶反复往返于水房和女生楼传达室之间，此情此景，甚为动人。

这一段时间，薛酷像中了邪似的，张嘴就是“晶晶姑娘这”，闭嘴就是“晶晶姑娘那”，逮谁和谁说，循环往复，乐此不疲，一副典型的“花痴”嘴脸。可惜好景不长，在薛酷成功地邀请到晶晶姑娘和他共进晚餐，形势大好之时，他的一个强劲对手凌空出世。一个和我们同届，与郭晶晶同是政法系的高个子男生每天的例行功课也和薛酷一样，选择给晶晶姑娘送花，但此人在数量上胜薛酷太多，一次 11 朵，姹紫嫣红，春光一片。薛酷自知此场战役的难度，于是四处举债，也将玫瑰的数量提升到 11 朵，艰难地与对手持平。可没想到下一日对方又将数量提到了 21 朵，如此交替上升，时日不长，薛酷便因经济实力不济而败下阵来。后一打听，此人乃一高干子弟，腰包巨鼓，一般人等的财力物力难以望其项背。为此，薛酷想尽一切办法，几乎所有他认识的人都被他拦住借过钱。直到后来，只要一看见他，人人纷纷避之，薛酷最终落下“瘟神”之名。

无奈之下，薛酷只好穿得衣衫褴褛，拎一破旧饭盆，假扮乞丐，常日于前门一带沿街乞讨，这样下来虽然每日略有进账，但仍然入不敷出。这阵势维持不到半月，薛酷便也只好偃旗息鼓，从此作罢。再后来就听说那晶晶姑娘终于还是经不住高干子弟糖衣炮弹的狂轰滥炸，被其所俘虏，从此俩人人约黄昏月下花前。薛酷得知此消息后宛如五雷轰顶，坐卧不宁，在经过了一番痛苦的精神煎熬之后，遂打算破釜沉舟，准备了一套自认为是“惊天地、泣鬼神”的情感宣言，发誓要用真诚来把晶晶姑娘感动，以挽回她失足的芳心。怎奈现实无情，当薛酷再次登门向郭晶晶求爱表白时，却被郭晶晶当面告知，爱情需要有雄厚的“底蕴”，仅仅一厢情愿是远远不够的。薛酷同学为此而大受打击，精神低落，从此在我们面前再未提起晶晶姑娘。

59.

很快，春节来临，我也搬回了家和父母一起过年。除夕之夜，我起了个大早，喝了一碗妈妈给盛好的热豆浆，然后便躺在沙发上看电视。放在茶几上的手机短信声一直不断，我随手抄起手机，翻看一条一条的短信，发现不外乎是一些新年问候之类的话语。但当我翻到一个熟悉的号码时，我的心开始狂乱地跳动起来，这是一条苏苏发给我的信息，虽然只是俗套的新春愉快的祝词，但也足以让我热血沸腾。我反复地看着这条短信，然后搜肠刮肚地写了一条信息回了过去。这样的交流已经使我相当满足，让我感觉到这是一份很好的新年礼物。

怀揣着别样的心情，我吃完了年夜饭。快到 7 点钟的样子，手机突然响了，我一看是苏苏的号码。我摁下接听键，先平抑了一下自己激动的情绪，然后尽量用一种很平静的语气说话。大约经过了 10 秒钟的沉默，听见苏苏的声音。

“新年快乐！”

“新年快乐！”我当时只想到了说这句话。

“你在干吗呢？”

“没干吗，在看电视。”

“你呢？”

“我也是。你想不想出来逛逛？”

“嗯，好啊！”

“你还住在红民村吗？”

“是啊。”

“那你在那儿等我吧。”

“好的。”我有点恋恋不舍地挂掉电话，但一想到马上就要和苏苏见面，心情立刻又激动起来。

我编了个理由，说同学问我借东西，我得回去红民村那边找找看。爸妈对我这种举动早已习惯，也没多问，只是急急忙忙地收拾碗筷，坐在电视前等着看一年一度的春节联欢晚会。我套好阿迪达斯的黑色羽绒外套，围上一条红色的羊毛围巾，拉开门快步走了出来。

此刻的街道上异常冷清，除了偶尔驶过一两辆载着客的出租车外，几乎看不到什么行人。远处天空有漂亮的烟火腾空而起，绽放出绚丽的色彩。我在马路上等了十多分钟，才拦到一辆出租车，直奔红民村而去。

从出租车上下来，我飞步上楼，急忙把脏乱不堪的屋子收拾了一下，又去厨房烧了一壶水，洗了两个杯子，然后在沙发上坐下，等着苏苏的到来。坐了一会儿，我又站了起来，跑到窗户外看看苏苏有没有来，看了一会儿确定没人，又坐回原地。如此折腾了若干个来回后，我把头歪倒在沙发上，脑子里一片空白，心咚咚地猛跳。

越坐越觉得等待无限漫长，我站起来走到 CD 机前，翻出一盘许巍的唱片，插入到机盒里。音乐顷刻间弥漫了整个屋子，许巍的浅吟低唱让我的心稍稍平静了下来。其实这中间也没过了多久，但我却有种度秒如年的感觉。

我又在沙发上坐下，闭上眼睛想象着苏苏的样子，有那么一段时间没有看到她了，不知道她是否会有什么变化。她的头发是否还是那样柔顺如丝，眼睛是否还是那样明亮如星，笑容是否还是那样甜美如昨。不知不觉，我竟然睡了过去。忽然电话响了，我拿过来听，是苏苏的声音，她说："丁若，我还是不过来了吧。反正我们都已经分手了，也没什么好说的啦。”我的心顿时如坠冰谷，人一下子瘫坐在地上，眼泪如潮水般涌了出来。猛然惊醒，屋里仍像来时那样平静，我摸摸了额头，上面布满了密密汗珠，原来，只是一场梦而已。我看了看表，估摸着苏苏应该快到了。我拉开门，听听楼道里有没有我熟悉的脚步声，听了一会儿，又返回到屋里坐下。忽然门铃响了，我大声地应了一声“来啦”。走到门边，拉开一看，防盗门外站着一个笑颜如春风的女孩，果然是我的苏苏。

苏苏穿着黄色的羽绒大衣，安静地站在门口，不说话也不进屋，我也只好愣愣地看着她。这样僵持了有一两分钟的样子，她突然地笑了起来，一下子就扑到我的怀里，我张开手接住，仍然是那样的默契。我们相拥着进到屋里，我用脚后跟把门给关上了。

在屋子的过道里，我们亲吻了很久，一直都没有停息。中途我睁开眼看了看苏苏，她双眼微闭，长长的睫毛有节奏地上下抖动着，像是两把柔软的刷子，刘海贴在前额，显得那样美丽。我的心像被注满了热水一样，顿时温暖潮湿起来，然后我把苏苏搂得更紧了，想要把她融化在我的怀里，再也不想放开。

不知道是因为搂得太紧了还是暖气太热，我和苏苏的额头上都冒出了密密麻麻的汗珠。于是我去拿了块沾过凉水的毛巾，先给苏苏擦了擦，又给自己也擦了擦，然后我们一起并肩在沙发上坐了一会儿。苏苏起身倒了一杯水，水是刚烧开不久的，冒着白白的热气。苏苏把水放在茶几上，脱了她的羽绒外套，挂在衣钩上，这时我看到她里面仍穿着我给她买的那件米黄色艾格毛衣。我坐在沙发上望着她，正好碰上她的目光，我们四目对视，然后轻轻一笑。我用遥控器打开了电视，正好上演着赵本山的喜剧小品，我们并排坐下，被剧情逗得前俯后仰，笑作一团。

听到新年钟声响起时，苏苏侧过身看着我说："12 点了，我该走了。"然后，站起身从衣钩上拿衣服，我走过去一把把苏苏抱在怀里，狠狠地亲吻起来。苏苏被我突如其来的举动吓了一跳，起初双手下意识地反抗了一下，慢慢地她的身体变得柔软起来，舌头也开始在我的嘴里轻轻搅动。我用左手托起苏苏的后背，右手绕过双腿，将她抱起，走向里面的房间。苏苏伏在我的怀里，轻轻地说："我就知道你会这么做的。"

这一次，我们做了很久。在整个行动中，我异常地温柔，像是面对一件完美的工艺品，怕一不小心会把它损坏。我们做了一次之后又来了一次，苏苏表现得非常投入、顺从，在高潮迭起的时候，她在我的耳边轻轻地说着："丁若，我爱你。"我把头埋进她的长发里，轻声地回应她："苏苏，我也爱你。"

客厅里的电视响起了悠扬的音乐声，我们在床上疯狂地缠绵着，连被子掉落在地上也浑然不知。许久之后，我们抬起头来，透过窗户看到远处天空升起的绚烂烟火，正如花般绽放。

这一刻，世界只属于我们。

我和苏苏并排地靠在床上，她把头发用皮筋胡乱地扎在脑后，脖子上有我刚才吻过的痕迹。苏苏环顾了一下四周，然后从我的左边换到了右边，趴在我的胸前说：“丁若，你怎么还是那么不操心呢，自己家也不知道收拾一下，我不在这儿住才这么几天，你看都乱成什么样了。”我把苏苏的头发绕在指尖，低头看了看地面：“就这我刚才还打扫了一下呢，你不知道前些天这儿是什么样，垃圾处理场估计也就这动静。”苏苏顺势从我怀里爬起，缩在床的一角，捏着鼻子说：“怪不得你身上有一股酸菜的味道，敢情是馊了啊。”“这些馊了不要紧，只要下面那条不坏就成。”我冲着苏苏坏笑，她鄙夷地看着我：“你这家伙的流氓相可是越来越强悍了。”

“这段时间你都干什么了，有没有出去找别的女孩儿玩呀？”苏苏问我。

“没有，你一走，我什么都不干，非常老实地待在家里，哪儿也没去，除了坚决地想你。”这其中大部分都是真话，只是把和其他女孩儿厮混的那些事儿统统隐去了。

“切，我才不信呢。上回我才走了那么几天，你就和一女孩儿勾搭着去秀水逛上了。”

“你别不信啊，我说的可都是实话。自从上次那事儿以后，我对人特诚实。不信，你问我那哥儿几个去啊。”

“去去去，我又不是弱智，问他们，他们丫还不都和你穿一条裤子，谁还能跟我说真话。”“你不信我也没辙。”我一缩身子，又重新钻回了被窝。

“算了吧，知错能改还是好同学嘛。”苏苏一笑，也“噌”地一下钻进了被窝，我们俩又继续抱在一起，亲吻了起来。

一觉睡醒过来，我们穿好衣服，苏苏到卫生间洗完脸，把头发梳好，然后我们一起下楼，送苏苏回家。下楼梯的时候，苏苏从随身的包里掏出来一个红色的绒布袋递给了我：“这是我送你的新年礼物。”我接过来打开，里面包着一条用金黄色的小子弹串成的项链。我拿在手里，感觉沉甸甸的。苏苏叫我转过身去，她帮我把项链戴在了脖子上，弹壳的金属碰触到皮肤，凉凉的，非常刺激，心里却感觉很爽。

夜深了，四周灯火通明，时不时还能听见楼里传出来的电视声。我们沿着街道缓步前行，苏苏的手被寒风一吹，冰凉无比，我紧紧地握住，试图将它温暖。路旁的树枝被风吹得歪歪斜斜，时不时扬起一片尘土，我们边悄声说着话边往前走。

一辆出租车似乎知道我们要打车似的，在我们的身边放慢了速度，苏苏伸出手把它拦下，然后我们钻进车里。车子一路狂驶，谁也不再说话，只是能感觉到苏苏的手慢慢地暖和起来。我转过脸看她，苏苏此时正目视前方，脸上挂着一丝坚定的表情，似乎对我们的爱情又重新充满了信心。

寒假很快过去，开学后苏苏又开始天天泡在我这里，从早到晚和我混在一起。为了让我们的家居生活看上去更加温馨更加舒适，我和苏苏从建材市场买来了几桶颜色各异的油漆和几把刷子，准备把我的小窝重新收拾一下。连续好几天，苏苏都没有去学校，和我一齐摇身一变成了年轻的装修工人。说来也怪，苏苏似乎对装修事业的兴趣颇高，早上不到 7 点，便一脚把我从床上踹醒，而后拎着我的耳朵，让我以极度痛苦的姿势从床上爬起来。

一提到这事儿，我就后悔莫及。有一天我们在看中央二台的一个关于住房装修的电视节目，苏苏指着一套刚装修好的房子说，这房间的颜色可真漂亮，我讨好地接了一句嘴，那咱们也把家里刷成这个颜色吧。听我这么一说，苏苏立刻兴奋地从沙发上跳了起来，万分肯定地对着我说："IT IS A GOOD IDEA！"

由于我们俩的粉刷技术尚处于业余水平，所以用了很长的时间，费了很大的劲儿，我们才把这几桶油漆给弄到了墙面上，同时也弄到了我们的头上脸上身上。揉揉眼睛仔细一看，刷出来的效果和我们所想象的相去甚远，只见墙上出现若干深一块浅一块的色斑，犹如 20 世纪的抽象派油画。幸好，苏苏不算挑剔，望着这副凝聚着我们心血和劳力的作品，还兀自扬扬得意。后来每每有朋友来参观，苏苏总会这样讲，如此纷乱的色调是我们故意调理出来的，主要是为了体验一下那些抽象艺术大师的审美情操。

60.

不知不觉，寒冷的冬天悄悄地离开了，柳树也开始生出绿绿的嫩枝，但我和苏苏的生活并没有因此而脱离平淡。所有美好的事物在我眼中不再充满无穷魅力，心情沉闷而乏味，于是，我便变着法地玩一些网络游戏，比如烂了街的《传奇》和《帝国时代》，我可以连续玩上几十个小时，而不觉得疲倦。苏苏看见我这样没日没夜地泡在网上，对我产生了莫大的担心，但她似乎也无计可施，只好一边说着你要注意身体之类的话，一边大喊着丁若电视里又在播放好看的电视剧。我却总是置之不理，玩得实在是困了烦了，便一头扎倒在床上，以最快的速度进入踏实的梦乡。

几天后我和苏苏大吵了一架，主要原因是我决定把假期时候向父母要来的钱换一台配置更高的电脑，全面升级玩游戏时的速度和质量，而苏苏对此持完全反对的意见，她认为我应该去报雅思英语辅导班，操练口语，以做好毕业后出国或者杀进外企之类的准备。为这事儿，我们僵持了好几天，谁也没有办法说服谁，最后，苏苏走过来，把电脑显示器狠狠地一摁，关掉，无奈地对我说："瞅你这副德性，看看以后会有什么好果子吃。"我伸出右手，把苏苏从身前拨开，打开显示器继续玩我的游戏，边玩边低声说着："玩游戏怎么了？一不犯法，二不伤害国家利益。我还就这么点儿出息了，你看不惯就算了，谁也没强迫着你留在这儿啊。”声音虽小，但还是被苏苏听见了。她站在我的身后一动不动，我能感觉得到她的眼神正死死地盯着我，小脸涨得通红。不一会儿，苏苏冲进房间，拿出一只旅行包，胡乱地往里面塞她的东西，然后冲到我的面前，意思是告诉我她要走了。我头也没抬一下，装作根本没看见，继续玩着我的游戏。少顷，苏苏把旅行包往地上一扔，坐在沙发上，长叹一口气：“算了，跟你急也没用，你爱怎么样就怎么样吧。连我自己都不知道应该干什么，还能要求你什么呢？”我转过头对着她谄媚地一笑：“呵呵，这就对了嘛。”

苏苏从沙发上站起来，走到我的身边，坐下来挤在我的椅子上。紧紧地抱住我的腰，将头靠在我的肩上，轻声地说：“丁若，我们以后结婚了不吵架行吗？”我答道：“行啊，我也特烦吵架。”“要是一吵架，我就会觉得特害怕，好像这么一吵，我们的感情就完了似的。”我停下手里的动作，转过身将她抱住，亲吻着她的额头：“宝贝儿，不会的。”

61.

很多日子，我透过窗户，看见北京的天空整个都是灰蒙蒙的，好像被一层浓重的雾气笼罩着，显得如此没有生气，心情就忽然变得忧郁了起来。

也不知道从什么时候开始，我习惯了躺在床上，望着头顶空空的天花板，想着一些莫名其妙的事情。我可以在这样的迷茫状态中一直躺下去，偶尔坐起来抽上一根烟，或是喝上一听啤酒，任思绪在窗外鸽子的哨声中，在机器轰鸣的响声中，自由地穿梭。我想起我的中学生活，然后是大学，还有那些混迹在一起的朋友，那些眉来眼去的女生，那些做过的荒唐的事情，和苏苏之间发生的爱情，以及我所要面对的生活，等等等等。我沉浸其中，恍若坐上时光机器，穿越遥远的时空，但清醒之后，一切仍混乱如昨。

时间真的好像流水，还没有怎么回过味来，我的大学时代就已经到了收官的阶段——大四。对于绝大多数学生而言，大四已经没有什么新鲜的知识要去探索和学习了，要做的事情可以简单地归纳为两件：一是写毕业论文，二是找工作。

我花了一个多星期的时间泡在学校图书馆查阅资料，又花了一个多星期在网上下载相关的统计数据和文章，然后把手头上所搜集到的资料整理了一下，拼拼凑凑，竟然像攒电脑一样整出了一篇像模像样的万字论文来。我把论文交给辅导老师，他竟然赞不绝口，并声称要推荐我的论文参加学校优秀论文的评选。

完成了毕业论文，我就开始找工作。那些日子每天早晨起床，先是洗脸刷牙，然后开始对镜梳妆，西服领带穿戴整齐，跨上积满尘埃的自行车扬长而去。其间我跑了大概有十几个单位，却总是去的时候满怀憧憬，回来的时候垂头丧气。电视台就不说了，都在压缩编制根本不进新人，另外几个著名的报社和杂志社也把用人标准提高到了名校毕业的硕士生，我连简历都投不进去。于是我又根据残酷的就业形势降低了自己的求职要求，把目标扩大了不止一圈，却依然不是因为专业不对口，就是因为没有工作经验，一而再再而三地被用人单位拒之门外。

倒霉的事情还不止于此，在我踏破铁鞋无觅工作的时候，我的飞鸽牌 26 自行车也在一个夜黑风高的晚上被窃。屋漏偏逢连绵雨，本来情绪就低落，再加上损失了熟悉的交通工具，我对找工作的态度由失望彻底沦为绝望。后来我干脆又从学校搬回了红民村的家中，对找工作一事从此不闻不问，纯粹坐以待毙。

我在楼下的小卖部买了整箱的康师傅方便面和统一绿茶，天天睡醒了就煮面喝茶，过起了近似于隐居的干燥生活。之所以称之为干燥生活，是因为那段日子我不仅生活得非常枯燥，而且也没有过上稳定湿润的性生活。

苏苏忙着写她的毕业论文，还要参加各种职场推荐会，根本没有空来找我。我感觉自己像是一个被遗忘的人，躲在黑色的屋子里，看不到阳光，也看不到希望。生活中的一切如流水般悄然滑过，没有任何波澜，也不为任何人停下。

记不清是哪位很牛 B 的人说过：人生是一个不断转弯的过程，不知道在什么时候就会出现转机。在我自以为运气背到极点的时候，触底反弹的时间终于来到了。

一天下午，正在床上做着春秋大梦的我被一阵急促的电话铃声吵醒。我从被窝里爬出，接通了电话，听见爸爸浑厚的男中音。他告诉我他的一个老同学叫李永，目前在中 × 银行北京分行当副行长，可以给我安排一份在银行的工作。这消息真他妈的宛如久旱过后的一场及时雨，我当时感觉自己的嘴乐得都快要咧到耳朵上了，大笑着对他说：“姜还确实是老的辣，您还真是我的好爸爸！”

好消息还不止于我找到了工作。6 月底，答辩结束，我的论文还真的如辅导老师所言获得了校级优秀论文，并同时得到奖金 1000 元。当天，我便挨着个儿地打电话通知弟兄们，请大家在学院路上的“沸腾鱼乡”聚餐。

晚 7 点，大家围坐在知春路“沸腾鱼乡”二楼的一个名为“江南”的包间里，苏苏、小段、薛酷、冯才、韩炜光、李佳佳全都到了。会餐的过程中，大家的谈话基本都是围绕着“找工作”这一基本点上展开的。小段没找工作，准备回山西老家休养生息一段时间，而后再返京专心考研。薛酷分配回家乡陕西，在省政府办公厅当秘书，成为一名国家公务员。冯才也没找工作，打算和张宁把服装生意进行到底，再创造新一轮的商业奇迹。韩炜光成功地和一家国营贸易公司签约，职务是财务会计。李佳佳虽然比我们高一级，但因为医学类专业要上五年，所以也和我们一起毕业，目前在安贞医院的药剂科实习，因为表现不错，也马上就能签署就业协议了。苏苏的工作应该算是最好的，在全球五百强之一的雀巢公司当了一名 SALES。我用我那少得可怜的英语知识来理解，说 SALES 这就是销售吧，苏苏告诉我，你懂个蛋啊，这叫营销专员。

中间趁苏苏出去上洗手间的机会，我偷偷地向李佳佳打听了一下王晶的情况。李佳佳告诉我王晶和同班的一个广州男孩好了，男孩家境不错，对她也蛮好的，估计王晶毕业之后是要跟随他南下广州了。听到这个消息，我的心里竟然有些酸溜溜的感觉，直到苏苏走进包间在我的身边坐下，一个劲儿地往我盘子里夹菜，我的心情才逐渐从短暂的失落中走了出来。

62.

8 月 2 日是个重要的日子，因为这一天我上班了。

怀揣着李行长在就业协议书上的签字，我满脸春风地来到地处西直门北的中 × 银行某支行报到。在人事部签字报到之后，我就被信贷部的王主任接走。王主任 40 岁出头，个子不高，圆脸，带着我乘坐电梯从二层抵达八层。我的办公室是在 8008 房间，办公桌上已放置好一台 IBM 手提电脑和一部酒红色的西门子电话，对面就是一整片透明的玻璃墙，透过玻璃能看到车水马龙的西二环路。房间里的光线很好，中央空调控制下的温度让人舒服，我对这个工作环境感到十分满意。随后王主任向我简单地介绍了本行的存、贷款情况和日均结算量，讲完后又递给我一叠客户资料，告诉我今后的工作就是要和这些已知的优质客户搞好关系，并且不断开发未知的潜力客户。

仗着我流利的嘴皮子功夫，只用了短短的几天时间，我就和行里的同事们打成了一片。午休时间我尤其爱去隔壁的会计结算部，办公室里一眼望过去，清一色的女同志，我扔几个从冯才那儿听的荤笑话出来，就能炸出莺声笑语无数。偶尔我要是因为出去办事儿没过去，这帮娘们儿就会集体打电话催我赶快回来，整个儿就一离开了我，她们就非得立马集体自杀的架势。其中有一个叫秦茵的小姑娘，似乎对我很有好感，除了在听荤笑话时死命地拍巴掌外，每天在三楼餐厅吃饭的时候还总喜欢坐在我对面，然后用直勾勾的眼神盯着我狠看，却从来不说话。有一天把我给看急了，冲着她说："你老看着我干吗？难道我脸上有黄金吗？"她摇摇头，依然没有说话。"你倒是说句话啊。"我"噌"地一下子站了起来，这时候只见她抬起头来很小声地对我说："我想约你去凤凰岭爬山。"

和秦茵出去疯玩了几次之后，我和她的关系逐渐变得亲近和暧昧了起来。秦茵经常在下班以后开着她的大红色自动挡 POLO 载着我出去转悠，唱歌、游泳或者打网球。周末的时候，我们从不见面，因为我告诉秦茵自己要在这个时间段里陪苏苏。奇怪的是，秦茵似乎并不在乎苏苏的存在，甚至有时还会买一些小的礼品让我转送给苏苏。我对此一直很不理解，也曾经问过秦茵，而她的回答却是："我喜欢你，你喜欢苏苏，所以我也喜欢苏苏。"什么混账逻辑，对此，我至今仍然处于一种难得糊涂的心理状态中，心安，却并不理得。

秦茵的父亲是北京市建委的一个副局级干部，分管土地审批，属于实权在握的人物，所以在首都房地产界绝对能够称得上呼风唤雨。因此，秦茵也就和那些经常可以在报纸杂志上见到的地产大鳄们混得相当熟悉，不时还会聚在一起吃饭娱乐歌舞升平。

一天下午，我正陪一女性客户在白石桥的钱柜 KTV 唱歌，唱到酣处，接到秦茵的电话。

“丁若，干吗呢？”

“陪一客户唱歌。”

“几点能结束？”

“没准儿，关键得看客户还想不想玩点儿别的什么节目。”

“别搞其他节目啦，晚上 7 点你赶到二七剧场路来，有好事儿。”

“怪热的天儿，乱跑什么劲儿啊？”

“介绍你认识一人。”

“谁啊？要是徐静蕾我就去，刘若英也凑合，别人就玩儿去吧。”

“丁若，我可告诉你说，这个人对你而言，可比那些你喜欢的女明星重要得多。你一会儿赶过来，我们就在上回咱俩去过的那个极品湘菜馆——湘水明珠等你。”说着，秦茵就把电话挂了。

6点50的时候，我找了个借口把女客户给甩了，出门拦了一辆出租车直奔二七剧场路。路上有些堵车，本应五六分钟就到的路，却走了半个多小时，当我抵达餐馆的时候已经过了7点半。一走进大厅，远远地就看见了穿着水蓝色连衣裙并朝我使劲招手的秦茵。秦茵的旁边坐着一中年男子，穿米黄色短袖衬衫，戴银色方框眼镜。看见我走来，他起身和我握手。秦茵微笑着告诉我他是XD房地产公司总经理刘志远。XD房地产公司我是听说过的，该公司旗下的好几个地产项目在业界好评如潮，是众多银行争抢的对公客户对象。

其实，不用说我也知道秦茵的心思，她在努力地讨好我。前几天，秦茵来我办公室玩，正好听见王主任在和我谈心。王主任噘着他那张薄皮嘴，一脸和颜悦色，音色因为太过尖细而显得有些女人味。他说："丁若啊，你来咱们行也有些日子了，从工作的态度上说你表现不错。但是，光有这些仍然是不够的，客户经理终究还是要用业绩吃饭的。你不要成天串办公室，光顾着团结同志，有时间应该把客户资料研究透。再则，要争取多发展些优质客户，这样才能充分显示你的聪明才干，引起咱们行高级管理层的注意啊。"王主任说得头头是道，我坐在一旁也是拼命地点头，态度十分诚恳，犹如被中央首长接见一般。王主任见我这副模样，脸上流露出了一丝笑容，走过来，用手拍了拍我的肩，然后转身走回到里间他的办公室。这一拍似乎意味深长，在他转身的一刹那，我从牙缝里小声地蹦出了几个字"小样儿"。突然，我感觉到有人在我的背后，一回头，看到秦茵背着双手，正盯着我的后脑勺笑意盈盈。

我在刘总的对面坐下，故作镇静地先端起茶杯喝了几口沏好的龙井茶。说实话，第一次这样正式地和商界名人坐在一起，我显得有些拘谨，半天都找不到合适的话题来打开局面。倒是秦茵比较随意自然，和刘总兴致勃勃地聊着哪里的泰国菜好吃，哪里的高尔夫球场打得比较顺手。也许是因为秦茵的缘故，刘总对我非常客气，作为商界精英的他很聪明，一眼就能看出秦茵对我的好感，也对我们的关系了然于胸，他知道如果把我得罪了，就相当于把秦茵也一块儿得罪了。

渐渐地我也松弛了下来，嘴皮子的利索劲儿也找回了最佳状态，和刘总耍了耍贫，开始天南地北地瞎侃起来。秦茵一边笑眯眯地看着我，一边静静地听我在那儿胡乱地吹着，时不时还把头斜过来靠在我的肩膀上做出甜蜜状。那天晚上，我由于兴奋加上激动，喝了很多的酒，但幸好没醉。买单的时候，我以为我耳朵听错了，但实际情况确实就是 3320 元。又没吃几个菜，酒也就只是喝了两瓶，这饭真他妈的贵得离谱！刘总从钱夹里掏出 34 张老人头递给服务员，说了一句“甭找了”。看得我直眼晕，这老哥出手可真阔绰。

就这样，秦茵连续约我和刘总吃了几次饭，我和刘总也就慢慢地熟了，混在一起的时候也开始称兄道弟。很快，刘总和他的房地产公司一并成了我行的优质客户，并与我行进行了几次正常的存、贷款业务往来，额度达 2000 多万。王主任对此非常高兴，经常在其他同事面前夸我，并破天荒地请我在金融街的“俏江南”餐厅吃了一顿海鲜，饭后还给我发了一个 2000 元的红包。

随着工作的逐渐顺利，我和秦茵的关系也从原来的朦朦胧胧一下子变得明朗起来。有时在午饭后的时候，她会偷偷地潜入我的办公室来，一下子扑到我的怀里，努力地搜寻着我的嘴唇，我也会投入地和她亲吻起来。

与此同时，刘总的投资也越来越大，承建了亚运村附近的两个大型商住两用楼盘。虽然刘总的生意很忙，但还是会隔三岔五地约我出去吃吃饭、洗洗桑拿、泡泡歌厅。有一次，喝完酒之后我们去洗桑拿，刘总介绍了一个长相清纯、身材极棒的四川女孩让我认识。虽然我一眼就能看出来这女孩是干什么勾当的，但是由于酒精的麻醉作用，我没能控制住自己，就和女孩去开了一个房间，耍了一把。完事儿之后，我感觉到有点儿后悔。幸好，刘总对此视而不见，并装作什么事情也没有发生过似的，碰上我和秦茵在一起，他总守口如瓶，还夸我老实本分、善良淳朴。

一天下班后，我感觉有点儿累，独自一人回到家。看见苏苏给我留的纸条，告诉我由于临时工作需要，她出差去了沈阳。我把纸条顺手一揉，扔进了烟灰缸，然后走进卫生间，打开热水器洗了个澡，准备蒙头睡觉。这时电话响了，我接通电话“喂”了一声，听见刘总的声音。他的语调很着急，让我速去一下他们公司。我能感觉到，刘总找我一定是有事儿，二话没说就答应了下来，拦了辆出租车直奔过去。下了车快步走进写字楼，钻进电梯，来到十六楼，只见刘总的办公室仍是灯火通明。

我推门而入，看到刘总背靠在转椅上，手里的烟烧了一大截，烟灰转眼就要掉落下来。他一看到我进来，连忙从椅子上探出身来，示意我坐下，尔后一脸沉重地把他所面临的情况给我说了一下。

原来，刘总在上海投资的一个项目因为诸多原因被搁置下来，大量的流动资金被套住，而现在北京的若干项目正在启动当中，一时又融不到钱，致使公司的营运一下子陷入了困境。刘总望着我，眼神里有一丝期待，更有一丝渴求，他问我能否尽快从银行里贷出一笔资金。我知道如果不通过行里的审贷委员会评审而私自放贷的话，就能够帮上刘总的忙，在最短的时间内帮他融通资金，但这样做属于典型的违规业务，要承担很大的风险。我的心开始急速地跳动起来，我在犹豫是否该帮刘总这个忙。刘总似乎看出了什么，拉开抽屉，从里面拿出一个信封，放在桌上。我抬眼望了望，心里很清楚里面厚厚的一叠是什么。刘总继续对我说，事成之后，还将再给我很多的酬劳。我想了想，既然和刘总平日称兄道弟，他人对我又一直很厚道，这个忙还是应该帮的。我点了点头，答应下来，却没有拿桌子上的那个信封。刘总握了一下我的手，紧绷的脸上终于露出了笑容。

有我从中斡旋，这笔贷款很快就批了下来。由于资金迅速到账，新项目得以顺利启动，刘总也忙得不亦乐乎，有一段时间没再约我出来玩。那些日子里，我除了陪陪秦茵，或者一人在家上网和几个东北的小妞儿玩视频聊天之外，再也找不到其他更有意义的娱乐活动了。

一天中午，秦茵打来电话，还没说上几句话，就在电话那头“嘤嘤”地哭了起来。我问了大半天才知道，原来她妈给她介绍了一个男朋友，据说是外交部某驻法参赞的儿子。秦茵非常不乐意，和我哭诉说那男的个儿头极矮，人还没到三十，头顶就已经变成了一片贫瘠的沙漠，还长一对龅牙，模样甚是招人同情。她说要是跟这样的人过一辈子，那还不得哭死。可秦茵的老爸老妈就是赞同这门婚事，非说他们俩非常登对儿，不管秦茵怎么哭闹都始终没有松口的意思。说到这儿，秦茵边哭边问我：“丁若，你说我要是和你私奔，你会跟我一起走吗？”我的心“咯噔”一下，敢情这姑娘动真格了，看样子要在我这棵树上赖住了，我忙半开玩笑地说：“我俩要是私奔，捉回来非得被你老爸打断腿不可，再说我也是有家室的人，怎么着你一金枝玉叶的大小姐也不能做二房啊。”秦茵一听这话，显得非常生气，她在电话那头冲我喊着：“丁若，你丫真没良心。我明天就嫁那王八蛋去。”

由于夜里在聊天室里与一个网名叫“美人草”的女孩聊到很晚，第二天早上起得有点儿晚，等我赶到办公室时，已经10点多了。我一走进办公室，就发现气氛不太对劲儿，王主任直端端地坐在沙发上，满脸严峻。看到我走了进来，他把一摞资料狠狠地甩在我面前。我有点儿摸不着头脑，刚张嘴想说些什么，就被王主任打断了：“丁若，你先别吭声，看完这些东西有的是机会让你讲。”我翻开一看，头“嗡”地响了一下，那摞资料正是我为刘总做的假担保书。王主任阴着脸接着说：“念在你是李行长介绍过来的，这事儿我没有向分行纪检部门反映。你还是尽快给我一个交代吧。”说完，他起身离开，剩下我独自一人捧着那摞资料，心里全然不是滋味。

我忙打电话给刘总，说违规放贷的事儿败露了，问他该怎么办。刘总为人还是比较老练，让我先别着急，他会想办法的。几天后，在刘总的多方努力下，这笔贷款终于如数补上，但我还是没能幸免被炒鱿鱼的命运，卷起铺盖回了家。

63.

被银行扫地出门后，我又恢复了往日的颓废生活。躲在家里，除了吃饭与睡觉，什么也不想干。与我正好相反的是，苏苏的事业蒸蒸日上，在短短的几个月里，其营销业绩翻了好几番，薪水也从5000元人民币涨为1500美子，按照1∶8的牌价来计算，苏苏的月薪已突破了万元。身价的增长催生了苏苏内心的物欲，使她迅速地茁壮成长为小资产阶级群落中的一员。

周末苏苏拉我去逛街，说要买一副网球拍送给我，让我每星期打两回网球以控制我那日渐隆起的肚子。我们一起坐车来到安贞桥附近的华联商厦体育用品专柜，我挑了一对“李宁”牌的，600多元，已经不算便宜。谁知苏苏看不上，坚持要买“威尔逊”牌的。我拗不过她，只好作罢。下楼的时候，苏苏顺便又在服装专卖区买了两身衣服，我的是暇步士，她的是宝姿，又是3000多元。付账的时候苏苏刷的卡，她眼睛都不眨就花了近8000元，把我惊了个目瞪口呆。回家的路上，苏苏对我说：“以后别穿那些乱七八糟的衣服了，你已经不是小孩子啦，要懂得讲究生活的品质。”“麻烦你给我解释一下，我还真不明白啥叫品质。”我有些不服气地问苏苏。“品质就是一种生活的感觉，确切地说，就是精品生活中所体现出来的某种具有威慑力的质感。”苏苏的话顿时把我给震蒙了，让我哑口无言。

事实上，苏苏确实凡事都在以她所理解的品质作为衡量价值的标准。苏苏的包从在万通购买的高仿 NIKE 变成了购于国贸的 LV，脚上的鞋子也从 CONVERSE 帆布鞋换成了 JOY&PEASE 软羊皮高跟鞋，连内衣都换成了一水儿的安莉芳“危险曲线”。苏苏随身总会带着一瓶香奈尔 5 号香水，时不时朝着自己的胳肢窝喷几下，那味道如同中药，让我头晕。

或许是因为对这种突如其来的优越生活感到陌生，我对此产生了巨大的反抗心理。很多时候，我都开始主动背离苏苏的选择，而朝着与之所期待的生活内容相反的方向前进。由此产生的后果是，我们俩吵架变得越来越频繁，彼此间的言语也越来越狠毒。

更让我忍无可忍的是，苏苏不知道从哪里弄来了一堆英文和日文的海报，海报上都是些海外的明星帅哥，包括汤姆·克鲁斯、莱昂纳多、奇洛李维斯、木村拓哉和元彬等。苏苏把这些海报用透明胶条一张一张地贴满了我的整个卧室，花花绿绿的，使整个房间看起来如同一个卡通盒子。

“苏苏，你花痴啊？”

“没错，搞定以上几位帅哥是我的人生终极梦想之一。”

“哎哟喂，脱离了社会主义教育刚几天，你怎么就变得如此低级趣味，实在是可悲啊！”

“你还好意思说我，也不瞅瞅你自己的熊样儿。你倒是生长在红旗下，却天天窝家里好吃懒做，靠一个脱离了社会主义教育的人养活你。”

“你牛B个什么劲儿啊，不就是想当个小资产阶级富婆吗？我告诉你说，哥们儿还真没兴趣陪你玩，别他妈的把我当小白脸。”

“我呸，就你丫这衰相谁愿意包你啊。”

“少废话，你最好该干吗干吗去，少在我面前晃，看着眼晕。”

“行，这可是你说的，这个季度的水电费你自己交吧。”苏苏说完，拎着包，“咣当”一声，摔门而去。

此后数日，苏苏没再露面，我继续过着睡觉吃饭混日子的简单生活。直到有一天，接到郑萌萌的电话，说她想见我。我问：“你在哪儿？”“动物园服装市场淘衣服呢。”“那你先逛着，一会儿我到了给你打电话。”

挂了电话，我从床上爬起来，洗了把脸，又对着镜子梳了梳头发，在赤裸的上半身上套了件天蓝色的 T 恤衫，下楼朝车站走去。在农科院汽车站等了大概 5 分钟，运通 105 路车就来了。车门打开，我随着人流往上挤，一不小心踩到了一个中年女子的脚，还没来得及说对不起，就被狠狠地白了一眼。我没理会她，装作压根儿就没看见，把头扭向了窗外。快到动物园车站的时候，我给郑萌萌打了个电话，告诉她我在路口拐角处的麦当劳里边等她。

那天天气十分的热，我从车上下来，只 5 分钟的路，却走得大汗淋漓。一钻进麦当劳，赶紧要了一大杯可乐，服务生问我："加冰吗？""加，可劲儿地加。"我的回答没有任何犹豫。而后我捧着装了大半杯冰块的可口可乐，在角落里找了个地方坐下。我用牙齿咬冰块，听见它们在嘴里碎裂的声音，心底泛起一阵凉爽。这时候我看见郑萌萌拎着大包小包的衣服，从门外走了进来。

"听唐河说你毕业后接了好几部戏，离成名不远啦。"

"别听他胡说，我要是发飙了，还能在动物园买衣服。"

"那倒也是。"

"事实上戏倒真接了几部，可惜都是些不入流的小配角儿，最多一场加起来也就 7 分钟。”

“你也甭太着急了，在娱乐圈里混需要蛰伏，需要等待机会。”

“蛰伏？不陪导演、制片人睡觉可不就得蛰伏，这圈子也太他妈的黑暗了，到处都涌动着潜规则。”说到这儿的时候，郑萌萌的情绪显得十分激动，眼泪一下子哗啦啦地流了出来。我望着哭泣的郑萌萌，心里忽然也开始难过。而且我分不清楚，这难过，到底是为了郑萌萌的尴尬境遇，还是为了自己的一事无成。

我和郑萌萌，两个慨叹时运不济明珠暗投的人相互搂着从麦当劳里走出来，我把手搭在郑萌萌的肩膀上，她把头伸进我的怀里，用胳膊抱住了我的腰。太阳已经没有那么热烈了，但直射下来的光依然有些晃眼。郑萌萌开始从她随身的包里翻墨镜，我则在这短暂的时间里跑到马路对面买了两根雪糕。

戴上了蓝色蛤蟆镜的郑萌萌一边嘬着手里的蒙牛雪糕，一边和我说话。

“丁若，以后我要是去外地拍戏，你愿意陪我去吗？”

我点了点头，没有说话。

“那要是去环境特别不好的地方拍呢，比如冬天的俄罗斯北部。”

“那我就穿上棉袄棉裤过去陪着你。”

“那我要是和别人拍亲热戏怎么办？”

“那我就闭上眼睛不看。”

“靠，人家占我的便宜你都不管啊？”

“那我就直接废了丫的。”

“你有那么猛吗？”

“还问我有吗？练你的时候你没感觉出来呀。”

“你这个坏家伙。”郑萌萌说着在我的肚子轻轻地捶了一下，然后就把头探过来，在马路上旁若无人地亲吻起我来。

当晚我没有回家，和郑萌萌跑到牡丹园附近的一家酒店开了间房。因为酒店新开业搞酬宾活动，所以折扣下来的价格很低，每天仅 128 元。我交房费押金的时候，顺便在酒店的商场里买了盒“杰士邦”安全套。

谁知当我回到房间从口袋里取出它的时候，就被郑萌萌抢过来一把扔到了地上，“今天不用这个。”她冲我喊道。“不用就不用，谁怕谁啊。”我随声附和。说话的工夫，郑萌萌已经把身上的衣服脱光了，一对明晃晃的乳房在我的眼前生动地晃动着。我咽了口唾沫，紧紧地抱住了她，一齐在床上翻滚了起来。

天亮的时候，是我先醒的，一扭头发现身边的郑萌萌依然在沉沉地睡着。我轻轻地推了郑萌萌一下，她没动，只好又唤她名字：“萌萌，萌萌。”连续喊了几声，可她还是没有任何的回应，只有轻微的鼻息在闪动。看这架势，郑萌萌丝毫没可能在10点之前醒来，我只好自己起身，独自穿上衣服，先行离开了酒店。

回到家里，将热水器打开，我想先洗个澡，顺便换一下内衣。在烧水的过程中，我坐在客厅的蓝色沙发上抽烟，用打火机把烟点燃，深深地吸了一口，然后鼓着嘴唇吐出来。一个个细小的烟圈在房间里排着队散开，渐渐远去，最后成为虚无。不知道为什么，我忽然感觉到一阵阵的凄凉，这也许是种不好的预感，像一场弥天的大雾，紧紧地把我罩住。

水开了，我脱了衣服，钻进卫生间开始洗澡。挂在墙上的淋浴喷头有些老化了，出水量比以前少了很多。我索性把喷头从墙上摘下来，拿在手里，近距离地对着自己的身体冲。大约半小时以后，我终于冲干净了身上残留的肥皂液，这时候我听见有钥匙扭动门锁的声音，肯定是苏苏来了。

当我换上灰色的JOKEY平角底裤从卫生间里出来的时候，被眼前的苏苏吓了一跳。苏苏就站在卫生间的门口，保持直立状态，面带怒色，手里攥着我的手机，厉声问我：“郑萌萌是谁？”我故作镇静，边用毛巾擦头发边说：“一朋友，演戏的。”“朋友？是不是上回你在秀水街搂着的那个姑娘？哼，还演戏的，你们俩演的这是哪出戏啊？”我心里开始有些发虚，但嘴上却仍然坚持着：“苏苏，你甭瞎说，人家可是一纯情的黄花闺女，这要传出去影响可不好。”“我瞎说？你自己看看黄花闺女给你发的短信，到底是纯情还是春情？”说着苏苏就把手机扔了过来，我的索爱手机以一个标准的抛物线落在了我的手掌心，我一看，屏幕上显示的是郑萌萌刚给我发的短信：“丁若，我睡醒了，发现你已离开，很失落，很想你。昨夜很开心，因为有你。你没有说错，你真的很猛。你是我心目中的英雄。吻你！”我把手机关掉，没再说一句话，因为我知道，无论我说什么，也一定无济于事，而且很有可能越抹越黑。

我看着苏苏把开家门的不锈钢钥匙从她的棕色钥匙包中取下来，缓缓地放在了茶几上：“丁若，我们今后将不会再有任何的关系，希望你能演好自己人生的戏。”这一次，苏苏并没有哭，漂亮的脸上一直显现出无比坚定的决绝表情。

那一刻，我的脑海瞬间空白，只是知道，苏苏将要离开我，并且再也不会回来。

当天晚上，我做了一个梦，梦见自己被困在一个荒废的古城里。城里弥漫着一望无际的黑色，没有任何指路的标志，我一遍遍地绕着冰冷的城墙游走，却怎么也找不到通往光明的出口。我感觉到时间如同沙砾一般从指缝间流过，自己却无能为力。

终于，我走累了，倒在地上，两眼昏花，内心平息，再无任何欲望。

苏苏这回是彻底地消失了，我不断地拨打她的手机，可结果都是关机。我拿着手机一遍一遍地拨着那个熟悉的号码，直到自己的手机因为完全没有电而宣布罢工为止。

在我拨打苏苏电话的间隙，接到了郑萌萌的电话，她告诉我说她明天就要去四川拍一部电影，这次是女主角，估计要半年多才能回来。给我打一个电话，算是要向我告别。我拿着电话，只说了一句："祝你好运！"便挂断了。

在苏苏离开之后，生活无比阴沉，我找不到任何能够让我振作的方法，似乎总有几万吨巨石压在我的胸口，让我喘不上气来。时常感觉眼前浮现一片荒废的海滩，漫无人烟，只有灰蓝色的寂寞海水，一浪一浪地涌来，无边无际。我的整个心窝空空荡荡，对生活，对未来，没有任何的好奇与憧憬，只有忧伤、后悔、烦躁与恐惧。

65.

中间某日，我去找了趟韩炜光。韩炜光的公司坐落在耳朵眼儿胡同里的一栋灰色小二层楼里，远远望过去，如同一座孤单的碉堡。我走进去的时候，韩炜光正仰面躺在一张黑色长条沙发上，两只脚蹬着玻璃茶几的边沿，耳朵里塞着耳塞，手里拿着个不知名牌子的 MP3，摇头晃脑的，嘴里还哼着好像是“我应该在车底，不应该在车里……”等等不符合逻辑思维的歌词。对面的凳子上坐一中年大姐，穿一件淡黄色文化衫，上面写有“为人民服务”五个红色的大字，相当醒目。大姐看见我进来，没说话，只用眼神瞟我。我也没说话，冲着韩炜光努了努嘴，意思是告诉她我找韩炜光。大姐至此不再看我，低头继续织着手里的毛衣。我悄悄走到韩炜光身后，铆足了劲儿用中指在他后脑勺上弹了一下，疼得这小子一下就从沙发上跳了起来。一看是我，就把耳朵里的耳塞摘下来，不由分说地塞进我耳朵：“丁若，快来听听阿杜的歌，巨好听。”我听了几分钟，把耳塞摘下来。“怎么样丁若，好听吧？”韩炜光问我。“如同便秘。”我是这样回答他的。

等韩炜光下班后，我们俩为去哪儿玩而争论了半天，最后终于决定去西四环定慧寺外的一个水塘钓鱼。于是我们倒了两次公共汽车，花了一个多小时，终于到达目的地。韩炜光在地上挖了个坑，装好了定位器，我将鱼饵挂到鱼钩上，甩进水里，然后又把鱼竿插进定位器。一切准备就绪，我俩蹲在一边，点上了烟，观望着平静的水面，等待上钩的鱼儿。可是还没有 10 分钟，天色突变，头顶上被一片浓重的乌云笼罩。“坏了，要下暴雨。”韩炜光嚷嚷起来。我俩连忙收起渔具，往马路方向一路狂奔。还没有等我们跑到路边，雨就下了起来。弹球大小的雨点儿密密麻麻地砸下来，很快就把我们的衣服完全打湿了。朝远处的马路上望去，黑黑的一片，根本看不见行人和出租车，我俩只好又顶着雨跑到附近的一个桥洞里避雨。在桥下苦等了半个多小时，这暴雨却丝毫没有停下来的迹象。无奈间我只好拨通了秦茵的电话，向她求助。20 分钟后，秦茵开着她的 POLO 赶了过来。我坐进车里，用车座上的纸巾简单地擦了擦头发上的雨水，对秦茵说先送韩炜光回去。

送走了韩炜光，秦茵问我现在和苏苏怎样了，我说分手了。“为什么？”秦茵问我。“别问了，没什么好说的。”秦茵扭头看了我一下，似乎想要说些什么，可终究没有说出来。我把手伸过去，摸了一下秦茵的脸，她很本能地闪了一下，我也就没有再继续。车到了我家楼下，我对秦茵说：“上去坐坐吗？”秦茵犹豫了一下：“算了，我不上去了，时间不早了。”“那也好，你回去路上小心点儿。”“嗯。”秦茵把车掉了个头，却没有急着开走，而是把侧面的玻璃窗摇下，缓缓地对我说：“丁若，我要结婚了，就在下个月。你多保重，要照顾好自己。”忽然间我不知道自己该说什么，只“哦”了一声，然后目送着秦茵开着红色的车在雨中由近及远，慢慢消失不见。

当天夜里我躺在床上，翻来覆去地睡不着觉，苏苏、郑萌萌、秦茵、徐英、王晶，她们好像走马灯一样在我的脑子里转来转去，无法停止。我从床上爬起来，发神经一般开始收拾房间。先扫地，然后拖地，最后擦家具。我在不停的运动中看见自己的汗水一滴滴不断地从毛孔中涌出，如潮水一般，可是我竟然一点儿也不觉得累。

我不想让自己停下来，停下就会思考，一思考就会有巨大的幻觉。这幻觉并不美好，而是一种异常空虚的幻觉，我惧怕自己所面临的庞大的虚空。

最后清洁的是放置在玻璃柜上的一些相框，我拿起其中的一个，用手指轻轻地抹去上面附着的灰尘。相框里边放着我和苏苏的合影，苏苏的头搭在我的肩膀上，脸上洋溢着无比灿烂的笑容。就在这短短的一瞬间，我忽然想起了我和苏苏在一起时的温暖生活，可是如今，却已经变得触手成冰。所有发生的都已成为往事，只能留在残存的记忆中聊以取暖。我想着想着，心里无比忧伤，眼泪不自禁地“哗哗哗哗”落了下来。

这一段时间里，我没事儿就到韩炜光那儿瞎混，直到他下班，然后结伴到附近的小饭馆里喝酒划拳，以打发那些无聊的时间。

时间这东西，很像拉面，在有些人的手里可以拉得很长，而在另一些人手里，却又十分短小。如果一个人恰巧有事可做，而且感觉比较繁忙的话，那时间对于他来说，是真他妈的过得快，恨不得能把一分钟当两分钟用。如果是和我一样，整天无所事事，游手好闲，就会发现时间还真是多得用不完，甚至都能拿到超市里当堆积如山的卫生巾去卖了。

我就是这样一种状态，每天靠打发时间度日，活得如同白痴。脑海一片虚无的我仍旧一次又一次试着拨打苏苏的手机，可惜她从没有接听过。有一次，我把电话打到了苏苏家，通了，接电话的是她妈妈，一听是男孩的声音，先是停顿了一下，然后警觉地问我：“你是谁？有什么事儿吗？”我撒了个谎，说我是苏苏的同事，工作上有件要紧的事情要和她说。听我这么一说，苏苏的妈妈就喊来了苏苏。苏苏接起电话，柔声说：“你好。”“是我。”我哑着嗓子回答。当苏苏听到我的声音，态度立刻变得冷淡无比，她对我说：“丁若，我们已经结束了，请你以后不要把电话打到我的家里来。你的行为会骚扰到我以及我的家人的平静生活。”而后，苏苏无情地把电话挂掉。随即，我手握着的电话听筒里传出来一串串没有感情的忙音。

放下电话，我的心像被刀子剜过一样，出现了无数个窟窿，疼得无以言说。我茫然地走到厨房，拧开水龙头，将头低下，任冰冷的自来水从头顶浇过，紧接着，我拽过来一条毛巾，随意擦了擦头发。顶着一头蓬松的湿发，我回到房间，找出很久没用的黑色旅行包，将衣服从衣柜里翻出，胡乱地塞了几件进去。我决定暂时离开这个地方，离开这个让我心痛的城市，离开这所有让我难过的一切。只有这样，我的心才会平静下来，才有可能学着去适应没有苏苏的生活。

我背起背包，走下熟悉的楼梯，然后晃到街上，漫无目的地向前走，像是一具没有了灵魂的躯壳。我不知道我的方向，也不知道自己要去哪里，面无表情地与一些素不相识的人擦肩而过。街边破旧的音像店里传出来朴树懒散的歌声：“她们都老了吧？她们在哪里呀？我们就这样各自奔天涯。”我招了招手，拦下一辆出租车，向北京西站的方向驶去。

北京西站在落日的余晖中，像是一只盘踞在京西南的庞然大物，无声地吞没这个城市的喜怒与哀乐。我穿过拥挤的人群，走到售票口，看到排在我前面的人买了一张去长沙的票。我想都没想，也同样买了一张去长沙的票，然后坐在候车室里静静地等候发车的通告。

当火车缓缓驶出车站，站台上火车里很多对泪眼婆娑的男男女女深情相望，他们即将分隔两地，脸上写满忧伤，奇怪的是，我竟没有一丝感动。所有的一切都与我没有关系，我像是一颗脱离了轨道的行星，找不到自己前行的方向，也找不到曾经并肩而行的伙伴。

列车以每小时 160 公里的速度行驶在开往湖南的路上，我中途不断地睡着又醒过来，除了喝上几口手里的“农夫山泉”之外，就是看着窗外闪过的各种景色。随着山川湖泊乡村田野在眼前不断地交错闪现，我忽然想起了上次和苏苏一起去南昌的情景。同样是坐火车，同样是向南行，却已不见了身边陪伴我的爱人。物是人非，我也已没有了当时的雀跃心情。

一想到这儿，我的心就像被什么东西塞住了似的，立马感觉喘不上气，不争气的泪水就又沿着眼角滴落下来。

66.

20个小时后，火车咆哮着开进了长沙火车站，我拎着行李随着人流涌出站口。火车站口有几个衣着风骚的中年妇女操着湖南口音的普通话，问我是否要住宿，我面无表情地摇摇头。其中一个比较执着，一路小跑对我紧跟不舍，问我是不是需要找姑娘玩一玩，我扭头厉声地说："你丫找抽吧，给我滚远点儿。"

初到长沙那几天，我除了吃就是睡，还有就是泡吧，过着像猪一样好吃懒做的生活。在湖南大学旁边的"飞行"酒吧，我认识了一个嘉士伯啤酒的促销小姐，她不停地陪我喝酒，弄得我不停地向嘉士伯公司贡献着兜里的人民币。我问她叫什么名字，她说她叫刘玫，也不知道是真是假。我又问她多大了，她说二十六，算起来比我还要大上两岁，我也半信半疑，总觉得看模样她应该没我年龄大。干她们这行，嘴里估计没多少真话，我也懒得去琢磨。

刘玫每天的工作任务是销售50瓶啤酒，完成不了的话月底考评就要被克扣奖金。我告诉她你这一阵儿都不用卖了，我全包。你最近这段时间的任务就是每天陪我喝酒。刘玫当时就在我的脸上亲了一口，高兴地说："行。"

刘玫喝点儿酒就喜欢逗我，非让我管她叫姐，我说那好吧，叫了两声，然后我对她说："我叫完了，这把该你叫我了。""好啊，叫什么？哥还是弟？""不叫哥，也不叫弟，叫春。"

一来二去，眉来眼去，没多长时间我和刘玫就混在了一起。刘玫总爱穿着黑色的高跟鞋连衣短裙网眼长筒丝袜，走路的时候腰一扭一扭的，显得摇曳多姿风情万种。我喜欢把手放在刘玫翘得高高的臀部揉来揉去，然后一杯杯地喝下眼前那些黄色的啤酒。

在我和刘玫一次又一次搞尽男欢女爱的行为之后，我又犯了老毛病，越来越感到索然无味，对这种貌似风月无边实际却空洞无物的生活逐渐失去了兴趣。于是某日在和刘玫吃了一顿丰盛的晚餐之后，我收拾行李，踏上了回京的列车。

回到北京后，我曾在农展馆附近的"兆龙"饭店找过一份大堂经理的差事，但没干几天，我就因为忍受不了严格的作息制度，一甩手愤然辞职了。拿到手的工资是 370 元，我打电话把韩炜光和冯才约了出来，三个人在新街口的"东来顺"喝了顿酒，把钱花了个精光。

67.

一天，正当我在家中不知白天黑夜地昏睡时，意外地接到了一个电话，竟是侯杰。侯杰告诉我他从云南回来了，并很快接了一句："哈哈，野火烧不尽，春风吹又生，我侯汉三又回来了。"

我们在宽街附近的一家小饭馆见了面，侯杰人倒没什么大的变化，就是原来的长发变成了短短的平头，给人的感觉是精神了许多。当天侯杰穿了一件黑色皮夹克，领子竖了起来，显得很酷的模样。我们俩在靠着窗户的饭桌旁坐下，胡乱地点了几个家常菜，就开始聊他进了监狱之后的生活，后来也聊起了我的大学往事以及我和苏苏的感情生活。侯杰一会儿说着一会儿听着，同时还不停歇地喝着手里的啤酒，什么都不耽误。我们俩以每 10 分钟一瓶的速度喝着酒，并来回穿梭于餐桌与卫生间之间。直到后来，我们俩都喝到舌头打结，话也说不清楚为止。当晚，侯杰在我家的地板上休息了一夜，奇怪的是他竟然没有着凉，可见监狱生活果然锻炼出了他钢铁般的身体和意志。

自打那以后，我们俩整日厮混在一起，每天以酒洗胃，蹉跎岁月。终于有一天，我的口袋再也找不出一张红色的钞票时，我们才意识到了没钱的日子是多么的难熬。侯杰说："丁若，看来我们得找点儿钱花了。""嗯。"我点了点头。

那一段时间正值证券市场行情火爆，股票价格飞涨。于是我和侯杰凑了两万块钱，跟着侯杰一个信息灵通的狱友炒起股来。最初买的两只股票是海信电器和宝鸡商场，也不知道真的是因为传过来的消息准确还是运气不错，这两只股票涨幅惊人，每周都会出现两三个涨停板，股价从七八块钱硬是生生涨到了二十多元。我们两万元的股金，也迅速膨胀为将近八万元，获利丰厚，我和侯杰心花怒放。

在这期间，从内心来讲，我感觉苏苏再也不会回来了，索性自暴自弃，放纵自己的身体和心灵。由于天天泡在证券交易所，我和侯杰认识了几个同样混在股市中的女性股民，并迅速将她们成功搞定。

我搞到的一个叫陈悦，人长得还不错，圆脸，笑起来挺甜，就是腰粗了点儿，条儿不是很顺，不过和她上床的感觉还行，能够体会到古书中说的女人那种珠圆玉润之感。陈悦是河北人，来北京两年了，由于找不到合适的工作，所以只好帮别人在股票市场盯盘下单挣点儿劳务费度日。陈悦对我说她租不起房子，一直居无定所。在这一刻，我突然对陈悦有了怜悯之心，让她搬到了我的住处。

陈悦有这样一个习惯，在做爱的时候喜欢边听河北梆子边搞，她这爱好让我有点儿无法理解，但最终我还是没有阻止，随着她去。通常这样，陈悦从浴室出来，先把头发扎起，接着就会把收音机调到固定的波段，左右两侧的喇叭顿时响起“咦咦呀呀”的戏曲声，她一边跟着哼一边把身上的内衣脱去，然后平躺在床上伸一个极其舒服的懒腰，直着身子等我。

有一次我们胡搞的时候，陈悦抵达了高潮，竟发出一声类似于唱戏般的拖音，正好与收音机里的声响合上了拍。此情此景，就像我们在上演着一出三级电影里面尔娱我欢的床戏，有特写镜头，也有背景音乐，其状甚是搞笑。

拉下来的一段时间，由于牛市行情的不断发展，我们新买进的几只股票也一路高开高走，几个交易下来，又赚了十来万块钱。于是我和陈悦、侯杰整天出入于京城豪华的餐馆、酒店和 KTV 等餐饮娱乐场所，声色犬马，挥霍无度，折腾来的这点儿钱很快又全都花光了。

随后，股市开始回调，大盘的走势起伏不定，多、空双方轮流占据主动。这时候我从秦茵那儿打听到，政策方面为了配合宏观经济刹车和抑制通货膨胀，可能会有重大的利空消息出台，后市行情不容乐观。我怕出事儿，劝侯杰洗手不干，侯杰却坚持要再大干一笔才收手，我拗不过他，只好由着他去了。

就在侯杰刚把借来的几万元投入股市后，行情急转直下，还没等侯杰斩仓抛股，证监会又安排了几个超级大盘股陆续上市，并向股民发布了风险提示，同时央行宣布调高市场存、贷款利率，财政部发布提高交易印花税的规定。几个政策措施的接连出台，导致证券市场的大量投资者出现恐慌心理，随后甩盘不断，侯杰买的股票连续几天都是开盘就跌停，根本没机会出逃，一家伙全赔了进去。几个借钱给侯杰的人天天堵他，逼侯杰还钱，并声称不然就要送他到公安局“二进宫”。这个时候我只好再次求助于刘总，好在刘总很爽快，把钱借给了我们，才帮侯杰打发走了那帮见钱就眼开、落井就下石的杂碎。

股市从牛市转为熊市的期间，陈悦的父亲生了重病，因此她也匆匆地离开了北京。走的时候，陈悦没有给我留她在河北家中的电话，等我闲下来拨打她手机的时候，发现早已经欠费停机人去楼空了。

炒股失败后，侯杰像变了个人似的，整天深居简出，很长时间都没有见到他的身影。后来，侯杰告诉我，他办了一张图书卡，每天都去白石桥附近的首都图书馆看书，攻读各种各样的经典哲学著作，尼采、海德格尔、笛卡尔、巴歇拉尔等人的作品均有涉猎。每读一本，他整个人就会陷入一种莫名的空虚当中，连续昏睡上好几天，醒来之后继续往下读，如此反复。

由于上次经过与苏苏的论战，我对哲学已经彻底失去了兴趣，无心读书，只好另外寻找其他的消遣方式。就在这一段时间，我竟然把当代商城后边的一家私人影碟店里的影碟扫了个底儿朝天，平均以每天七八部的速度往前看，有时看着看着就在沙发上睡着了，等一觉过后，再接着看。只有在每天的傍晚时分，我会一个人下楼吃饭，通常是在路边的小餐馆里要两个家常的炒菜，再要一碗米饭，有时还会喝上两瓶啤酒。生活过得如同口中的粗茶淡饭，寡然无味。

埋头攻读哲学的侯杰在短短的两个月里，陆续戒掉了肉、酒和色，并且戒得相当彻底，禁欲主义在他的身上实现了全方位的胜利。

以下是我俩的一段对话。

“你丫是不是疯了？”

“欲望总是不好的，我想要摆脱它们。现在，我成功了，我的灵魂得以平静。”

“我说你他妈的到底是哪根筋不对了啊？”

“我思故我在。思考，所以存在。”

“操，你还会说人话不？”

“跳出三界外，不在五行中。”

“我靠，算你丫牛 B。你丫比五台山的和尚都牛 B。”

68.

一天下午，意外地接到刘总的电话，邀请我随同他陪一个客户吃饭。在中 × 银行上班的时候，刘总就很欣赏我的酒量和口才，希望这回我能帮他捧捧场。因为上次帮侯杰垫款的事儿，刘总帮了好大的忙，这点儿小事儿我当然不好推脱，于是便一口答应了下来。刘总在电话里还特别嘱咐我，要穿得精神一点儿，因为晚上要陪的是一个非常重要的生意伙伴。

我先洗了一个热水澡，然后刮了刮胡子，往头上喷了点发胶，把头发打理得妥帖无比，然后从衣柜里翻出苏苏上班后用第一个月工资给我买的浅蓝色暇步士 T 恤衫，TONY WEAR 的白色裤子，穿上一双咖啡色红科软羊皮皮鞋，照了照镜子，感觉自己精神无比。大约 6 点钟左右，我下楼打了一辆出租车沿北三环直往东行。

刘总预订的是建国门附近“旺顺阁”餐厅的一个豪华包厢，我来的时候只有他的秘书在那儿等我，他对我说，刘总去首都机场接人了，可能 20 分钟后就会到。我点了点头，来到走廊拔出一根烟来抽。大约过了 10 来分钟，刘总和一大帮人浩浩荡荡地走来，在他旁边的是一位气质优雅的中年女子。刘总远远地看见我，挥手和我打招呼，走到跟前，向我介绍这位女士。“丁若，我来给你介绍一下，这位是江雅琪小姐，上海 HM 房地产开发公司总裁，商界女强人啊！”然后，侧过身子向江雅琪介绍起我来：“江小姐，这是丁若，我的好友，原来在中 × 银行主管信贷工作，曾经帮过我不少的忙，现在下海自己开公司，从事国际贸易，典型的青年才俊。”我很礼貌地向江雅琪致意，她也向我微微一笑，我们握了一下手。

走进包房，大家一一落座，刘总特意把我安排在江雅琪的身旁。当晚，宴会气氛热烈，大家有说有笑，互道短长。江雅琪说话的声音软软的，而且一直都是非常从容的语速，听起来有种经过时间打磨的平滑感觉，十分舒服。她似乎也对我很有好感，在和我的交谈中没有任何如陌生人般的拘束与陌生，反而像是多年未见的友人意外地在这里重逢。

我在刘总的示意下，频频向江雅琪敬酒，从一开始的一杯对一杯，到后来五杯对一杯，渐渐地我的神志变得有些不太清醒。后来我喝醉了，甚至连自己是怎么从餐厅走出去的，都没有一点儿印象。不过，在席间，我隐约听到刘总和江雅琪谈着一个项目，似乎标的金额不小。

过了几天，我又接到刘总电话，让我一起到机场为江小姐送行。那时，我还在睡梦中，忙翻身起来，洗涮完毕，从楼上下来，刘总的奥迪 A6 已在等我。

在首都机场明亮的大厅里，眼前的江雅琪似乎比前几天更显风韵，淡淡的妆化得恰到好处，一身黑色的紧身职业套装勾勒出美妙的身材曲线。我在看江雅琪的时候偶尔会碰到她的眼神，能够察觉到其中的一丝暧昧，于是连忙避开，向别处望去，装作若无其事。

送走江雅琪后，我和刘总坐同一部车回来。他似乎觉察出了什么，满脸笑容地对我说："丁若，你现在不是正好没事儿做嘛，愿不愿意过来帮我啊？"我想了想，反正现在的确无事儿可做，手头也很紧张，再说刘总人又仗义，就干脆地答应了下来。

刘总在工程管理部给我安排了一个副总经理的职务，月薪8000。我也知道这只是一个虚设的位置，对于房地产业务，我几乎可以算是一无所知，刘总能开出这么高的薪水给我，无非是另有他用。果不其然，一个星期后，刘总把我召唤到他的办公室，说要安排我去上海发展业务，主要的合作对象就是上次在京接待过的江雅琪。和我同去的还有一个资深的副总经理，他负责管理业务，我负责公关。临走时，刘总意味深长地说："丁若啊，这次的生意主要看你的表现了，好好干哦。"我看着他，似懂非懂地点了点头。

我们乘坐的国航飞机飞行了一个多小时后，顺利抵达了上海虹桥国际机场，机场外早已有人在等候我们，一阵寒暄之后，我们的车驶进市区，在南京路上的"王保和大酒店"住下。

晚上江雅琪在和平饭店顶层的“金融家俱乐部”请客做东，邀请我们共进晚餐。餐桌靠着透明的窗户，我透过玻璃往外看，外滩一片流光溢彩，景色美不胜收。席间，大家纷纷向我举杯，我推托不过，也只好来者不拒。当晚，我喝得烂醉如泥，被几个同行的人抬回酒店，昏睡到第二天早晨。

次日醒来，江雅琪接我到她的公司。

HM 房地产开发公司坐落在浦东新区的一栋 37 层大楼里，走进办公室，从窗户往外看，一大片摩天大楼均以同一种笔直伸展的姿态直插云霄。满眼透明的玻璃墙在日光的照射下闪着耀眼的光，让人晕眩。

我在上海的所有行程几乎都是江雅琪事先安排好的，同时还委派专人帮助我办理了各项业务开办手续。其间江雅琪对我的态度始终异常温和，和我聊的大部分内容也都是生意之外的话题，比如我的家庭、大学生活、业余爱好之类的，我也一一给予了答复。我们俩人的对话，竟很像小学课堂上老师和学生的一问一答。

接触了一段时间之后，我慢慢得知，江雅琪并不是上海人。她的家在浙江的一个小县城，高考时以优异的成绩考取了复旦大学，毕业后进入上海市一家著名公关公司。因为江雅琪气质优雅、谈吐得体、业绩突出而被公司管理层关注，成了公司最年轻的高级经理。后在业务往来中认识了 HM 房地产开发公司的老板，不久后即成为老板夫人。就在几年前，江雅琪的丈夫外出考察时遇车祸意外身亡，从此她不得不挑起重担，将公司的生意继续进行下去。

在和江雅琪的日常交谈中，我还发现她是一个很有涵养的女子，与很多江南女子一样，喜好唐诗宋词与古典音乐，对待下属的态度也非常温和。可能是一直以来养尊处优并精于保养的缘故，35 岁的江雅琪看上去要比实际年龄年轻很多。渐渐地，我和江雅琪之间培养出了一种很默契的亲近感，说话行事间也变得随意了许多。偶然，江雅琪会在言谈举止中流露出一些对我的好感。有一次，她说她很欣赏我在行为举止间所释放出来的一种很优雅的颓废气质。我听后觉得很不好意思，但也不知道该说什么，只好冲江雅琪害羞地笑笑。她并不知道就在一个多月前，当苏苏离开我时，我曾是如何的狼狈不堪。

我始终没有和江雅琪谈起我们合作的项目，她也从没有提及此事，彼此间的关系仅限于生活和娱乐，显得十分轻松与愉快。一些日子下来，江雅琪似乎对我越来越依赖，偶尔还会停下繁忙的商务活动，抽时间陪我在上海的各个景点游玩。有一天我们在锦江游乐场坐海盗船的时候，江雅琪忽然紧紧地握住了我的手，直到下来也没有松开。海盗船在空中一起一伏，很多人开始尖声地叫喊，我扭头看着江雅琪，她竟然显得十分开心，笑声清脆如少女。恍惚间我以为江雅琪就是苏苏，在那一刻，自己竟用力把她搂得很紧。

69.

某日下午，我仍在宾馆里昏睡，接到江雅琪的电话，她让我晚上陪她参加一个酒会，大部分都是上海的商业巨贾，与他们交谈，可以有机会得到更多的合作项目。

晚上 7 点，我坐着江雅琪的红色宝马 730 来到位于浦东的环球经贸大厦。此时，大堂里已聚集了很多西装革履笑容庄重的人，江雅琪走过去和他们一一打着招呼，礼貌地问好，并适时地把我介绍给他们。我面带微笑地应酬着，不时地与对方碰一下杯，再喝一口手里的红酒。突然，一个熟悉的身影闯进了我的视线。苏苏，正是我日思夜想的苏苏。我有点儿不敢确信，使劲地揉了揉眼睛，发现确实是她。苏苏穿一袭红色晚礼服，长发盘在脑后，脸上施有淡淡的脂粉，在灯光的映射下美丽异常。她没有看到我，脸上挂着职业化的笑容和表情，正挽着一个中年男人的手穿梭于人群当中。我的心如缺氧般难受，眼眶里溢满了悲愤的泪水。此刻，江雅琪走过来，拍了拍我的肩膀问我："丁若，你在想什么呢？"我忙转过头去，迅速将眼里的泪水擦掉，连声说："没有，只是随便看看。""哦，那过来，我介绍一个我的生意伙伴给你认识。"江雅琪很自然地把手穿过我的胳膊，挽着我朝苏苏的方向走去。

当我们走到苏苏的面前时，她的笑容顿时凝固在脸上，惊讶不已，我们谁也没有想到竟会在这样的场合碰面。江雅琪向我介绍苏苏身边的中年男人：“丁若，这是欧亚国际贸易公司中华区的吴总，专做国际贸易，我的不少生意都是和吴总合作的，以后你要多向吴总学习啊。”“哪里哪里，江总过奖了。”吴总说完，哈哈地笑了起来。“这是吴总的女友苏苏，大美女，在雀巢公司做营销主管。”江雅琪继续向我介绍苏苏。我站在他们的对面，勉强地挤出一丝僵硬的笑容，以表致意。苏苏看着我，表情僵硬默不作声，眼里流露出来的不知道是喜还是悲，让人无从分辨。我尽量躲避着苏苏的目光，压抑着快要流出来的眼泪。

简单的寒暄之后，苏苏随着吴总走向另一拨人，而我也和江雅琪转身走向别处。等我再次回头寻找苏苏时，她已经消失不见。那一刻，我终于忍不住内心的伤痛，疾步跑向大厅外的洗手间，任泪水肆意地流了下来。

用冷水洗了脸之后，我从洗手间出来，恢复了常态，只是脸色有点儿发白。后来，我发狂地饮酒，也不知道到底喝了多少，在我快要支撑不住的时候，江雅琪扶住我，带我离开了这里。天空下起了雨，鲜红色的 BMW 轿车在被雨水淋湿的马路上飞驰，我的头开始剧烈地疼痛。雅琪一只手把住方向盘，一只放在我的手上，眼睛时不时地望向我，充满怜爱之情。而我紧闭双眼，任痛苦的情绪在胸中肆意翻腾。

江雅琪没有将我送回酒店，而是把我带到了她在浦东的家里。

江雅琪的家是一栋花园式独栋洋房，仿欧式建筑，高品质精装修，大面积亮白色的家具地板和墙壁。江雅琪把我扶到客厅的沙发上，自己也支撑不住倒在一旁。休息了一段时间，她起身到洗手间取了一条热毛巾，敷在我的头上，然后自己转身上了楼。待她再度下来时，已换了一件半透明的真丝睡衣，头发湿漉漉地搭在肩上，显然是刚刚洗过澡。江雅琪走到我的身边，坐下，轻轻抚摸着我的脸。我猛地坐起来，一把将江雅琪抱在怀中，与她热烈地亲吻起来。江雅琪并没有抗拒，反而将我抱得更紧。我感觉到她的呼吸急促而芬芳，乳房软软地贴在我的胸前。这时我想起刚才的那一幕，苏苏挽住那个男人的手，脸上荡漾出的礼节式笑容，让我难以忍受，让我无法想象，让我焦躁不安，让我妒意难平。我的胸中似有一团欲望之火在熊熊燃烧，情绪烦闷得快要爆炸。我用手去解江雅琪的内衣，然后和她疯狂地搅在一起，一遍又一遍地做爱。

我在心里呼喊着苏苏的名字，泪水顺着眼角再一次滑落下来，掉在了江雅琪的身体上，慢慢地融化，慢慢地风干。

自从和江雅琪发生了性爱关系以后，她在工作和生活中越发表现出对我的关心和爱护，我不忍拂她好意，再加上合作的生意在身，只好且战且看，与她逢场作戏。或许是感到时机成熟，刘总打来电话，让我将一份合同交给江雅琪，并与她商谈合作事宜。当我将合同递交给江雅琪时，她没有丝毫的犹豫，很爽快地在上面签了字。

项目启动后，刘总召我回北京。临别之际，江雅琪与我难舍难分，并叮嘱我日后一定要再来上海，我也随口答应了下来。回到北京，刘总对我的工作大加赞赏，并盛情款待了我。我在宴席上提出想要休息几天，刘总也很爽快地就答应了。

回北京后的第三天，意外地接到苏苏的电话，她也回到了北京，约我在西单中友商场下面的星巴克见面。我一进门就看到坐在角落里的苏苏，她的脸上没有化妆，头发拉直了垂在脑后，一身素色的套装，表情忧郁。我走过去，拉出一张椅子坐下。苏苏看着我，张开嘴似乎要说点儿什么，但犹豫了一下，没有说。还是我先说的话，我问苏苏："你还好吗？"苏苏仍没有立刻回答，静默了好一会儿，才叹了一口气："丁若，你也看到了我现在的生活状态，我也就没有必要向你隐瞒了。""是吗？那傻 B 的床睡得舒服吗？"我恶狠狠地打断她。"你……唉，算了，我也不想和你吵架。其实，你是知道的，我内心里喜欢的是谁。可是，丁若你知道吗，和你在一起的生活让我害怕，我没有任何的把握，就像走在一条黑暗的隧道上，不知道哪一天才是尽头，才能看见阳光。"我停下头，不再说话，只是用小勺拼命地搅动着杯子里的卡布基诺。"丁若。"苏苏抓住我的手，我一抬头，看到她溢满泪水的眼睛，我的心一阵剧烈的疼痛。"苏苏，我们重新开始吧。""晚了，丁若。很多事情都是难以回头的，比如你和我以及我们的感情。"苏苏握着我的手慢慢地松开，我望了望她，然后往后一躺，无力地倒在椅子上。

“待会儿你去哪儿？”我问苏苏。“这次回来谈一个项目，明天就要走了。晚上，我不想回家，去你哪儿成吗？”苏苏仰着脸看着我，我冲她点点头。付了账，走出咖啡店，我们拦了一辆出租车，直奔红民村而去。

上了楼，苏苏走进门，像第一次来到这儿一样，站在客厅里四处张望。“这儿一点儿都没变，还和原来一样。”苏苏的声音有一点儿伤感。我坐在沙发上将空酒瓶和烟头捡起丢进垃圾桶，没有说话。在我站起身走向厨房时，苏苏从后面一把抱住我，身体因为哭泣而抽动起来。

我们开始深情地亲吻，像原来一样，动作舒缓而温柔。这时不知从哪儿传来一支熟悉的曲子，悠扬的萨克斯风，旋律浪漫而伤感。没多久，我感觉到有液体流进了我的嘴里，咸咸的，带着些苦涩，也分辨不出究竟是苏苏的还是我的眼泪。一晚上，我们都没有睡觉，不断地拥抱，不断地接吻，不断地做爱。中途我躺在床上抽烟，淡蓝色的烟雾在空中画着圈慢慢散开来，让人如临梦境。

天色放亮，苏苏从床上起来，穿好衣服，梳洗干净，走到床边亲了亲我的嘴唇，对我说声再见，然后转身离去，再也没有回头。

70.

独自在家昏睡了几天后，我又回到公司上班。刘总把我叫到他的办公室，扔给我一张银行卡，说是上海那笔生意的提成。后来我去银行查询了一下，发现上面竟然存有整整 20 万。但奇怪的是，一向缺钱的我把这笔钱拿在手中，竟也并没觉得有多么激动。

为了缓解我的失落情绪，我到亚运村汽车市场买了一辆两厢本田飞度，颜色选来选去，最后还是选了苏苏最喜欢的红色。车子加上挂牌、保险总共花去了 12 万多，我从银行卡里很潇洒地划去。随后我打电话把侯杰叫出来，拉着他一起开车兜风。

新车里弥漫着一股古怪的油漆味儿，我把车窗完全打开，让风像潮水一样地灌进来，我的头发像风中的野草一样，疯狂地舞蹈。侯杰坐在副驾驶座位上，打开 CD 盒胡乱地翻着，好半天才找出一盘绿洲乐队的碟，放进碟仓，调大音量，音乐声大作，震耳欲聋。

我们开着车从北三环转到西三环又拐到长安街上，漫无目的，在北京的马路上横冲直撞。再后来我把车干脆开上机场高速路，油门被我踩到了底，车子的仪表盘不停地爬升，指针直滑向 180。路上一辆辆的车被我迅速超过，狠狠地甩在了身后，只听见窗外的风呼呼地刮过，像是要爆炸一样。在副驾驶座位上坐着的侯杰面无表情地看着前方，丝毫没有恐惧之感，偶尔他侧过头问我：“还能再快点儿吗？”很可惜，我的脚已把油门踩到了底。

就这样糊里糊涂地驾驶了几个小时，车子最后被我开到积水潭JJ迪厅后面的一个胡同里，停下。在迎面停车场的灰色墙壁上看见了一行用白色油漆涂抹的美术字“王春莲是妓女”。也不知道这个陈述句所描述的是真的还是假的，但可以肯定的是，叫王春莲这名字的姑娘全中国恐怕至少得好几千号，其中必然有被错杀无辜者，她们可真比窦娥还冤。侯杰在一旁哈哈大笑了起来，可是不知道为什么，我却怎么也笑不出来。

71.

歇了一段时间，人越发变得慵懒起来，刘总公司的工作我也三天打鱼两天晒网，有时一整个星期都懒得去公司一趟。再后来，我干脆给刘总打了个电话，谎说有个朋友让我去深圳合伙做生意，便把这份工作给辞了。刘总也没怎么挽留我，说了几句诸如“随时欢迎你回来”之类的客套话语，就把电话挂了。

有时候晚上实在是不想睡觉，就随便穿上一件散发着汗臭的文化衫，趿拉着一双脏乎乎的CONVERSE帆布鞋在北京的街头四处乱逛。我经常坐在西直门地铁站的A出口，像个乞丐一般看着在身边走过的人。他们有的微笑着，有的面目凝重。他们来去匆匆，他们心怀爱与梦想。曾经的我也和他们一样，有爱，也有梦想，但如今，却统统地都丢了。

很长的一段时间里，我都是这样形单影只，蓬头垢面，偶然在路上遇见个相识的人，也都装作没有看见。估计他们也都不太敢认我，而我也不想去搭理他们。回到家里，往沙发上一躺就不愿动地方，望着天花板发呆就是好几个小时，也不知道自己在想什么，没有任何的目的与思路，就是胡乱地想着，内心里泛起一阵阵莫名的忧伤。

那个时候，我每天只吃一顿饭，睡十多个小时，懒得接电话，羞于和人见面，彻底地陷入一种虚无缥缈的境地。我的精神变得无比恍惚，对任何事物缺乏兴趣，也就是说我可能是患上了轻微的精神分裂症。

李佳佳帮我联系过心理医生，我也顺从地接受了几次治疗，但自我感觉收效不大。常常这样，我用温开水喝过药之后，就坐在客厅冰凉的地板上抽烟，并且一坐就好几个小时，眼泪流个不停。后来实在坐不住了，就穿上衣服下楼，在小区西边农科院的操场里一圈又一圈地跑步，直跑到汗流浃背气喘吁吁。

一天晚上，跑完步的我从农科院南门出来，到魏公村的一个小酒吧里坐了一会儿。就这么不长的时间里，我喝了一小瓶二锅头和七瓶啤酒，速度极快，令旁人咂舌。在我起身结账的时候，因谁先谁后的小事儿与邻桌的高个儿壮男发生口角，一怒之下，拎起空酒瓶就将对方脑袋砸开了一口子，自己也挨了两拳，口鼻流血。很奇怪的是，我竟没感觉到痛。

第二天醒来后，发现自己躺在派出所的椅子上，对昨晚的事情忘得一干二净。后来，我给侯杰打了一电话，让他带钱过来交罚款，并签字将我领出。回到家后，我昏睡了两天两夜，没喝一口水没吃一口饭，醒来后，洗了澡刮了胡子，竟跟没事儿的人一样，很是神奇。

72.

冯才和张宁去云南度假的时候，非要叫上我。我拗不过，只好跟随着他们去丽江和大理玩了一圈。

彩云之南，好山好水好姑娘，让人的心变得柔软。我的情绪也在温暖阳光碧蓝天空澄清湖水潮湿空气的滋润下逐渐得到平静，恢复了常态。我们白天在苍山洱海间攀岩垂钓，感受大自然的拥抱和洗礼，晚上跑去古城里的酒吧，他俩喝酒唱歌我泡妞儿，竟也屡屡得手。有一次我还泡了个金发碧眼的加拿大洋妞儿，并且成功地在酒店的包间里把她给上了。一时生活逍遥快意，风生水起。后来他俩见我的情绪已经稳定了下来，便订了返程的飞机票。

当我们回到北京，已差不多 11 月底，但我们都只穿着薄薄的毛衫，从首都机场出来，寒风乍起，吹得人直打哆嗦。

我们从云南回来不久，韩炜光和李佳佳就结婚了。婚礼是在保福寺附近的金百万大饭店办的，来了一百多人，场面很是热闹。台子上的韩炜光挺着个大肚子，穿一身笔挺的深蓝色西服，扎一条米黄色的领带，尖头皮鞋擦得油光锃亮，一副小人得志的“伪善”嘴脸。李佳佳的行头也不含糊，头发高高梳起，用透明的水晶发结扎住，一袭白色婚纱从脖子武装到脚踝，高跟鞋的鞋跟足有 10 公分，无名指上的钻戒发出耀眼的光芒。这一刻，他们俩是全场的明星，是所有人目光的焦点。

一对新人的领导分别致辞后，婚礼司仪当众宣读了两人的结婚证书，这时韩炜光侧过身，抱着李佳佳玩命地亲吻了起来。我和冯才按照事先的工作安排，充当婚托儿，站起来边鼓着掌边大声地嚷嚷了几声“好！”随即，效果显现，全场爆发出雷鸣般的掌声，经久不息。

婚宴开始的时候，上大学的这伙儿朋友终于又都凑齐了，我、冯才、张宁、小段、唐河、张晃，连薛酷都从陕西跑来了。大家围坐在一桌，你一杯我一杯地喝着，边喝边说着大学里发生过的事情，不时还发出夸张的爆笑声。几杯酒下肚，餐桌上的气氛越来越活跃，也越来越随意，也不知道是谁的嘴给说拧巴了，一不小心竟然提起了苏苏。听到这个名字，我的心忽然间收紧了起来。我以为我已经遗忘了的那些往事，又如潮水一般汹涌地从心底翻起，再度冲破了我思念的闸门，这一段时间辛辛苦苦构筑起来的感情防线彻底土崩瓦解，无以为抗。我端起了手中的酒杯，把杯中的酒一饮而尽，然后拿起酒瓶倒满，又一饮而尽。这样来回地喝了几杯之后，我趴倒在餐桌上，人事不知。

当我醒来的时候，我发现自己被冯才和唐河搀扶着，已然站在宽阔的马路边上，大伙儿正商量着谁打车把我送回家，然后各自散去。我使劲儿地甩开冯才和唐河的胳膊，指着他们喊：“你们丫今儿谁也别走，都他妈的陪着我。哥儿们今天觉得寂寞。”说完之后，我的眼泪失去了控制，不争气地流下来。

这伙人从没见过我这样，一时也不知道该如何来安慰我。我坐在地上，他们一字排开沉默地站在我的对面。我在哭，他们看着我哭。过了不一会儿，边上竟然出现了一群围观的人，他们以为我被群殴了，一个劲儿地打听到底是为啥，还说要是实在解决不了干脆就打电话给 110 叫人民警察。

冯才一看这阵势，就凑了过来，对我说：“丁若，不就是个妞儿嘛，你至于吗？”

“我至于。”我边哭边说。

唐河也走过来加了一句：“过几天哥们儿再给你介绍一广院的姑娘，脸蛋儿特正点，条儿也巨顺。”

“我不要。”我的这一声响彻大地。

“你丫云南算是白去啦。”张宁用手指头戳着我说完这句话，头也不回地走了。

第二天，我独自一人在家边喝啤酒边看一盘名叫《极速传说》的DVD电影，被里面激烈的赛车场面所吸引，再加上心里烦躁，于是也想上路透透风。我开着车在三环路上兜了几圈，车流过多，加不上速度，感觉很不过瘾，于是掉转头开上京津高速，一路狂奔，越过了一辆又一辆车。

一辆奥迪A6显然是对我的举动不服气，在我时速达到140左右时，它从我身边风一般地掠过，跑在了我的正前方，四个套圈的标志两边闪起的红色尾灯像是对我的讥讽。我的血液立刻涌上了脑门，把挡位挂到最高，将油门一口气踩到了底。车子像疯了一般朝前面飞驰而去，但始终都无法超越奥迪车。我狂吼一声，手使劲儿地砸了几下方向盘，这下大势不好，车子突然失去了控制，贴着护栏一路滑行，我能感觉车门外的火星四溅，随后我两眼一黑，就什么也不知道了。

当我再度睁开眼睛时，以为自己到了天堂，想挪动一下身体，却惹来一阵钻心的疼痛，这让我知道，我并没有死，而是幸运地活了下来。在医院里侯杰告诉我："你丫真算命大，被喷出的气囊挡住，只是断了几根肋骨而已。不过可惜了你那辆新车，彻底废了。"我咧着嘴痛苦地笑了笑："没事儿，车有保险，人还在就好。"

可能是张宁告诉了苏苏我出车祸的事儿，几天后苏苏跑来看我。那时，我正睡得半梦半醒，好像听见有轻微的敲门声，眯缝着眼睛一瞅，正好看见苏苏推开病房的门进来。和别人生活在一起的苏苏似乎没有什么特别明显的变化，只是打扮得要比以往成熟富态，V 领的黄色毛衣和浅灰色的直筒西裤，手里拎着一个金黄色的 GUCCI 包。我闭上眼，装作仍然熟睡。苏苏将手里的鲜花和水果放在床头柜上，然后在我的旁边坐下来，她并没有叫醒我，只是静静地看着我。过了几分钟，苏苏站起来转身离开，我望着她的背影，张开嘴想喊住她，却发不出任何声音。

后来，苏苏又来过医院探望了我两次，话语不多，都是些礼貌性的问候，我能感觉到彼此之间的沟壑又加深了一点儿，这让我的心里更加难受。

出院以后，苏苏还来家里看过我一次，不过，这却是我们俩最后一次见面。这一次，我们没有争吵，没有针锋相对的讥讽，而是心平气和地坐在一起，聊了会儿天，然后，拥抱，亲吻，做爱。我们仿佛又回到了在学校时的那段清纯时光，心情自然而平静。在我的怀抱中，她又变成曾经与我亲密无间心心相印的苏苏。我一遍一遍地亲吻着她的头发，呼唤着她的名字，像是要把她融化在我的身体里。

第二天醒来，苏苏流着泪告诉我，她会在下星期结婚。我吃惊地看着苏苏，拉起了她的手，感觉到一阵阵钻心的冰凉。苏苏继续说，婚后她将举家迁往上海，以后和我再见面的机会将非常渺茫。听到这里，我呆呆地望着苏苏哭泣的脸，心里的忧伤汹涌如海，嘴里却什么也说不出来。

73.

苏苏就这样离开了这座城市，离开了我，奔向了别人的怀抱。我想起了艾伦·金斯堡的小说里面的句子：“人们从远处向我张望，然后离去，目光如石头般冷漠。”从前，我并不能理解，但现在我彻底地明白了。原来每个人心头都会有一片石头森林，隐藏着内心里那些曾经忧伤沉溺的过往。

我被一种无与伦比的悲伤所笼罩，在苏苏以及所有苏苏投下来的阴影中艰难地存活。我感觉到自己的弱小，我被我的情感所欺骗，却无法回头。我为眼前的现实愤怒，我为眼前的现实疯狂，可是即使我的心灵再一千倍一万倍地放大光芒，也依然抵抗不了残酷的现实。现实就是苏苏走了，她离开了我，她要去和别的男人卿卿我我天长地久地生活在一起了。而我，只是一个被遗弃的落寞情人，怀抱着温暖的记忆，却一遍遍地在和伤心重复地说着你好。

在苏苏结婚之后，我彻彻底底地明白了痛苦是怎么一回事儿，而后悔又是怎么一回事儿。我整天精神萎靡地窝在沙发上，手握着苏苏和我的合影发呆，客厅的茶几上到处都是空的酒瓶和未燃尽的烟头。以前，我认为我很年轻很有精力很有力量很有激情，任何事情只要想做就一定能够马到成功，那时我觉得自己就像是一颗从枪支中发射出的子弹，只要前方出现目标，就一定能够击中它。但是现在终于发现，我没能成为那颗在想象中无比精准的子弹，心却早已迟暮，对任何事情都已无能为力。

自从苏苏离开北京，我便感觉从前支撑着我的某种东西从我的身体里完全消失了，取而代之的是那些杂乱的无可名状的空虚。那些曾经存在于我身体中依附在我内心深处的东西，像血液一样被抽出，然后无影无踪。我想，这应该就是所谓的信念吧。

当我站在窗户边，看着楼下忙忙碌碌的穿梭人群，感觉他们竟离我是那样的远，好像自己来自于另外一个遥远陌生的星球，与这个我们所生活的世界完全脱离了关系。

每天的清晨和黄昏，我夹杂在拥挤的人群当中，我不说话，只是随着人流前后左右地晃动。苏苏，你可知道，我在想你。在这个没有你的城市里，我只有沉默和忧伤的权利。你的离开让我难过，叫我感伤，叫我无能为力，叫我寝食难安，叫我从幸福的此岸到达痛苦的彼岸。

苏苏，你知道吗？此时此刻我感觉自己就像一根虚弱的稻草一样，在波涛汹涌的大海里漂浮，我把手伸向空中，却什么也抓不住。苏苏，我是多么想握住你的手，把它放在我的胸前，只有这样，我才能安然地睡去。我病了，病得很重，眼前一片恍惚。我想象你能在我的身边，把你的脸贴在我的脸上，你长长的头发滑落下来，遮住我的眼睛，我能闻到你身体上带着香橙味道的气息。可是，你并没有出现，你被茫茫的夜色隔离开来，你站在我遥不可及的地方，让我痛苦让我心碎。亲爱的苏苏，我想要告诉你我是多么需要你，还有我的脆弱我的无助，它们是这样的一览无余。

苏苏，你不知道我有多么的爱你。虽然我总是让你生气，让你为我伤心，但每一次我都在暗自责备自己，后悔得不能自已。我想像爱护一朵花般爱惜你，我想像守护一个精灵般爱护你，你的存在让我的世界充满阳光和活力，让我兴奋，让我欢喜和战栗。苏苏，你是我的清凉解药，你是我的玫瑰甘露，你是我的甜美呼吸，你是我的幸福源泉，失去了你，我食之无味，寝之难安，身形消瘦，面容枯萎。我在每一个静寂的夜晚呼唤你的名字，我在每一个清凉的早晨盼望你的出现。苏苏，你让我欣喜若狂，你让我黯然神伤，你让我在这个世界上焦躁而痛苦地生活着。

苏苏，我的美丽天使，我的白色精灵，我的神奇星座，我的狂野之城，我的全部的一切。苏苏，你有没有想我？你有像我一样因想你而泪流满面吗？你有像我一样痛苦地在梦中睡去吗？你的可爱的小舌头，你的柔软的长头发，你的晶莹的泪珠儿，你的温柔的呼吸声，一切都让我如此着迷，让我欣喜。每每想起这些，就会让我一次次地从天上掉落到地下。天地茫茫，你是否会因为看不到我而感到慌张，因为抓不住我的手而感到失落？亲爱的苏苏，我一直都在这里，我的双手为你张开，我的胸膛为你温暖，我会日日夜夜分分秒秒都守护在这里，永远不会离去。

因为我要让你想起我的时候，能够在第一时间找到我，那样你才不会感到害怕，那样你才不会失望和孤单。

我走过北京的每一条街道，每一条胡同，每一个你曾经到过的地方，我努力在这里寻找你当时留下的痕迹，努力分辨着人群里你轻盈的身姿。你不知道这些现在对我来说是多么的重要，如果我的视线里找不到你，我的思维里没有你，那么我将痛苦孤独，还有绝望。亲爱的苏苏，你是否也会在这样的夜晚，想起我来。你的嘴唇因我而柔软湿润，你的双眸因我而明亮纯净，你的皮肤因我而光滑细腻，你的身体因我而温暖潮湿。苏苏，你知道吗？这漫长的思念和等待，正逐渐消耗着我的养分，让我开始枯萎，让我身形如草，我多么渴望你的双唇能印在我的脸上，你的眼泪能滑落在我的胸口。我想要给你我的全部，我想要和你像任何一对热恋的情侣一样，手牵着手徜徉在大街小巷公园商场。可爱的苏苏，温柔的苏苏，善良的苏苏，美丽的苏苏，梳着长辫子的苏苏，扎着蝴蝶结的苏苏，微笑的苏苏，快乐的苏苏，承载着我一切欢乐和忧伤的苏苏，我再也感知不到你的温度，再也体会不到你甜美的笑容。这一切都让我是如此的茫然无从，形容憔悴。

74.

就这样浑浑噩噩地生活了一些日子，连自己都记不起来曾经做过了什么。我总觉得生活的一切都是那么不靠谱，那么不友善，那么不正经，我也始终无法分清楚，是我对生活充满敌意，还是生活对我充满了敌意。

记得苏苏曾经和我说过一句话，她说："丁若，不管发生什么事情，我都不会离开你。我要一辈子赖着你，让你无法把我甩掉。"可事实却是，我并没有把苏苏甩掉，而是她主动放弃了我。当然，也许这其中大部分的原因都应该归罪于我。如果我当初就树立坚定的信念，好学上进，不乱泡妞儿，积极面对生活，和苏苏一道努力建设我们美好富饶的精神家园，那么这句话的意义就会逐渐显现，并朝好的方向蓬勃发展。可如今，一切为时已晚，我的爱情已然如圣经里所言，都是虚空，都是捕风。在我用以捕风的手掌里，能够握住的，只是大把大把的虚空和寂寞。

随着时间的推移，我发现我们当时所崇尚的信念，原来竟是如此可笑。我开始用颠倒的思维来思考这个世界，我试图去发现存在的意义，但一切都是徒劳。我发现有太多的人也和我一样，对理想捉摸不定，对信念无所适从，对爱情阳奉阴违，对生活丧失信心。所有书卷里刻画出来的美好生活，只不过是一场虚幻的盛宴，当你清醒过来，都化作云烟转瞬即逝，不再回来。

一天醒来，我在上卫生间的途中看到镜子里的那张脸是如此的陌生苍老，头发乱成一团，胡须如杂草丛生。于是，我找来废弃的剃须刀，在抽屉里翻出新的刀片，刮干净胡子，然后洗了一个热水澡，将头发梳理整齐，喷上发胶，换上崭新的衣服，又跑去照了一下镜子，发现原来那个精神飒爽的丁若又回来了。

打理完自己的个人形象后，我把已经散发出异味的脏衣服连同枕巾、被套、窗帘等物品一股脑儿地丢进卫生间里的洗衣机里，关上机盖，放入半包洗衣粉，注满水，让其轰隆隆地搅动起来。

走到客厅，我把喝过的空酒瓶和装满了烟头的烟灰缸一起扔进垃圾桶，又用一个黑色塑料袋将散放在茶几、电脑桌、餐桌上的茶杯、碗筷、烟灰缸等统统装起，放进水池用洗洁精清洗干净，擦干后整齐地摆放在茶几上，然后又从阳台上找来拖把和抹布，将屋子里的每一个角落都擦到一尘不染，最后又在房间里喷了些空气清新剂，屋子里立刻洋溢着一片柠檬的芬芳，让人心情舒畅。这些都是曾经苏苏常做的事情，而现在，我只能独立完成。

中午的时候，我下楼到附近的“小四川”饭馆点了两个菜，一个是鱼香肉丝，一个是番茄炒鸡蛋，又喝了三瓶啤酒吃了两碗米饭，直到肚子里再也盛不下任何东西为止。从饭馆出来，我步行到马路对面的书店，把以前想看都没有看的书一一买下。

晚上，我躺在床上细细阅读买回来的书，没有再喝酒，只是喝了一杯苏苏从公司拿回来的雀巢速溶咖啡，又吃了几块饼干，在午夜 12 点钟准时睡去。第二天清早，被书架上的“小熊维尼”闹钟吵醒，在衣柜里翻出大学时买的蓝色 NIKE 运动服，从楼上下来，穿过街道，沿着马路向南一直跑到了首都体育馆再往回跑，沿途遇到一些晨练的老头老太太，他们看起来个个精神矍铄，面容慈祥，充满着乐观生活的情绪。

这时我抬头看了看远处初升的太阳，竟然发现那灿烂的金黄颜色原来无比美好。

75.

初秋时节，北京的气候不热不冷，阳光懒懒的，耳畔拂过清爽的风，就连鼓楼的钟声似乎都要比平常传得更远一些。整个城市就好像是一个巨大的工地，三天两头都有新的建筑物拔地而起，一派欣欣向荣的景象。宽阔的马路被高楼大厦的阴影分割成明明暗暗的方块，我的黑色尖头皮鞋踩在这些不间断的方块里，留下一串串看不见痕迹的脚印。

从安定门地铁站出来，我向北走了大约 10 分钟，在地坛公园的西门口见到了张好。张好穿着一件浅咖啡色的羊毛大衣，脖子上系了一条绿色的丝巾，对着我微笑的样子仍和在南昌初见时一样，妩媚而柔情。

“我来北京出差，顺便过来实践诺言，让你饱餐一顿，呵呵。”

“你还记着这事儿呢呀，我都快忘记了。”

“要不咋说你这人没心没肺呢。”

我顿了一下，没再继续开玩笑，用低沉的声音说：“我和苏苏分手了，她可能已经去了上海。”

“我知道。苏苏曾经给我写过一封信，说了你们的事情。”

“她说了些什么？”

“没什么，对感情的失望和对你的眷恋呗。”

“哦。”我把脸扭向侧面，不想让张好看见我忧伤的表情。

公园门口的银杏叶开始黄了，连成一片，被风一吹，此起彼伏的，像是层层叠叠黄色的海浪。

“北京的秋天好美，风也吹得人很舒服。”张好发出感叹。

“原来你也喜欢呀，咱俩一样，我打小儿就特喜欢北京的秋天。”

张好用关切的眼神看着我，又提起了苏苏：“你现在没事儿了吧？还想她吗？”

“还好，至少没自杀。偶尔会想想吧，其实想也没用，挺没劲的。”

“那就好，留着好胃口吃我吧。”

“你别说，还真是有点儿饿了。说吧，想吃啥，晚上我请你。”

“不吃我了？”

“吃你干吗？这么漂亮的姑娘，我怎么舍得吃呢？”

“真的？你觉得我很好看呀。”张好的眼睛里忽然闪现了一道光芒。

“嗯。”我点了点头。

“吃什么都行，反正你得陪我。”

我和张好的晚餐是在国际展览中心附近一家名为“蕉叶”的泰国餐厅吃的，去的时候正好赶上饭点儿，大厅里位置好的地方已经坐满了人，我俩只好在靠近门的位置坐下，要了一壶果茶，又点了几份海鲜和烤肠。等菜的时间里，我给张好推荐了几个北京著名的购物场所，并且告诉她这些都是以前苏苏爱去的地方。张好的眉头皱了起来：“能不能不要再提苏苏，人家在上海可都已经结婚啦。”“是。”我把舌头伸出来又缩了回去，冲着她做了个鬼脸儿。张好看着我，妩媚而柔情地笑了一下。

用餐的中间，大厅里有免费的才艺表演，一群泰国的服务员，有男有女，随着音乐载歌载舞，不时还邀请部分客人一起入场跳舞。有一个长着丰满胸脯的女服务员，跳着跳着就跳到了我跟前，拉起我的手让我跟着她跳。我坐着没动，她的手在我的脸上摸了一下，用不太地道的汉语说：“帅哥，你还挺害羞的。”“骚货。”我听见张好小声地骂了一句。见我没回应，张好把手里的筷子一扔，说：“不吃了。”甩身出了门。

我尾随张好出来：“泰国姑娘比较热情开放，其实没什么别的坏心眼儿，你这是生的哪门子气啊？你要是真不想吃饭的话，要不咱去后海的酒吧喝酒。”

“不去。我想睡觉了。”

“那我送你回宾馆。”

“不回。”

“那你想去哪儿？”

“去你那儿。”

“我那儿？明儿吧，今儿挺晚的啦。”

“就要今天去，我还要睡你家呢。”

“那我睡哪儿？”

“你那儿要是两间房子的话，就我睡大屋，你睡小屋；要是就一间房子的话，我睡床，你打地铺。”

张好跟着我走进我家，先像只警惕的小狗一样用鼻子嗅了嗅，然后才在沙发上坐下。“丁若，再喷点儿空气清新剂，怎么好像还有苏苏的味道啊。”“拜托，我们分手都好几个月啦，难道你鼻子比警犬还灵。”“那就是烟味。”张好把嘴一撇。

我没说话，从茶几上拿起两包立顿红茶，转身准备到厨房用热水沏一下。走过沙发的时候，张好突然站起来，从背后紧紧地抱住了我：“丁若，以后别抽那么多烟了，对身体不好。”我不知道该说什么，也不知道自己究竟该不该挣脱她的手臂，只好闭上眼睛，顺其自然。“丁若，我希望看见和从前一样生龙活虎的你。请你不要再折磨自己了，那样会让我难过。”张好转到我的身前，两只手捧着我的脸：“忘记苏苏吧，她已经成为过去，而你，还应该拥有属于自己的未来。”听到这句话，我缓缓地张开眼睛，看见眼前的张好已是满脸泪水，内心里莫名地涌起一阵阵无法克制的感动。

我低下头，轻轻地吻了下去。

第二天早上，当我醒来的时候，张好已经不在。客厅的餐桌上放着一杯倒好的牛奶、一个煎好的鸡蛋和一块夹好了果酱的面包。牛奶杯的下面压着一个纸条，我抽出来一看，上面写着短短的几行字：

丁若，我走了，你多保重。早餐已经做好，你起来先把它吃掉。以后烟要少抽，酒要少喝，要积极健康地生活。还有，忘记苏苏吧，虽然我知道你仍然还爱着她，但她已经不再属于你，而你，也需要重新拥有属于你自己的全新生活。

有时候，喜欢一个人，真的不需要去拥有。

比如，我喜欢你。

张好

我把纸条放在桌上，拿起杯子，一口气把里面的牛奶喝完，然后掏出手机，给张好打电话。电话通了，听见张好细细的声音，“丁若，你好。”“你在哪儿？能不能先不要走？”“别说傻话，我已经在回南昌的火车上了。”“你可以把工作辞掉，来北京发展。”“北京并不适合我，就如同你并不爱我一样。”我拿着电话，忽然不知道该如何继续。“好啦，振作起来哦，丁若。记住我对你说的话，多保重。”张好把电话挂了。

我握着手里的手机，移动脚步，慢慢地走到阳台上，推开窗户，迎着早晨初升的太阳，大口大口地呼吸新鲜空气，心底一片清澈。

76.

这一段时间里，我每天都会去小区门口的报刊亭买各式各样的报纸，然后在刊登有职场介绍的版面中寻找招聘启事，每每搜索到一个合适的工作职位，我便穿好西装，打上领带，提上苏苏以前给我买的新秀丽蓝色公文包前去面试。就这样经过一次又一次不懈的努力之后，我终于在一家位于东单的进出口贸易公司找到了工作。

在公司上班的时候我很少说话，通常都是专注地盯着计算机，在网上搜索贸易信息，并通过电话或邮件联系客户，偶尔也会捎带着帮助其他同事处理一些日常事务。由于我的踏实肯干和沉默寡言，得到了公司领导和同事们的信任和喜欢，一个月之后就提前给我转正了，并额外给我加了 300 元的工资。

重新工作后的日子就这样如流水般静静地滑过，毫无波澜。只是在工作休息的间隙，我会一人独自站在窗前白色的饮水机旁发呆，想起从前，想起朋友，想起自己爱过的人。恍恍惚惚，脑袋里出现瞬间的幻觉。直到有过来饮水的同事拍我的肩膀，我才会从往事中清醒过来。回到现实里，坐回自己的座位，继续专心地投入工作。

几个月之后，根据公司的战略部署，要在朝阳区和海淀区增设两个分公司。经过公司高管层的研究与一致肯定，我被委派到海淀分公司出任业务经理，月薪也一下涨到了 7000 元。

拿到任职书的时候，我给张好打了个电话，把这个消息告诉了她，张好在电话里大声地对我说：“丁若，干得不错，我就知道你行的。”“谢谢你，张好，你真的给了我很大的帮助，帮助我走出了人生的低谷。”挂了电话，我想了一会儿，又给苏苏发了一条短信息：“苏苏，我找到了工作，也开始了自己的新生活，你不用再为我担心了。虽然我们没有能够完成曾经的诺言，你也已经有了自己的家庭，但我依然希望你生活得好。拥有健康，还有快乐。”过了一会儿，苏苏给我的手机上回复了一条信息，没有任何的文字，只有一个笑脸的符号“：)”，意味深长。

在回家的路上，我走进一家房屋中介公司，签署了一份租房合同，把红民村的房子以每月 1500 元的价格出租给了他们。我打算从此搬回家和父母一起住，除了安安分分地工作以外，可以多些时间来陪陪日渐年老的他们。

在收拾东西和清扫房间的时候，我在角落中无意地翻到了一个苏苏留下的日记本。日记本是蓝色的封皮，上面印有一只可爱的小熊，旁边还挂着一把小锁。我知道苏苏一直都有写日记的习惯，但没想到她竟然忘了从我这儿把日记本拿走。我把它拿在手里，翻来翻去，左思右想之后，还是决定把它打开。

我想，日记本里面的文字，也许会是苏苏留给我最后的安慰。

找来一把钳子，小锁一拧就断了。我翻开扉页，上面是苏苏的名字，还有一首诗：

日晒三竿的桥头

你是甜的

不要被星子偷看了你爱的秘密

继续往下看，工整纤秀的文字记录了校园里发生的点点滴滴，还有苏苏和我在一起的种种感受。其中有几篇是这样写的。

4 月 13 日　天气：晴　星期六　心情：不错

和丁若在一起的感觉真好，他总是让我这样的开心。有时，我们俩坐在操场的草地上，只是呆呆地望着天空，也会让心充满幸福。今天，他送了一只白色的流氓兔给我，这正是我想要了很久的东西。丁若是个聪明的男孩子，总是能够知道我心里在想着些什么，知道在什么时候该带给我怎样的惊喜。

我好想对着全世界的人说，丁若，我爱你！很傻吧，但我宁愿这样一辈子傻下去，呆呆地做他身边的小傻瓜。

5月1日　天气：晴　星期日　心情：快乐

今天是五一国际劳动节，也是丁若的生日。我帮他买了一条他喜欢的G-STAR新款牛仔裤，晚餐时候我把它当作生日礼物送给他，他一定会高兴得跳起来，然后捧住我的脸使劲地亲我。不过这个月我不能买自己喜欢的“LANCOME”护肤品啦，因为一下子就把生活费花光了，唉，这牌子的男装真是贵得要命。不过，只要他高兴，我就是天天用大宝，心里也会觉得注满了快乐。

6月15日　天气：微风　星期一　心情：执着

最近一直在读丁若推荐给我的赵波写的散文，小女人情绪在她的文字中若隐若现。我竟然发现她和我同样喜欢张楚唱过的一首歌：我躺在我们的床上，床单很白；我透过窗户，看到城市，城市很脏。这歌词仿佛就是我现在眼中的生活。我只想和丁若在一起，一起吃饭一起睡觉一起逛马路一起回家，而其他的，我一概不想。我喜欢丁若身上的淡淡烟草味道，我喜欢丁若眼睛里闪现的脉脉温情，我喜欢丁若宽容坦荡的博大胸怀，我喜欢丁若薄薄的嘴唇和伶牙俐齿。

我想永远和丁若在一起，永远。

7月26日　天气：多云　星期三　心情：浮躁

今天，太热了，还特别闷，哪儿也没有去，和丁若在家睡了一整天，身子黏糊糊的全都是汗。很快就要期末考试了，翘了那么多节课，什么都不会，心里很着急，翻开书来看，却怎么也看不进去。这真是一个烦躁而苦闷的季节。丁若这头猪，好像一点儿都不着急，仍趴在床上睡觉，讨厌死了，也不帮帮我。

唉，算了，听天由命吧。

9月7日　天气：小雨　星期五　心情：顽皮

丁若的口才让我相信了确实存在“天赋”这一概念。他时常在毫无准备的情况，会有一些精妙的语言脱口而出，令人叫绝。昨天他又冒出来一句：“不是所有长翅膀的人都是天使，他有可能是鸟人；不是所有骑白马的人都是王子，他有可能是唐僧。”今天又冒出来一句：“走别人的路，让别人无路可走。”我偷偷地把这些话统统记录了下来，回头再到我的同学好友们中间传播一下，一定笑翻她们。

11月7日　天气：阴　星期四　心情：不好

我们又是莫名其妙地吵架，我一直都忍着不对他发脾气，但还是无济于事。我一个人经常会想，我们这样漫无目地瞎混，到底会有怎么样的结果。我很渺茫，有时对他无比地失望。我劝他好好学习，他却置之不理，他总是这样一种随波逐流的生活状态，让人灰心。可我还是爱他，只是希望以后能和他有一个安定富足的生活。

1月21日　天气：雨　星期二　心情：未知

今天，我们在地铁站分开，他一转身就走了，我就这样地看着他的背影，突然有一种感觉，好像我们以后会像现在这样，各走各的，背道而驰，我有点儿难过。他仍是老样子，整天都无所事事，对生活不管不顾，对前途毫无规划，对感情捉摸不定，以自我为中心，试图改变所有他无法适应的东西，而并不愿意主动去改变自己。

他不知道，面对这个强大的世界，我们是如此的无能为力，改变别人并不如改变自己来得容易。

看到这里，我忽然不想再继续看下去了，轻轻地合上日记本，心出奇地平静。走到阳台上，我把头探出窗外，看见遥远的夜空中有一颗不知名的星星在一闪一闪地眨巴着眼睛。宇宙中的一切似乎都在按着既定的轨道往前行进，和时间一样，永远都不会停止。

77.

后来有一次，我在上班的路上碰到张宁，她对我说："丁若，你看起来气色不错嘛，是不是又泡到新的姑娘啦？"我对她笑了笑，没有作声，然后跟她挥手告别。

午休的时候，我溜达到单位附近的公园里，躺在嫩绿的草地上，举目望天，阳光灿烂，让我睁不开眼睛。我举起手臂，遮挡住头顶的阳光，脑海里往事又如流星般一幕幕地划过。苏苏仍是无法摆脱的影子，但我已不再为这个影子而悲伤。因为我终于知道，对于苏苏和我而言，分手，也许是个正确的选择，可以让她安静，可以让她不再受到伤害，也可以让我自己重新找到生活的方向。

我这样想着想着就睡着了，还做了一个梦。在梦里，我站在一个灯火辉煌的舞台上演讲，台下只有苏苏一个观众，她安静地看着我，脸上浮现淡淡的笑意。我说："苏苏，我想告诉你，我愿为你流光所有的眼泪，曾经愿意，现在愿意，以后也一样会愿意。就让这些悔悟过的泪水洗刷我曾带给你的伤害，犯下的过错，我会用我的祈祷陪伴你走过每一个春夏秋冬，我只要你能好好地生活在这个世界上。我要你不再忧伤，不再对未来充满迷惘。苏苏，我要让你平静，让你得到幸福……"

78.

终于写完了这个故事，我从幽暗的屋子里走出来，眼前一片空旷。站在一百多米高的楼顶，低头往下望，城市中那些林立的建筑忽然在俯瞰的视觉里变得渺小。这一瞬间，我似乎忘记了爱情曾经带给我的伤害与折磨，不再纠缠于文字中的忧伤与烦躁。原来一切都早已经淡漠，随头顶的白云被清风一起吹走，随脚下的沙粒被脚步一起带走。而那些曾经以为的永远，如今只留下浅浅的一层痕迹，在某个不知名的寂静夜晚，悄悄地，悄悄地拿出来浅尝即止。与寂寞的生活对峙。

杜拉斯说过："写作像风一样吹过来，赤裸裸的，它是墨水，是笔头的东西，它和生活中的其他东西不一样。仅此而已，除了生活以外。"爱恨情愁终究只是一场宿命的醉，一觉醒来，看见头顶的阳光。体会狂野，再体会孤独，我们就有了重新面对寂寞的勇气。

终于知道，自己想要得到的爱情其实非常简单，而追寻它的过程却显得如此迂回与反复。这是一条注定要承受疼痛的道路，但在疼痛之中，却自有一种悄然的安慰和喜悦。虽然我们所正在经历的青春，仍然如同水流，无法静止，但爱情的温度，滚烫或者苍凉，都可以任由我们自己的心性，自由地发生。

当青春的年华从身边一寸一寸地经过，即使感觉到疼，感觉到悔，感觉到寂寞，也仍然会有单纯的孩子，如你，如我，怀抱着自己最初的梦想，等待天荒地老，等待海枯石烂，等待生命中最漫长的那一道阳光。